KB243116

# 호열지도

號熱之道

# 호열지도 6

구선모 新무협 판타지 소설

초판 1쇄 찍은 날 § 2003년  7월 15일
초판 1쇄 펴낸 날 § 2003년  7월 25일

지은이 § 구선모
펴낸이 § 서경석

편집장 § 문혜영
편집책임 § 장상수
편집 § 박영주 · 권민정 · 유경화
마케팅 § 정필 · 강양원 · 이선구 · 김규진 · 홍현경

펴낸곳 § 도서출판 청어람
등록번호 § 제1081-1-89호
등록일자 § 1999. 5. 31
어람번호 § 제2-0234호

주소 § 경기도 부천시 원미구 심곡1동 350-1 남성B/D 3F (우) 420-011
전화 § 032-656-4452  팩스 § 032-656-4453
E-mail § eoram99@chollian.net

ⓒ구선모, 2002

값 7,500원

ISBN 89-5505-759-8 04810
ISBN 89-5505-427-0  (SET)

구선모 新무협 판타지 소설

# 효열지도

號熱之道

**6** 유운검선

도서출판 청어람

목
차

　정말 힘겨운 시간의 연속이었습니다. 5권이 출간된 지 엊그제 같은데 4개월이 훌쩍 넘어서야 힘겹게 6권을 마무리 지을 수 있었습니다.

　하지만 제게 4개월의 시간은 인생에서 너무나 소중한 시간이었습니다. 앞으로 얼마를 더 세상에 남아 있을지 모르지만 앞으로 제게 남은 인생을 함께할 영원한 배우자를 만나게 된 것입니다.

　사실 6년 반이나 될 정도로 연애 기간이 길었던 만큼 제 인생에 있어 금년 5월 17일은 평생토록 기억될 것입니다.

　연애 기간이 길어서 그런지 모르겠지만 제 아내는 저의 부족함을 너무도 잘 알고 있습니다. 사람이 신이 아닌 이상 완벽할 수는 없을 것입니다. 그러나 부족하다는 것은 어찌 보면 커다란 단점이라 할 수 있습니다. 그런데도 제 아내는 저의 부족함을 알고 또한 그것을 채워주기 위해 저를 선택해 준 것입니다. 저는 그것이 너무나도 고마울 뿐입니다.

　젊은 이성이 서로 만나서 연애를 하기 시작하면 일상적인 생황에서부터 많이 변한다고 합니다. 아무리 바쁘더라도 서로의 시간을 쪼개며 일종의 문화 생활을 즐기는 것입니다. 그러나 저는 그렇게 하지 못했습니다. 오죽하면 지금까지 아내가 가장 서운해하는 부분이 그것이었다고 입에 침이 마르도록 얘기를 합니다.

　서울 근교에 살면서 젊은 연인들이라면 한 번 정도 다 가보는 에버랜드도 지금까지 가보질 못했고 영화관은 일 년에 두세 번 갔을 정도로 연중행사였습니다. 그러니 다른 문화 생활을 즐긴다는 것은 말할 것도 없고요.

　이러한 얘기를 다른 사람들에게 했더니 모두의 얼굴엔 황당하다는 표정들이 역력했습니다. 어떻게 6년이 넘도록 연애하면서 그럴 수가 있냐는 것입니다. 하지만… 제가 그 장본인입니다. 무드도 없고 분위기도 모르고 그저 재미없게 보낸 것 같습니다.

제 개인적인 얘기를 하기 위해 지면을 사용한다는 것이 부끄럽지만 이렇게 글로나마 제 미안한 감정을 표현하려 합니다.

이젠 달라지려고요. 일이 조금 힘들어도 가족과 함께 즐거운 시간을 공유하려고 합니다.

힘든 시간 함께 있어줘서 고맙고… 또 함께해 줄 것을 약속해 줘서 고맙다.

앞으로 우리들 앞에 힘들고 고통스러운 역경들이 많겠지만 난 너가 있어 그러한 것들이 두렵지 않다. 앞으로도 그러할 것이고 그러한 것이 영원했으면 좋겠다.

사랑한다, 기순아.

부모님, 감사합니다. 제가 이렇게 한 가정을 꾸릴 수 있었던 것은 모두 부모님 덕분입니다. 항상 밝고 건강하게 살겠습니다. 그러니 모든 시름 덮고 건강하세요.

그리고 이렇게 변변치 않은 제 글을 읽어주시는 모든 분들께 고마움을 느낍니다. 여러분들도 항상 어려운 일이 닥쳐도 힘들어하거나 좌절하지 마시고 긍정적으로 대하시면 잘 풀릴 겁니다.

마지막으로 한마디 더 하면 항상 즐겁게 보내시고 매일매일 상쾌한 하루가 되시길 바랍니다.

고맙습니다. 즐거운 시간 보내세요.

# 마꾜가? 마꾜가 태동을 한단 말이지?

 **마교가? 마교가 태동을 한단 말이지?**

스물여섯 해를 살아오는 동안 한 번도 경험하지 못했던 절정고수와의 생사대전.

단상 위에 올라선 운영의 심장은 철판을 두드리는 것처럼 요란하게 방망이질 쳐댔다. 단상 중앙으로 걸어갈 때만 하더라도 차분함을 유지하려고 마음을 다잡으며 노력했는데 막상 단상 중앙에 서 있는 광풍섬도 호대령의 얼굴을 보자 심장의 박동 수가 한없이 커져만 갔던 것이다.

'대단한 기도다. 남해신룡 위천필의 대련을 보면서 내게도 같은 일이 있을 것이라 짐작은 했지만 그래도 이 정도의 고수가 나올 줄은 정말 몰랐는데…….'

광풍섬도 호대령.

광풍섬도에서 뒤의 섬도(纖刀)라는 그의 별호가 말해 주듯 호대령의 무기는 세도(細刀)였다. 아주 작은 칼을 백련사(百鍊絲)에 연결하여 자유자재로 사용하며 상대를 미친 듯이 유린하는 것이 그의 특기였다. 비록 질기고 단단하기가 천하에 비할 바가 없다는 보물 중의 보물인 천잠사(天蠶絲)에는 미치지 못하지만, 지금까지 생사를 건 진검승부에서조차 단 한 번도 백련사가 끊어진 적이 없었다.

그렇게…….

마치 초절정의 고수가 여러 개의 칼을 사용해 이기어도(以氣馭刀)를 펼치는 것처럼 호대령의 삼 장 주위엔 숨 쉴 틈도 없이 상대를 압박하는 칼바람이 몰아치는 것이다. 그렇다고 상대가 자신의 몸을 보호하며 안으로 들어간다고 해도 반격을 가할 수 있는 틈을 찾기란 하늘의 별을 따기보다 어려웠다.

호대령과 손속을 겨루어본 소수의 무인들만이 호대령이 왜 광풍섬도라 불리는지 그 진정한 이유에 대해 알고 있었다. 그리고 왜 삼 장인지도.

"후후, 자네가 장백검파에서 나온 사람인가? 무슨 생각으로 장백검파에서 자네와 같은 인물을 내보낸 것인지 모르겠구먼."

"음…….."

'이런, 내가 지금 무슨 생각을 하고 있었지? 큰 실수를 할 뻔했구나.'

호대령의 비웃는 듯한 말투에 운영은 상념에서 헤어 나올 수 있었다. 아직 상대와 겨루어보지도 않았는데 너무 빨리 상대의 기도에 주눅이 들었던 것이다.

운영은 얼른 정신을 추스르며 단상을 오르기 전의 호기로운 마음가짐을 되찾을 수 있었다.

"자, 이제 두 분은 최선은 다해서 대련에 임해주십시오! 시작하겠습니다!"

여느 때와 마찬가지로 각원은 큰 소리를 내서 말하고는 얼른 단상을 내려왔다. 단상에 오른 두 사람을 위해 큰 소리를 낸 것이 아니라 단상 밑에 있는 군웅들을 향해 앞으로 펼쳐질 대련에 주목해 달라는 의미가 내포된 것이다.

"전 장백검파의 정운영이라 합니다. 잘 부탁드리겠습니다."

"후후, 좋아. 이래야 싸울 맛이 나지. 난 산서에서 온 광풍섬도 호대령이라 한다. 어디 잘해보도록."

호대령의 자신만만한 말에 운영은 눈살을 찌푸렸지만 얼른 평정심을 회복하고는 뒤쪽으로 몇 걸음 물러나 수중의 검을 들고 유운검법의 기수식(起手式) 자세를 취했다.

"음… 알겠습니다. 이번 대련에 최선을 다해 열심히 하겠으니 선배님도 조심하십시오."

운영은 아직까지 대련에 임하기 위한 자세를 취하지 않고 있는 호대령을 향해 목례를 취했다.

"호~ 그래도 제법 자세는 좋구먼."

호대령은 운영의 자세를 보고서는 천천히 고개를 끄덕였다. 깔끔한 운영의 자세에서 어느 정도 실력을 가름해 볼 수 있었던 것이다.

'후후, 이제 시작해 볼까?'

호대령은 천천히 자신의 양쪽 소매에 손을 집어넣은 후 운영과의 거리를 가늠했다. 조금 떨어져 있다는 감이 들었지만 크게 신경 쓰지는 않았다.

'응? 음… 이상하구나. 분명 칼을 사용할 텐데 수중엔 아무것도 없으니……. 혹 비도(飛刀)를 사용하는 것인가?

운영은 호대령의 자세를 보고 의구심이 들었다. 처음부터 호대령의 별호를 알고 있었기에 칼을 사용하리라 짐작했는데 단상에 오르면서 호대령의 수중에 칼이 없는 것을 보고는 더욱 의구심이 들지 않을 수 없었다. 그런데다 대련에 임하고서도 일반적으로 칼을 사용하는 무인이 취하는 자세를 취하지 않고 오히려 더욱 이상한 자세를 취했기에 호대령에게 짙은 의구심이 들었다.

'역시 경험이 없는 애송이군, 대련에 임하고서도 딴 곳에 신경을 쓰다니. 이래서 아무리 좋은 문파를 배경으로 두고 있어도 쓸모가 없다니까.'

호대령에게는 운영이 보이고 있는 행동은 신경 쓸 가치도 없었다. 항상 자신과 처음으로 대련에 임하는 사람들이 보이는 보편적인 행동이었기 때문이다.

"어디 그럼 이제 자네의 실력이 어느 정도인지 볼까? 후후후."

호대령은 운영이 다른 곳에 신경 쓰고 있는 것을 알고는 상대를 비웃으며 그동안 소매 속에 들어가 있던 양손을 앞으로 쭉 뻗으며 운영과의 거리를 순간적으로 줄여 나갔다. 순식간에 사 장까지 거리를 단축시킨 것이다.

"헉! 뭐, 뭐지?"

호대령의 감추어졌던 수중에서 십여 개의 작은 단도가 여러 방향에서 운영의 가슴으로 빠르게 압박해 왔다. 그에 깜짝 놀란 운영은 검으로 가슴을 보호한 후 얼른 뒤로 몸을 띄워 자리를 피했다.

그러나 눈이라도 달려 있는지 운영을 스쳐 지나간 단도는 서로 회전을 그리며 교차하더니 다시 운영이 피하는 방향으로 솟구쳐 올랐다.

분명 손에서 떠난 단도는 그 힘이 미치는 곳에 떨어지든가 꽂혀야
하건만 호대령의 수중을 벗어난 단도는 바닥에 부딪치는 소음도 없이
하늘로 솟구치며 재차 운영을 압박해 왔던 것이다.

"이, 이런, 어떻게 이런 일이? 이기어도인가?"

운영은 전방에서 점점 다가오는 단도들을 바라보며 식은땀을 흘려
야만 했다. 정말 호대령이 이기어도를 사용하는 고수라면 이번 대련은
천운이 없는 한 운영에게 가망성이 없었던 것이다.

땅! 따따다땅! 땅! 땅……!

운영은 검과 함께 회전을 하면서 사방에서 쇄도하는 단도를 쳐내기
에 정신이 없었다. 하지만 점점 시간이 지나면서 호대령의 수중을 벗
어난 단도들의 숫자가 늘어나자 그것도 여의치 않았다.

"하하, 그래도 제법 버티는구먼."

"헉! 이잇!"

땅! 따땅땅!

'이런 식으론 얼마 버티지 못할 것 같구나. 이렇게 되면 무리를 해
서라도 상황을 역전시켜야겠다.'

운영은 되도록 펼치지 않으려고 했던 유운천망을 사용해 이미 가슴
으로 다가와 예기를 발하는 단도를 쳐냈다. 아직 미완성인 유운만리를
제외하고는 공력 소모가 가장 심한 초식이기에 사용을 꺼렸지단, 그러
한 것을 생각할 수 없는 위급한 상황인지라 다급한 마음에 사용한 것
이다.

"헉! 거, 검망(劍鋩)이다. 검망이야!"

"검망? 어디? 저, 정말이다! 정말 검망이야!"

"허……."

대련을 관전하던 군웅들이 호대령의 공세에서 벗어나기 위해 운영이 사용한 유운천망을 보고는 깜짝 놀라 손가락으로 가리키며 소리를 쳤다.

운영의 몸을 감싸고 있는 하얀빛 구형의 검기 망은 보고 있는 군웅들은 물론 지금까지 손쉽게 생각하고 있던 호대령에게 커다란 놀람을 가져다 주었다.

'검망이라니? 저 나이에 벌써 검망을 시전할 수 있다는 말인가? 어찌……!'

호대령은 자신이 애써 펼친 공세가 모두 운영의 검망에 가로막혀 전진을 못하고 오히려 외곽으로 튕겨 나가는 것을 보자 경악을 금치 못했다. 하지만 놀람도 잠시, 노련한 호대령은 오히려 전보다 더욱 빠르게 단도를 조종하며 운영의 검망에 부딪쳐 갔다.

땅! 따따다땅… 땅! 땅!

서로 삼 장이라는 일정한 간격을 유지하며 공세와 수세를 취하는 두 사람을 보며 군웅들은 할 말을 잃어버렸다. 십여 개의 단도를 자유자재로 다루는 호대령도 그렇지만 젊은 나이에 검망이라는 무위를 보이고 있는 운영에게 모두의 시선이 모이고 있는 것이다.

두 사람은 삼백여 초가 지나도록 서로 움직이지 않고 있었다. 다만 호대령의 단도가 검망에 부딪쳐 나는 쇳소리만이 소림의 조용한 하늘을 가득 덮고 있었다.

'제길, 뭐 저런 녀석이 다 있어? 삼백여 초가 지나도록 지치는 기색조차 보이지 않다니, 도대체 지니고 있는 공력이 얼마나 되는 거야?'

운영이 펼치는 검망을 보고 공력 소모를 유도하기 위해 쉴 틈 없이 몰아치던 호대령은 처음의 생각과는 달리 검망을 펼치며 막대한 공력을 소모하고 있는 운영보다 자신이 먼저 지치고 있음을 알 수 있었다. 아무리 운영이 검망을 펼치고 있다 하더라도 완전하지 않을 것이라 생각하고 여러 곳을 살피며 공세를 취했는데 오히려 그러한 것이 자신의 공력을 소모하게 만든 것이다.

'아무리 생각해 봐도 이기어도가 아닌 것 같다. 만약 이기어도였다면 내가 펼치는 유운천망을 쉽게 뚫고 들어왔을 텐데 삼백 초가 지나도록 들어오지 못하고 튕겨 나가고 있으니……'

운영은 호대령의 화려한 초식을 보고 이기어도라는 생각을 하고 있었다. 그래서 공세를 취하지 못하고 수세에 몰리면서 몸을 브호하는 데만 급급해했었다. 그러나 아무리 생각해 보아도 이치에 맞지가 않았던 것이다. 분명 기를 한껏 담고 있는 이기어도라면 아무리 검망이라고 하더라도 뚫고 들어와야만 했기 때문이다.

'좋아! 어떻게 된 것인지는 잘 모르겠지만 내게 크게 위협이 되지는 못하는 것 같다. 그리고 이렇게 있어봤자 내 공력만 소모할 뿐이니 그렇다면 차라리 지금이라도 공격을 하는 것이 현명할지도!'

운영은 생각을 정리했다. 지금까지 취하고 있던 수세의 자세에서 공세로 전환하기로 한 것이다. 그에 운영은 우선 검망으로 호대령의 단도를 면밀히 차단하면서 간격을 좁혀 나갔다.

"얍! 간다!

따따따당땅! 따당!

"헉! 이, 이런……."

운영이 검망을 형성한 상태로 파고들자 호대령은 깜짝 놀랐다. 가뜩이나 모든 공격이 무위로 돌아가자 운영의 검망을 깰 수 있는 대처 방안에 대해 고심하고 있다가 일어난 일이었기에 더욱 그러했다.

운영은 찰나의 순간에 호대령의 가슴 앞까지 파고들었다.

"좋다! 어디 한 번 해보자!"

일 장 앞까지 파고들어 온 운영을 보며 호대령은 이를 악물었다. 삼십사 해를 살아오면서 지금처럼 급박한 상황에 처하는 대련을 해본 적이 없었기에 운영을 보면서 오기가 발동한 것이다.

항상 삼 장 이상 떨어진 상태에서 상대를 마음대로 유린하던 자신이 비슷한 연배도 아닌 젊은 무인에게 뒤지긴 싫었던 것이다.

호대령은 빠르게 뒤로 몸을 빼면서 쉴 새 없이 양손을 움직였다. 그와 함께 공중을 날아다니던 단도들도 급박하게 움직이기 시작했다. 돌진해 오는 검망을 향해 자신의 몸을 부딪쳐 간 것이다.

상황은 급박하게 돌아가기 시작했다. 비록 검과 도가 난무하고 있었지만 정작 당사자들은 움직이지 않고 있었는데 상황이 묘하게 돌아가기 시작하면서 수세를 하던 운영이 공세를 취하던 호대령을 향해 돌진하면서 쫓고 쫓기는 상황이 되어버린 것이다. 하지만 공격하는 사람과 방어하는 사람은 변하지 않았다. 상황은 처음과 같은데 쫓는 사람과 쫓기는 사람이 생겼을 뿐이었다.

"저게 지금 무슨 일이야? 호대령이 계속 공격하고 있는데 왜 뒤로 자꾸만 물러나는 거지?"

"이 사람아, 저걸 보고도 모르는가? 호대령이 줄기차게 공격을 하면서도 저 소협의 검망을 뚫지 못하니까 뒤로 밀리는 거잖아!"

"그러니까 이해가 안 간다는 거야. 우리가 도장에서 무예를 배울 땐 공격이 최선의 방어라고 하지 않았나? 그런데 저 모습을 보고 있으면 그렇지 않은 것 같으니, 이것 참……."

"음… 하긴 그렇구먼."

군웅들은 운영과 호대령의 디련을 보면서 다시 한 번 운영의 검망에 대해 이런저런 말들을 주고받았다. 또한 운영이 적을 두고 있는 장백검파에 대해 조용하고도 은밀한 밀담이 오고 갔다.

"정말 대단하군. 젊은 나이에 검망을 시전한다는 것도 놀라운데 오백여 초가 지나도록 그 기세가 줄어들지 않다니, 도대체 공력이 얼마나 되기에 검망을 시전하며 공세를 취하는 것인지……."

"그러게 말입니다. 정말 놀랍습니다. 비록 검망이 검도의 높은 경지이기는 하지만 방어를 위한 것이기에 공격을 취할 때는 크게 위협을 주지 못하는데 저 젊은이를 보니 그것도 아닌 것 같습니다."

"지금까지는 그렇게 인식되고 있었습니다. 공력 소모가 많은 검망을 시전하느니 차라리 그 공력을 공격을 펼치는 데 사용하는 것이 일반적인 상식이었지요. 그런데 검망을 저렇게 활용하다니… 허허, 정말 놀랍습니다."

"네, 정말 대단합니다. 장백검파에 저런 기재가 있었다니 실로 큰 걱정입니다."

"음……."

운영의 검망과 내력에 구파일방과 오대세가의 수뇌들의 얼굴엔 근심이 어렸다. 처음 운영과 호대령의 대련을 보면서 구파일방과 오대세가의 수뇌들은 혀를 찼다. 비록 검망이라는 것이 놀라운 경지이긴 하지만 그 경지가 어느 정도이냐일 뿐 중원무림에서 검망을 시전할 수 있는 고수는 많았다. 또한 구파일방을 비롯한 검과 도를 사용하는 몇몇 문파에서는 오랜 옛날부터 그 진의가 전해져 내려오고 있었다.

그러나 실제 대련에선 잘 사용하지 않았다. 너무나 많은 내력 소모를 동반하기에 정작 필요할 때 공격할 수 없다는 치명적인 단점이 있었기 때문이다. 검망을 운영처럼 계속적으로 사용하려면 어마어마한 내력을 지니고 있어야 했다. 아니면 최소한의 내력으로 검망을 시전할 수 있는 비전이 있어야 하는데 중원무림에선 아직까지 그러한 것을 개발하지 못하고 있었기에 운영을 바라보는 사람들의 시선엔 놀라움이 가득했던 것이다.

"얍! 하앗! 이런, 제기랄! 제발 뚫려라, 뚫려!"

호대령의 주위엔 어느새 서른여섯 개의 단도가 사방을 빽빽하게 에워싸고 있었다. 호대령도 운영처럼 자신의 주위에 도망(刀鋩)과 비슷한 도막(刀幕)을 형성한 것이다. 그러나 도막과 도망은 외형적인 면에서는 비슷했지만 그 내면엔 상당한 차이를 보이고 있었다. 그것은 검망과 도막이 서로 부딪치면서 확실히 나타났다. 호대령의 도막이 운영의 검망에 여지없이 찢겨져 나갔던 것이다.

"비, 빌어먹을! 허억! 윽! 으으… 음……."

마지막까지 버티던 호대령의 단도가 줄 끊어진 연처럼 힘을 잃고 하늘로 퉁겨져 올라갔다. 단 한 번도 호대령의 수중을 벗어난 적이 없었던 단도가 수중에서 완전히 떠난 것이다. 또한 그와 함께 숨 막히던 접전도 막을 내렸다.

"음……."

"……."

단상엔 오랜만에 정적이 찾아들었다. 운영과 호대령은 삼 장을 격하고 서로 마주 보고 있었지만 누구 하나 먼저 입을 열지 않았다. 그러나 자신의 임무를 잊지 않고 있던 각원이 얼른 단상으로 올랐다.

"저… 이제 승……."

“정말 놀라웠네. 장백검파에 자네와 같은 인재가 있었다니. 그러나 자네의 모습을 보니 본 실력을 다 발휘하지 않은 것 같구먼.”

호대령은 치열했던 대련이 끝난 상태에서도 자신과는 달리 운영의 숨소리가 고른 것을 알고는 씁쓸한 마음을 애써 달랬다. 두 사람 사이엔 너무나도 현격한 차이가 있다는 것을 실감한 것이다.

“호 대협께서 저를 잘 보아주신 덕분입니다.”

“음…….”

호대령은 운영의 말에 조심스럽게 고개를 끄덕여 보이고는 뒤로 돌아 단상을 내려갔다. 각원은 단상을 내려가는 호대령을 향해 뭐라고 말하려다가 이내 고개를 저으며 운영을 한 번 쳐다보고는 군웅들을 향해 고개를 돌렸다.

“앞의 대련과 마찬가지로 치열한 접전을 보인 이번 대련은 멀.리. 장.백.에서 오신 장백검파 유운검 정 소협의 승입니다.”

각원은 운영에 대해 소개하며 ‘멀리’ 라는 말과 ‘장백’ 이라는 말을 강조하며 군웅들을 향해 목청을 높였다.

각원의 의중은 명백했다. 이미 승패는 결정이 난 상태였지간 다시 한 번 군웅들에게 장백검파가 세외 문파라는 것을 인식시키려는 것이었다.

“와~ 대단하다~”

군웅들은 각원의 확정적인 말에 모두 고개를 끄덕이며 운영의 승리를 축하해 주었다.

“이제 오늘의 대련은 이것으로 마치겠습니다. 그리고 내일 있을 열한 번의 대련을 끝으로 총 이백오십육 명을 뽑는 한 달간의 선발전을 마치겠습니다. 여러분들도 모두 짐작하시겠지만 앞으로 펼쳐질 대련은 지금까지와는 달리 손에 땀을 쥐게 만드는 치열한 접전이 펼쳐질 것입니다. 그만큼 위험 부담도 많이 따르기 때문에 여러 동도 분들의 협조가 필요합니다. 그러니 조금 불편하더라도 양해하여 주시기 바랍니다. 그럼 오늘도 편안히 쉬십시오. 아미타불……."

각원은 군웅들을 향해 크게 합장하고는 단상을 내려왔다.

각원과 함께 옆에서 행사를 담당하던 소림승들이 모두 물러가자 군웅들은 삼삼오오 짝을 이루어 오늘 벌어진 대련에 대해 의견들을 주고받았다. 하지만 가장 많이 대두되는 화젯거리는 역시 마지막에 벌어진 두 번의 대련이었다. 바로 세외의 세력이라 인식되고 있는 해남검파와 장백검파의 문인들이 보여준 무위에 집중된 것이었다.

*　　　*　　　*

그리 넓지 않은 객실에 십칠 명의 인원이 원탁을 중심으로 모여 앉아 있었다. 날은 이미 저물어 호롱불을 밝혀야 하는 상황이지만 그런 것과는 상관없이 모여 있는 사람들의 표정은 밝기만 했다.

"하하하! 장문인, 우리 정 사제가 장백의 이름을 높여놓았습니다. 이제 그 누구도 우리 장백검파를 아래로 보지는 못할 것입니다."

"그렇습니다, 사부님. 사숙께서 보여주신 무위는 정말 놀라웠습니다. 내력 소모가 많은 검망을 과감하게 펼치신 것도 놀라운데 거기다 오백여 초가 지나도록 한 치의 흔들림도 보이지 않고 절정고수인 광풍섬도 호대령을 격퇴시키기까지 했습니다."

"예, 사숙님께선 오늘 정말 큰일을 해내셨습니다. 제가 군웅들이 광풍섬도 호대령에 대해 말하는 것을 들었는데 실로 대단한 사람이었습니다. 산서성 일대에서는 광풍섬도를 모르는 사람이 없을 정도로 뛰어난 무인이었다 합니다. 오죽했으면 천하제일검가라 일컬어지는 현원세가에서도 그와 마주치는 것을 꺼릴 정도였다는 소문도 있습니다."

현운 장문인은 운영이 보여주었던 무위에 침을 튀기며 격찬(激讚)을 아끼지 않는 제자들을 보면서 입가에 흐뭇한 미소를 지었다.

"허허, 알았다. 너희들이 무슨 말을 하려고 하는지 알겠다. 하지만 나는 우리 장백이 수많은 문파들이 산재한 중원에서 확고한 자리를 잡으려면 지금부터가 시작이라고 생각한다."

"……?"

"……."

"너희들도 직접 보았으니 알겠지만 오늘 있었던 해남검파와 우리 장백검파의 대련은 내게 상당한 의구심을 갖게 했다. 마치 누군가가 해남과 우리의 상대를 조작하지 않았나 생각된다는 말이다."

"옛? 사부님, 그것이 무슨 말씀이신지?"

"……?"

기분 좋게 웃으며 경청하던 정수와 운영은 현운 장문인의 말에 의구심을 드러냈다. 다만 현검 도장과 정호만이 미미하게 고개를 끄덕였다.

"정 사제, 그리고 정수야, 잘 생각해 보거라. 우연인지 아닌지는 아직 말할 단계는 아니지만 지금까지 치러진 대련에서는 강자와 약자가 확연히 구분되어 쉽게 판결이 났었다. 그런데 세외의 세력으로 인식되고 있는 두 문파의 제자들만이 강자들과 마주친 것에 대해 한 번쯤은 심각하게 생각해 볼 문제라 여겨지는구나."

“음…….”

“…….”

현운 장문인의 말에 운영과 현검 도장은 물론 깊게 생각하지 못했던 정수와 주위에 있던 문인들도 심각함을 인식했는지 서로 마주 보며 고개를 끄덕였다.

“사부님의 말씀을 들어보니 상황을 짐작할 수 있겠습니다. 제 생각으로는 아마 저들이 우리들을 비롯한 세외 문파들의 실력을 파악하기 위한 조치가 아니었나 생각됩니다.”

“음…….”

현운 장문인은 제자인 정호의 말을 들으며 고개를 끄덕였다. 이미 자신도 그렇게 짐작하고 있었기 때문이다.

“사형, 저들이라 함은 누구를 말씀하시는 겁니까?”

“그건 중원의 정도무림을 영도하고 있는 구파일방과 오대세가, 그리고 각 지역의 세력가들일 것이다. 그들이 아니라면 그럴 필요가 없겠지.”

“아…….”

정호 도장의 말에 질문을 던졌던 정수를 비롯해 모두들 고개를 끄덕였다. 일리가 있는 말이었기 때문이다.

“그래, 그나저나 현검 사제와 정수는 알아보았느냐?”

“하하, 예, 알아보았습니다.”

현검 도장의 눈짓을 받은 정수는 현운 장문인의 앞으로 다가오며 읍을 했다.

“예, 사부님. 제가 말씀드리겠습니다.”

현운 장문인은 이미 짐작하고 있었기에 입가에 웃음을 살짝 보이며 고개를 끄덕였다.

"그래, 그럼 정수가 말해 보거라. 네가 살펴본 것에 대해 소상히 말해야 할 것이다. 좋은 일이든 나쁜 일이든 더하고 빼는 일이 없어야 한다는 말이다. 그래야 앞으로 일어날 일에 대해 대처 방안이 마련될 것이니. 알았느냐?"

현운 장문인은 조금씩 자신의 몫을 다하고 있는 정수를 보며 인자한 미소를 지어 보였다. 하지만 사안이 사안인만큼 주의의 말을 잊지않았다.

"예, 사부님. 명심하겠습니다. 흠흠, 그럼 말씀드리겠습니다. 제자가 현검 사숙님과 함께 알아본 바에 따르면 중원무림의 정세가 하루가 다르게 변하고 있다는 것을 알 수 있었습니다."

"무림의 정세가 변하고 있다?"

"예, 조사를 하면서 지금 치러지고 있는 군웅대회가 어찌 보면 일종의 정도무림 단합을 위한 것일지도 모른다는 생각이 들었습니다. 그 이유는 크게 세 가지를 들 수 있습니다. 우선 첫 번째로 산서성 태원에 있는 현원세가를 들 수 있습니다. 들리는 소문에 의하면 현원세가는 오래전부터 원나라가 심어놓은 세력이라 합니다."

"원나라가 심어놓은 세력이라고?"

현운 장문인은 정수의 말을 들으면서 깜짝 놀랐다.

"예, 원나라가 중원을 장악하고 있을 때 무림이 강력하게 반발하면서 위협성을 띤 세력으로 급부상하자 무림을 견제하기 위한 일환으로 구축된 것이라 합니다."

"음……."

'그토록 위명이 쟁쟁했던 현원세가가 원나라의 숨겨진 세력이었다니… 허허, 원나라가 북으로 물러난 것이 벌써 사십 년이 되어가는데 아직까지 그 그늘이 존재하고 있었구나.'

현운 장문인은 정수의 말에 씁쓸한 나머지 침음을 안으로 삼켜야만 했다. 현원세가가 구파일방과 오대세가와의 두터웠던 사이가 벌어졌다는 것은 알고 있었지만 생각지도 못한 말이었기 때문에 쉽게 받아들일 수가 없었다. 그만큼 충격으로 다가왔다.

"두 번째는 강서성 남창에 있는 패왕성의 세력 팽창입니다. 대부분의 명문 정파가 장강 이북에 자리를 잡고 있는 반면 장강 이남에 자리 잡고 있는 패왕성은 강서성은 물론 주변의 복건성과 광동성을 비롯해서 호남성에 있는 대소문파들을 흡수하고 있다 합니다. 이에 정도무림은 크게 위협을 느끼고 있나봅니다."

"패왕성이라… 음……."

패왕성에 대한 소문은 현운 장문인도 익히 들어 알고 있었기에 쉽게 고개가 끄덕여졌다.

"그리고 마지막으로는 아직까지 움직임이 없었던 마교가 서서히 태동의 조짐을 보이고 있다는 것입니다."

"마교가? 지금 마교가 태동한다고 했느냐?"

정수의 말을 들으면서 평정심을 잃지 않고 있던 현운 장문은 깜짝 놀라 자리에서 일어서며 옆에 앉아 있던 현검 도장을 향해 시선을 주었다.

현운 장문인의 시선을 받은 현검 도장은 정수의 말에 힘을 실어주는 씁쓸한 표정과 함께 미미하게 고개를 끄덕였다.

"허……."

현운 장문인은 현검 도장의 모습에서 이미 기정사실화 되었다는 것을 실감하고는 털썩 자신의 자리에 앉아야만 했다. 이미 현실로 드러난 일이라 뭐라고 할 말이 없었던 것이다.

"하지만 사부님, 아직 마교에 대한 것은 정확하지 않아서 정도무림에서도 짐작만 하고 있는 것으로 여겨집니다."

"그래, 알았다. 음……."

'허… 정말 난세로구나. 난세가 다가오고 있음이야! 음…….'

정수의 설명을 모두 들은 현운 장문인의 이마엔 주름이 가득해졌다. 어차피 정도무림이나 패왕성의 일은 장백검파와 마찬가지로 서로의 패권을 다투는 일이지만 마교의 문제는 그렇지 않았다.

'마교? 아버지가 말씀하셨던 그 마교인가? 그럴리가?'

운영은 정수의 말을 들으면서 온몸의 털이 곤두서는 것을 느꼈다. 아버지에게 마교에 대해서 너무나도 황당한 말들을 많이 들었기에 저절로 일어나는 현상이었다.

"또 다른 것은 없었느냐?"

"예, 한 가지 이상한 것이 있기는 했습니다. 그러나 구파일방과 오대세가의 영수들이 한차례 회합을 가지고는 별다른 일이 없어서 말씀드리기가……."

정수는 현검 도장의 눈치를 살피며 말끝을 흐렸다.

"아니다. 모든 일에 있어서 쓸모없는 정보는 없는 것이다. 그러니어서 말해 보거라."

"예, 그럼 말씀드리겠습니다. 다름이 아니라 군웅대회가 개최되고 얼마 지나지 않아서 황궁에서 사람이 온 일이 있었습니다."

"황궁에서?"

"화, 황궁이라면?"

정수의 말에 현운 장문인과 운영은 깜짝 놀라며 현검 도장의 얼굴을 바라보았다. 하지만 도리질을 하는 현검 도장의 얼굴에서 둘은 실망감을 감추지 못했다.

'형님께서 오신 것이 아니었구나.'

'임 대협이 왔으면 좋았을 것을. 음……'

호열이 온 것이 아니었다는 말에 운영과 현운 장문인은 안타까운 생각이 들었다. 하지만 호열이 올 수 없다는 것을 잘 알고 있기에 이내 둘은 마음을 접고, 정수를 향해 고개를 돌렸다.

"그럼 황궁에서 누가 나온 것인지는 알고 있느냐?"

"저… 그것까지는 알 수 없었습니다. 다만 많은 수의 병사들을 대동하고 온 것을 보면 황궁에서도 그 지휘가 낮지 않은 자라 여겨졌습니다."

"그래? 그럼 수행원들의 복장은 어떠했느냐?"

"예, 그것이… 금의였습니다. 모든 병사들이 황금색 옷을 걸치고 있었습니다. 그런데 그것은 왜……?"

"지금 금의라 했느냐? 확실한 것이냐?"

"금의… 예! 화, 확실히 금의를 입고 있었습니다. 그리고 언뜻 보기에도 일반 병사들이 아닌, 황궁 내에서도 많은 훈련을 받은 병사들이란 것을 알 수 있었습니다."

정수는 갑자기 정색을 하며 물어보는 현운 장문인의 물음에 당황했는지 지금까지와는 달리 더듬거리며 대답을 했다.

"허허, 정수야, 네가 아주 큰 실수를 할 뻔했구나. 금의를 입고 있었다면 황제의 친위군대인 금의위였을 것이다. 더구나 수행한 병사들이 모두 금의위였다면 그들을 대동하고 온 사람은 황궁에서도 상당한 지

위에 있는 인물일진대 어찌 아무런 일 없이 이곳까지 오겠느냐. 정수
는 이후로 그들이 무엇을 하고 갔는지 소상히 알아보도록 하거라. 알
겠느냐?"

현운 장문인은 한쪽에 앉아 있는 현검 도장을 한차례 바라본 후 고
개를 푹 숙이고 있는 정수를 향해 엄하게 꾸짖었다.

"흠흠, 흠……."

"예. 알겠습니다, 사부님. 다시는 이러한 일이 없도록 하겠습니다."

"그래, 그리고 너희들도 잘 새겨듣거라. 정도무림에서 보면 우리들
도 패왕성과 마찬가지로 그들의 기득권을 위협하는 세력일 뿐이다. 그
렇게 보자면 추후 우린 어차피 그들과 크게 마주치게 될 것이고 승리
를 하지 못하면 문파의 존속 여부가 불투명해질지도 모르는 위급한 상
황에 처하게 될지 모른다."

"……."

현운 장문인의 차분한 말에 방에 있는 모든 문인들은 숨소리 하나
내지 않고 경건한 마음으로 경청했다.

"그래… 하지만 마교는 그렇지 않다. 비록 우리 장백검파가 그들과
극과 극으로 자리 잡고 있어 피해를 보지 않았지만 만약 우리가 북경
에 정식으로 자리를 잡는다면 상황은 예전과는 크게 다를 것이다. 지
금까지 그들이 보여온 성격으론 우리를 가만두지 않을 것이란 말이다.
그러니 너희들은 앞으로도 브단히 노력하거라. 너희들의 생명은 그 누
구도 지켜주지 못하기 때문이다. 알겠느냐?"

"옛, 사부님."

"알겠습니다, 장문인"

무겁게 가라앉은 목소리로 말하는 현운 장문인을 향해 객실에 있던

모든 제자들이 한목소리를 냈다.

"그건 그렇고, 정 사제도 앞으로의 행동에 각별히 조심해야 할 것이네. 아무래도 다음부터는 더욱 어려워질 것이란 생각이 드는구먼. 그리고 정호도 이 사부의 말을 명심하거라."

"예, 장문인. 명심하겠습니다."

"알겠습니다, 사부님."

현운 장문인의 당부에 운영과 정호는 고개를 숙여 보였다.

"하하, 장문인, 우리 정 사제와 정호는 앞으로도 문제없을 것입니다. 누가 대적을 하겠습니까? 그렇지 않습니까?"

현검 도장은 조금 전의 일도 있고 해서인지 분위기를 바꾸어볼 요량으로 크게 팔을 흔들어 보이며 과장된 몸짓을 보였다.

"허허, 알았네. 그렇다면 더욱 좋은 일이지. 암."

"그렇지요. 하하하! 모두 잘될 겁니다. 그러니 장문인께서도 너무 염려하지 마십시오. 우리 정 사제와 정호가 누구입니까? 우리 장백검파의 기둥들이 아닙니까!"

"알았네. 알았으니 이제 그만 하게나. 허허허……."

현검 도장의 호탕한 말에 무거웠던 방 안의 분위기가 싹 가셨다. 비록 우려되었던 일이 일어나기는 했지만 운영의 출중한 무위로 인하여 장백검파의 입지가 상당히 격상되었기에 위안삼을 수 있었다.

"정호야, 내일은 네 차례로구나."

"예, 사부님! 실망시켜 드리지 않겠습니다."

"허허, 그래. 하지만 무리하지는 말거라. 네겐 앞으로 더욱 중요한 일들이 있지 않느냐? 이 사부가 하는 말이 무슨 뜻인지 알겠느냐?"

"예, 알겠습니다, 사부님."

‘사부님의 말씀, 무슨 뜻인지 알겠습니다. 비록 지금은 많이 부족하지만 훗날 사부님의 기대에 부흥할 수 있도록 열심히 수련하겠습니다.’

정호는 사부인 현운 장문인의 뜻이 어디에 있는지 알 수 있었다. 당장에 닥친 현실에 너무 연연하지 말고 훗날이 영광을 도모함에 힘쓰라는 사부의 깊은 뜻을 존중하기로 한 것이다.

현운 장문인과 현검 도장은 장백검파의 기둥이며 주춧돌과 같은 대제자 정호의 듬직한 모습에 절로 흐뭇한 미소가 입가에 걸렸다.

제 2 장

영락제와 양영의 첫 만남

 # 영락제와 양영의 첫 만남

사람, 인간…….

인체의 신비함은 이루 말할 수 없다. 그러나 그중에서도 인간의 몸 안에서 생성되어 체외로 배출되는 체액은 그 하나하나가 상징적인 의미를 지니고 있어서 신비함뿐만 아니라 깊은 교훈까지 준다. 눈물이 그렇고 땀 또한 나름대르 깊은 의미를 간직하고 있는 것이다.

땀은 약간의 염분을 제외하고는 대부분이 수분으로 되어 있어서 그리 특별한 것은 없다. 그러나 땀은 눈물이나 피가 전해줄 수 없는 냄새와 그 속에 담긴 숭고한 가르침이 있어서 더욱 귀하다 할 수 있다. 땀의 미학이라 할 만한 것이 그 안에 있는 것이다.

땀!

포근하고 친근하며 거짓이 없는 체액이 바로 땀이다. 열심히 일하고 난 후 온몸이 땀에 흠뻑 젖은 모습. 그렇게 흘린 땀은 본인뿐만 아니라 옆에서 지켜보는 사람들에게도 그렇게 뿌듯하고 시원할 수가 없다. 빈둥거리고 놀면서 흘리는 것하고는 질적으로 다른 것이다. 다시 말해 땀은 부지런히 일하고 열심히 살아가는 삶의 상징과도 같다 말할 수 있다.

자신이 자신의 삶에 만족할 수 있는 땀을 흘리는 것, 그것은 단순히 칭송의 단계를 넘어 숭고한 아름다움의 차원으로까지 승화된다. 숭고미(崇高美)를 느낄 수 있는 최고의 단계에까지 고양되는 것이다.

그렇게……

오늘도 자신들의 삶에 애착을 가지며 열심히 땀을 흘리는 사람들이 있었다. 아침 일찍 일어나 저녁 늦게까지 자신의 삶에 최선을 다하는 사람들이 있는 것이다.

"휴, 지겨운 오늘 하루도 어김없이 시작되는구나."

"그러게 말이야. 어째 점점 더 힘들어지는 것 같아."

"여기서 뭐 하고 있는 거야? 그렇게 궁상 떨지 말고 어서 나가자고! 밖에는 어느새 무더운 여름이 다 지나가고 하늘이 청명하게 빛을 내고 있다네. 하하하!"

"……?"

"……."

언제 다가왔는지 연무장으로 터벅터벅 힘겹게 걸음을 옮기고 있던 두 사람의 어깨를 탁탁 두드리고는 활기 찬 걸음으로 뛰어가는 사람이 있었다.

"이것 참, 연궁이 저런 모습을 보일 때가 다 있었나?"

"나도 잘 모르겠네. 살이 빠진다고 매일 울먹이던 녀석이었는데……."

왕전유와 소영준(邵盈雋)은 이미 멀어져 뒷모습밖에 보이지 않는 표연궁을 바라보며 고개를 갸웃거렸다. 매일 저녁마다 땀으로 빠져나간 살을 보충한다며 다른 사람들보다 배 이상을 먹던 모습이라곤 상상할 수 없을 정도로 표연궁이 보인 오늘의 행동은 두 사람에게 다른 사람을 연상시킬 정도로 괴리감을 주고 있었다.

"여하튼 질질 짜는 것보다는 보기 좋구먼."

"하긴… 우리도 이렇게 있지 말고 어서 나가는 것이 좋겠네."

"하하, 그렇게 하세. 그러고 보니 우리가 제일 늦은 것 같으니……."

소영준은 왕전유에게 말을 하면서도 주위를 둘러본 후 아무도 없는 것을 깨닫고는 다른 사람들보다 많이 늦었다는 것을 알게 되었다.

왕전유는 철혈군왕군 진영에서 나이가 제일 많은 사람들 중 한 명이었다. 비록 다른 사람들보다 한 살이나 두 살 정도 위였지만 그래도 많은 것은 많은 것이다.

스물하나.

이미 굳어버린 뼈와 근육은 둘째로 치부하더라도 성장하면서 한 번도 제대로 기를 순화시키는 공부를 하지 않은 관계로 막혀 버릴 대로 막혀 버린 기혈. 이런 모든 것들이 걸림돌로 작용할 정도로 무공을 익히기에는 너무나 많은 나이였다. 하지만 이런 상황은 왕전유 한 명만의 일이 아니었다. 처음부터 철혈금부 자체가 문무 고관대작들의 자제들로 구성되어지는 것을 전제로 탄생된 군부였기에 비록 한두 살 정도 어리다고는 하지만 구성된 인원들 모두 매한가지나 마찬가지였다. 한마디로 이러한 악조건들은 철혈금부엔 당연한 일인지도 모른다.

소영준과 왕전유가 연무장에 도착했을 때는 이미 짐작했던 대로 모두들 단상 아래에 정렬해 있는 상태였다. 그런 모습을 보자 누가 먼저라고 할 것 없이 둘은 서로 얼굴을 마주 보며 인상을 구겨야만 했다. 아침부터 꼬장꼬장한 호혈교두 초 총관의 잔소리를 들어야만 한다는 생각에 등골이 오싹했던 것이다.

'제기랄, 오늘은 아침부터 일진이 사납겠구나.'

그러나 무슨 일이 있는지 숨을 죽이며 조용히 다가가는데도 진작 두 사람을 향해 터져야만 될 불호령이 담긴 일갈이 들리지 않았다. 어찌 된 일인지 평소 시간을 칼같이 지키는 초 총관의 모습이 단상에 보이지 않고 있는 것이었다. 또한 언제나 초 총관과 함께 다니던 두 명의 교관들의 얼굴도 볼 수가 없었다. 그에 둘은 하늘이 도왔다는 생각으로 조용히 사람들 사이를 비집고 자신들의 위치에 가서 한숨을 돌릴 수 있었다.

'오늘은 무슨 일이지? 평소와는 달리 좀 늦네?'

이러한 것은 소영준과 왕전유만의 생각이 아니었다. 패왕군과 군왕군에 소속된 모든 사람들의 공통된 생각이었다. 하지만 그러한 것은 머리로만 생각할 뿐이었고 모든 사람들은 한 점의 흐트러진 모습을 보이지 않고 묵묵히 기다릴 뿐이었다.

'어? 저기 오는구나.'

모두의 시야에 초 총관을 필두로 해서 남대호(南못豪) 교관과 안형기(安亨基) 교관이 그 뒤를 따라 걸어오고 있는 모습이 보였다.

"오늘은 내가 좀 늦었구먼. 아침에 도독님의 지시 사항을 듣느라고 늦었으니 신경 쓰지 말도록."

'응? 뭘 신경 쓰지 말라고 하는 거야? 도대체 무슨 말인지?'

단상 위로 올라간 초 총관은 주위를 둘러보며 조용히 말문을 열었다. 모두의 시선이 자신에게 집중된 것을 알고 있었기에 아침 훈련 시간에 늦게 나온 이유에 대해 간략하게 말해야만 하겠다는 생각에 몇 마디 한 것이다. 하지만 굳이 신경 쓰지 말라는 말이 나오지 않았어도 신경 쓰는 사람은 한 명도 없었다. 오히려 초 총관의 입에서 그런 말이 나옴으로 해서 별다른 생각이 없던 사람들의 신경이 그쪽으로 조금씩 몰리게 되었다.

'무슨 일이 있었나? 이것 참… 신경 쓰지 말라고 하니 더 신경 쓰이네.'

속마음이 어떻든 외관상으론 정렬해 있는 철혈금부의 대원들 표정엔 한 점의 변화도 찾아볼 수 없었다.

"그럼 오늘의 훈련을 시작하겠다. 남 교관과 안 교관은 각자 패왕군과 군왕군을 맡아 오늘도 철저히 훈련시키도록!"

"알겠습니다!"

초 총관의 말에 남 교관과 안 교관은 힘차게 목청을 높여 대답을 하고는 각자 단상 밑으로 내려갔다. 초 총관은 두 사람의 뒷모습을 한동안 바라보다가 이내 다시 정면을 향해 고개를 돌렸다.

"좋다. 오늘은 이만 하겠다. 오늘 훈련도 열심히 하도록!"

"옛, 알겠습니다!"

남 교관과 안 교관의 뒤를 따라 연무장의 중간 부분으로 천천히 이동을 하는 철혈대원들을 보면서 초 총관의 입가엔 어느새 가느다란 웃음이 매달려 있었다.

'후후, 오늘 이후로 너희들은 진정한 무사의 훈련을 받게 될 것이다. 참으로 잘 참아주었다.'

초 총관은 뒷짐을 진 상태로 막 훈련에 들어가기 시작하는 대원들의 모습을 바라보았다. 그러면서 점점 자신도 알지 못하는 뿌듯한 감정이

솟구쳐 오르는 것을 느꼈다.

'이것 참, 내가 저 녀석들에게 정이라도 생겼나? 음⋯⋯.'

초 총관은 고개를 좌우로 흔들면서 집무실로 천천히 발걸음을 옮겼다.


호열은 평소와는 달리 오늘은 편안한 아침을 맞을 수 있었다. 아니, 평소와 다름없는 아침이었지만 오늘은 너무나도 반가운 손님이 찾아온 것이다. 한동안 같이 생활했고 호감도 가졌던 사람이기에 자신 말고는 아무도 믿을 수 없는 황궁에서 다시 만나게 되자 절로 가슴이 훈훈해졌다.

아침에 간단한 일을 본 후에 휴식을 취할까 하는 생각에 호열은 창문을 열어젖히며 연무장으로 눈길을 두었다. 아침에 초 총관에게 철혈금부의 향후 훈련 과정에 대해 간단하게 지시한 후였기에 자신도 모르게 궁금함이 일었던 것이다.

'열심히 하고 있군. 뭐, 저 상태라면 조금 무리를 한다고 해도 상관없겠지.'

호열은 한동안 창문을 통해 철혈대원들의 훈련 모습을 바라보고 있었다.

똑! 똑!

"들어와라."

문을 두드리는 소리에 호열은 상념에서 벗어나 일상생활로 돌아올 수 있었다.

"무슨 일이냐?"

"예, 도독님을 뵙고자 하는 손님이 있습니다."

“응? 나를?”

‘손님이라… 이른 아침부터 웬 손님?’

호열은 이른 아침부터 누가 찾아온 것인지 알 수가 없었다. 황궁 내의 사람이라면 손님이란 말을 쓰지 않았을 것이기에 더욱 궁금했다.

“알았다. 들어오시라고 해라.”

“옛!”

호열의 말이 떨어지자 위마영(韋嘛迎) 부관(副官)은 얼른 고개를 숙여 보이며 문밖으로 나갔다. 그러나 얼마 지나지 않아서 다시 호열이 자리하고 있는 집무실로 들어왔다. 다만 먼저와 다른 점은 옆에 철혈금부에서 보지 못했던 인물이 같이 있다는 것이었다.

“아니, 이게 누군가? 조무장이 아닌가? 자네가 여긴 어떻게……?”

호열은 위 부관과 함께 들어온 사람을 보자 평상시의 작은 눈이 황망하게 커진 상태로 의자를 젖히고 앉았던 자리에서 일어났다. 위 부관의 뒤를 따라 들어온 사람은 바로 박 장군의 뒤를 따라 조선으로 건너갔던 조무장이었다.

“그동안 안녕하셨습니까?”

“하하하, 나야 목숨 부지하기 바빴지. 그나저나 정말 여긴 어쩐 일인가? 박 장군도 함께 온 것인가?”

“아닙니다. 박 장군과 다른 사람들은 조선에 계십니다. 저만 일이 있어 이번에 다시 들어오게 된 것입니다.”

“아, 그런가? 여하튼 다시 만나게 되니 정말 반갑구먼, 반가워! 하하하!”

호열은 조무장의 얼굴을 보자 즐겁고 반가운 마음에 웃음을 참지 못하고 한바탕 크게 웃으며 그동안 고달팠던 마음의 시름을 시원하게 날려 버릴 수 있었다.

"예, 저도 정말 보고 싶었습니다."

"그런가? 하하하! 자자, 그렇게 서 있지 말고 이리로 앉도록 하게."

"예!"

조무장은 호열의 말에 흔쾌히 대답하며 자리에 앉았다.

비록 호열과 조무장은 몇 달을 함께 고생하며 지내긴 했지만 서로 간에 다소의 거리가 있어 직접적으로 많은 대화를 나누어보진 않았다. 그렇기에 박 장군의 추천을 받아 우의정(右議政) 성석린(成石璘)이 이끄는 사신 행렬과 함께 명나라로 오면서도 줄곧 불안한 마음에 가슴을 졸였었다. 그런데 호열이 반갑게 반기자 다소나마 그동안 가지고 있던 불안감이 일시에 해소되는 기분이었다.

호열은 조무장이 자리에 앉자 밖에 있는 위 부관에게 녹차를 시킨 뒤 오랜만에 즐거운 담소를 나눌 수 있었다. 간만에 가져 보는 즐거운 아침인 것이다.

하지만 즐거운 대화도 그리 오래가지는 못했다. 아니, 서로 반가운 사람을 만나게 되어 대화를 한다는 것 자체는 즐거운 일이었지만 대화의 내용은 마냥 웃으며 듣기에는 부적절한 것이었다. 그렇게 처음엔 간단한 대화로 시작되었지만 시간이 지나면서 조무장이 다시 돌아오게 된 사연을 들으면서 분위기가 가라앉은 것이다.

"그래… 그런 일이 있었구먼. 그럼 이번에 사신으로 온 사람은 우의정이란 말인가?"

"예, 성석린 영감이십니다. 비록 연세가 많으시지만 연륜(年輪)과 학식이 뛰어나신 분입니다. 그리고 중군도총제(中軍都摠制) 최이(崔伊) 대감께서 서장관 봉상부령(書狀官 奉常副令)으로 함께 동행하셨습니다."

"최이 대감?"

"예, 개국 공신으로 얼마 전 공조판서(工曹判書)를 지내셨다가 사은 사로 함께 오시게 되었습니다."

"그래……."

호열은 조무장의 설명을 들으면서 고개를 끄덕였다. 하지만 우의정 성석린이 누구인지 공조판서 최이가 누구인지 몰랐기에 조무장의 얘기를 들으면서 그들에 대한 최소한의 예의를 표했다.

'음… 그러고 보니 저번에 그 일에 대해 언뜻 들은 기억이 있구나. 맞아, 그 일이로군.'

호열이 조무장에게 들은 것은 바로 조선 초기에 발생된 정층 등 십이 인을 명나라가 부당하게 억류하고 있다는 사항이었다.

"음… 그렇다면 이번에 우의정 성 영감이 사신으로 온 주된 목적은 사월에 하륜 공이 받아간 고명인장에 대해 답례하고자 온 것이 아니라 그 일을 해결하고자 온 것이겠구먼. 그렇지 않은가?"

호열은 조무장과의 대화를 다시 한 번 생각해 보고는 이내 고개를 끄덕일 수 있었다. 예전의 그였다면 쉽게 생각할 수 없었던 예민한 부분이었지만 지금은 어느 정도 정치가 어떻게 돌아간다는 것을 감지할 수 있었다.

"예, 실은 그렇습니다. 하지만 그 성사 여부에 대해선 조정에서도 쉽게 결론 내릴 수 없다는 생각이 지배적이라 실로 안타깝습니다."

"음……."

'실로 안타까운 일이구나. 이것이 소국의 신하들이 받아야만 하는 고통인가?'

호열은 조무장의 침통한 대답에 무겁게 고개를 끄덕여 화답했다.

"그럼 자네도 이번 일만 하고는 다시 조선으로 돌아가겠구먼. 그래, 이번엔 얼마나 머물 것 같은가?"

호열은 조무장이 저번처럼 사신들을 호위하기 위해 온 것으로 생각하고는 다시 떠나보내야만 한다는 생각에 아쉽고 서운한 마음이 들어 힘겹게 입을 열었다.

"저… 사실은 그 일 때문에 임 대협을 찾아뵌 것입니다. 사실 여기에 오기 전만 하더라도 저는 임 대협께서 황궁에 억류되시지 않았을까 많은 걱정을 했습니다. 이건 제 개인적인 생각만이 아니라 지금 조선에 계시는 다른 분들도 그렇게 생각하고 계십니다."

"음……."

호열은 조무장의 말을 들으면서 고개를 끄덕였다. 그때의 상황으론 충분히 있을 수 있는 일이었기 때문이다.

"그런데 제가 처음 황궁에 입성한 후 임 대협에 대한 소문을 들었을 때는 정말로 하늘에 감사드리고 싶을 정도로 반가웠습니다. 이렇게 건강하신 모습으로 명나라 조정의 고위 관직에 계실 것이라고는 생각지도 못했습니다."

"하하, 그런가?"

호열은 조무장의 말에 뒷목을 매만지며 멀쑥한 표정을 지어 보였다.

"예, 실은 그것 때문에 더욱 말씀드리기가……."

조무장은 차마 호열에게 자신을 수하로 받아들여 달라는 말을 할 수가 없었다. 조선에서 떠나올 때만 하더라도 호열이 명나라에서 곤란한 입장에 처해 있을 것이란 생각에 어렵지만 뒤에서 도움을 주며 같이 있을 수 있을 것이라 생각했었다. 하지만 막상 황궁에 입성해서 보니 처음에 가졌던 생각들을 쉽게 입 밖으로 꺼내놓을 수가 없었다. 상황이 좋지 않았다면 그럭저럭 넘어갔을지 모르지만, 조무장이 보기에 호열의 상황은 너무나도 좋아 보였다. 그런데 지금 그러한 말을 꺼낸다는 것은 호열에게 좋지 않게 들릴 수도 있었기 때문이다.

"무슨 말인가? 아무리 서로 알고 지낸 시간이 짧다고는 하지만 서로 모르는 처지도 아니고, 그러니 어려워하지 말고 어서 말해 보게."

"음……."

조무장은 호열의 말을 들으면서 고민하지 않을 수 없었다. 현 상황에서 말을 꺼낸다면 호열이 아닌 그 누가 보아도 좋지 않게 생각할 것이 뻔하기 때문이었다. 하지만 멀고 험한 길을 다시 돌아온 것과 이곳까지 오게 되기까지 자신의 의지가 어떠했는지 새삼 되새기자 머리가 맑아지는 것을 느꼈다.

조무장은 한참을 고민한 끝에 결단을 내렸다. 비록 호열의 얘기를 다 듣고 난 후 좋지 않게 생각하더라도 어쩔 수 없다고 생각한 것이다.

"좋습니다. 임 대협께서 그렇게 말씀하시니 편안한 마음으로 말씀드리겠습니다. 실은… 이런 사정으로 제가 쉽게 말씀드리지 못한 것입니다. 임 대협께서 어려움에 처해 있었다면 쉽게 말씀드렸을지 모르지만 지금의 사정으론 제가 출세를 의해 임 대협께 의지하려 한다고 생각하시지 않을까 해서……."

조무장은 차마 마지막까지 말을 이을 수가 없었다. 다음에 올 말이 무슨 말인지 너무나도 뻔한 것이기에 차마 자신의 입으로 말하고 싶지 않았던 것이다.

"음……."

'그렇게 생각할 수도 있겠구나. 하지만 그러한 것이 무슨 상관인가? 오히려 내가 청하고 싶은 심정인데…….'

호열은 조무장의 설명을 듣고는 고개를 끄덕였다. 당연한 이치였기 때문이다. 하지만 그러한 것은 호열에겐 문제가 되지 않았다. 오히려 조무장의 말에 양수(兩手)를 들고 환영해도 모자란 상황이기 때문이었다.

"자네가 무슨 말을 하려고 하는지 알겠네. 하지만 난 오히려 자네의 생각을 좋게 받아들이고 싶네. 사실 이곳에 혼자 있으면서 여간 쓸쓸한 것이 아니었거든. 어떠한가? 내가 많이 부족하지만 자네의 의중이 처음과 같다면, 앞으로 나와 함께하지 않겠는가?"

"대협! 저, 정말이십니까?"

조무장은 호열의 말에 깜짝 놀랐다. 아니, 깜짝 놀랐다고 하기보다는 예상하지 못한 말에 조금은 어리둥절한 표정을 지으며 호열을 바라보았다.

"당연하지. 이런 일에 난 한 입으로 두말하지 않네. 어떠한가? 그렇게 해보겠는가?"

"예! 받아만 주신다면 열심히 해보겠습니다. 사실 전 임 대협의 인품과 무위에 감명받았습니다. 그런데 오히려 부족한 소인을 받아주신다고 하시니 몸 둘 바를 모르겠습니다."

"하하하!"

호열은 오랜만에 실컷 웃을 수 있었다. 이젠 썰렁하다 못해 황량한 황궁에서 혼자라는 고독감에 휩싸이지 않아도 된다는 생각이 들자 여간 흡족한 마음이 드는 것이 아니었기에 저절로 웃음이 나왔다.

*　　　　*　　　　*

"폐하, 나흘 전부터 조선에서 온 사신들이 폐하를 뵙기 위해 외궁에 기거하며 하명을 기다리고 있사옵니다. 어떻게 하셨으면 하옵니까?"

예부(禮部)의 행정을 담당하고 있는 예부상서(禮部尙書) 묵형신(墨亨信)은 묵묵히 앉아서 사색에 잠겨 있는 영락제를 향해 깊숙이 허리를 숙여 보이며 답을 청했다.

올해 오십하나의 적지도 많지도 않은 나이로 육부의 한 축을 담당하고 있는 묵형신은 청렴하기로 소문난 사람이다. 예부를 담당하고 있기에 어쩔 수 없이 가식적으로 그러한 행동을 하는 것이 아니라 내각을 담당하는 학자들과 학문을 비교하여도 조금도 손색이 없을 정도로 박학다식한 사람이었다.

"음… 문 상서, 짐이 꼭 그들을 맞이해야만 하는가?"

오랜 사색에서 벗어난 영락제는 잔잔한 눈빛으로 묵형신을 한동안 바라본 후 답을 청하는 묵형신에게 오히려 어떻게 했으면 하는지 답을 요구했다.

"폐하, 비록 그들이 소국의 사신들이기는 하지만 폐하의 용안을 뵈려고 먼 길을 온 사람들이옵니다. 하지만 꼭 그러한 것을 감안하지 않으신다고 하더라도 철혈금부의 임 도독을 생각하신다면 한 번쯤은 폐하께서 직접 접견하시는 것이 타당할 것이옵니다."

"음……."

'그럴지도…….'

영락제는 비록 묵형신의 말이 탐탁하게 들리지는 않았지만 워낙 조리있게 설명을 잘해서 그런지 이치에 맞고 타당하여 꼭 그렇게 해야만 할 것 같은 생각이 들었다.

"알았다. 그 일은 추후 다시 한 번 생각해 보겠다. 그럼 다른 일은 또 없는가?”

“폐하, 얼마 전 소림의 일로 폐하께 아뢸 말씀이 있사옵니다.”

“오~ 소림에 보냈던 사신이 돌아왔는가? 그래, 손 도독은 어서 말해 보라.”

영락제는 기다리고 있던 전갈이 들어왔다는 말에 귀가 솔깃해졌다.

매일같이 비슷한 일상이 반복되다 보니 요즘같이 날씨가 화창한 날엔 정무(政務)를 본다는 것이 여간 곤욕이 아니었다. 영락제도 인간인 이상 하루 정도는 모든 일상에서 벗어나 자신만의 사색에 잠기고 싶은 욕망이 있었던 것이다. 그도 그러한 것이 정난의 변 이후로 한시도 쉬지 않고 정무에 매달렸기에 그동안 편안하게 쉬었으면 하는 생각이 너무도 간절하게 가슴속에 자리하고 있었던 것이다.

하지만 쉬고 싶다는 마음만으로 편안하게 쉴 수 있는 것이 황제의 자리가 아니었다. 아니, 쉬고 싶으면 얼마든지 쉴 수 있었지만 당면해 있는 정무가 너무도 많은지라 영락제의 호방하고 깔끔한 성격상 그리 쉽게 자신만의 시간을 낼 수가 없었다.

“예, 폐하. 그러나 처음의 생각대로 큰 성과는 얻어오지 못했사옵니다. 그렇지만 소림과 무당과 같이 무림의 대소문파에선 그들의 목숨보다도 더 소중하게 여기는 비급을 넘겨주겠다고 약조했사옵니다.”

“그렇다면 약은 못 넘겨주겠다고 했다는 말인가?”

“예, 지금 무림은 한 치를 내다볼 수 없는 암흑과 같다고 하옵니다. 그러하기에 이번 군웅대회에 자파의 제자를 참가시키기 위해 그 영약들의 상당수를 허비했다고 하옵니다.”

“허…….”

영락제는 손 도독의 설명을 들은 후에야 고개를 끄덕일 수 있었다.

하지만 자신의 상식으로는 쉽게 납득이 가지 않는 일이 있었다. 바로 무림이 암흑과 같은 실정이란 말은 도저히 받아들일 수 없는 일이었다.

비록 태평성대는 아니었지만 영락제가 알기론 민가의 모든 백성들이 자신의 통치 하에 있으면서 가음 놓고 생업에 종사하고 있다고 생각했었다. 그렇다면 빈곤하더라도 충분히 가업을 꾸려 나갈 수 있을 것이고 무림 또한 예외가 아니라 생각한 것이다.

"그런데 무림이 암흑과 같다는 말은 무슨 의미인가? 손 도독은 짐에게 자세히 말해 보라!"

"예, 폐하. 무림은 지금 그들의 말처럼 혼돈의 시기이옵니다. 비록 황제 폐하께서 등극하신 후 백성들의 민심이 좋아지고는 있지만 그러한 것은 그들에게는 별개의 일이옵니다."

"별개의 일이라? 어찌 그럴 수가 있다는 말인가? 그들 역시 짐의 백성들이지 않은가?"

"폐하의 말씀처럼 그렇기는 하옵니다. 그러나 폐하, 그들은 순수하게 무를 숭상하는 집단이옵니다. 그러하기에 더욱 그들만의 전통을 고수하려는 것이옵니다. 그런데 지금 그러한 전통이 위협받고 있사옵니다. 바로 원나라가 무림에 심어놓은 세력이라 짐작되는 현원세가와 강서성 남창에 자리 잡고 있는 패왕성이 문제입니다."

손 도독은 정보통에 의해 무림의 정세에 대해 해박한 지식을 가지고 있었다. 비록 동창이라는 특수한 정보 기관이 많은 도움이 되었지만 손 도독 자신이 무림에 대해 지대한 관심을 가지고 있었기에 가능한 일이었다.

"현원세가? 원의 잔존 세력이 아직까지도 짐의 영토에 남아 있다는 것이냐?"

영락제는 손 도독의 말에서 나온 원나라의 잔존 세력일지도 모른다는 현원세가에 대해 온 신경이 쓰였다. 원나라를 병적으로 싫어했기 때문에도 그렇지만 천년만년 이어져야 하는 황제의 대통에 원나라는 아직까지 큰 위협으로 다가왔기 때문이다.

"아직 단정 지을 수는 없사옵니다. 하지만 지금 무림에 그와 같은 소문이 퍼진 것은 사실이옵니다."

"음……."

"하지만 정파무림이 그들 두 세력에 위협을 느꼈기 때문만은 아니옵니다. 바로 무림의 암흑기를 가져올지도 모를 마교의 발호를 경계하기 위함이옵니다."

"마교라고? 손 도독, 혹시 마교란 명교(明教)를 가리키는 것이냐?"

영락제는 손 도독의 입에서 마교라는 말이 나오자 적잖게 놀라움을 표하는 얼굴이 되었다. 비록 황제의 칙령에 의해 명교라는 말이 사람들 입에 오르내리지 못하도록 규정한 것은 아니지만 암암리에 황제의 눈치를 보며 입에 담는 것조차 꺼리고 있는 실정이었다. 그도 그러한 것이, 영락제의 선황제인 태조 주원장이 젊었을 당시 한때 몸을 의탁했고 또한 명교를 등에 업고 원나라와 맞서며 혁혁한 공을 세움과 동시에 배신했던 곳이 바로 명교였기 때문이다.

명교와 주원장.

명교도들과 명나라 황실.

초기에는 사이가 좋았었는지 모르지만 지금은 불과 물처럼 앙숙보다 더욱 치를 떠는 사이가 된 것이 오래였다. 비록 명교가 주원장이 이끄는 명나라 황실과 그 뜻을 달리한다고 하여 마교로 낙인을 찍었다곤 하더라도 당시 명교도들의 힘이 없었다면 빈민 출신의 주원장이 황제의 자리에 오를 수 없었음은 여실했다. 그런데도 불구하고 주원장은 어느 정도의 세력이 규합되자 마치 기다리기라도 한 것처럼 명교의 교주를 배반한 것은 물론 명교의 교도들로 판명된 사람들을 닥치는 대로 형장에 매달았다.

자신의 치부를 감추기 위해서라고 말하기엔 너무나 부적절한 조치였기에 주원장의 명교도들에 대한 탄압을 이해하지 못하는 신하들은 상당수에 이를 정도였다. 그러한 것은 영락제 역시 마찬가지였다. 명나라 백성이라면 누구나 알고 있는 사실이었기에 그러한 사실들을 비밀로 부치기 위해서 저지른 일이라고는 도저히 상상이 되지 않는 처사였기 때문이다.

하지만 발단이 어찌 되었고 일의 전개가 이해가 가지 않는다고 하더라도 황제인 영락제로서는 명교도들에 대해 신경이 쓰일 수밖에 없었다. 자칫 황실의 전복까지 바라는 명교도들에 대한 사안을 그냥 넘겨버려 큰 우환을 남길 수가 없었기 때문이다.

"아니옵니다. 비록 명교가 선황께서 정한 규정에 따라 마교로 불리고는 있지만 무림에서 말하는 마교와는 전적으로 다르옵니다."

"그러한가? 음… 그래, 손 도독은 계속하라!"

영락제는 손 도독의 말에 안심할 수 있었지만 그래도 놀란 가슴은 쉽게 진정되지 않았다.

"예, 폐하. 무림에서 말하는 마교는 실로 잔악하기 그지없는 세력이옵니다. 그들의 힘은 실로 소신의 입으로 말하기 황공할 정도로 엄청나옵니다."

손 도독은 영락제의 안전에서 마교의 실상을 정확하게 설명할 수가 없었다. 자신이 들은 황당하고 어이없는 말들을 입 밖으로 쉽게 꺼낼 수 있는 자리가 아니었기 때문이다.

"손 도독은 어려워하지 말고 어서 말해 보라. 짐이 모든 사실을 알아야 후일을 대처할 것이 아닌가?"

"예, 그럼 소신이 알고 있는 것을 소상히 아뢰겠습니다. 현재는 그들이 있는 위치가 어디인지, 또한 어느 정도의 세력을 형성하고 있는지 아무도 모르옵니다. 하지만 예전에는 한 나라를 쉽게 일으키고 망하게 할 수 있는 세력이었다 하옵니다."

"무엇이? 그 말이 사실이냐? 어찌 무림의 한 문파가 나라를 일으키고 망하게 할 수가 있다는 말이냐!"

"소신도 그 정도로만 알고 있을 뿐이옵니다. 정도와 흑도로 분리된 지금의 무림문파들이 당파를 초월하여 단합한다 하더라도, 만약 마교가 정식으로 무림에 활동을 개시한다면 승리를 장담할 수 없다고 하옵니다. 그렇기에 그들은 초긴장 상태로 다가올 미래를 대처하기 위해 그동안 애지중지하던 자파의 보물들을 아낌없이 제자들에게 쓰고 있사옵니다."

"허, 이것 참……."

'마교라는 곳이 그 정도로 엄청난 곳이란 말인가? 그런데 난 어찌 지금까지 그러한 말들을 듣지 못하고 있었단 말인가?'

손 도독의 설명이 모두 끝난 후에도 영락제는 한동안 아무런 말을 할 수가 없었다. 너무나 어이없는 말을 들었기 때문이다.

"손 도독의 말은 잘 들었다. 그렇다면 지금 무림은 그들을 상대할 힘을 기르기 위해 그 많던 자파의 영약들을 모두 허비했다는 말이로군. 그래서 짐의 뜻에 따르고 싶어도 내놓을 것이 없어 비급만 넘겨준다는 것이고. 그러한가?"

“예, 폐하. 황송한 말씀이지만 그들의 의중은 그러한 것으로 아옵니다.”

“이것 참, 그렇다면 어쩔 수 없는 일이지 않은가? 그들이 모두 제 살길을 찾기 위해 그렇게 된 일이라면 짐으로서도 어찌할 수 없는 노릇이지. 음… 그렇다면 임 도독의 일은 어찌하면 좋겠는가? 지금까지 짐이 철혈금부에 대해서 들은 보고로 볼 때 임 도독은 비급과 영약들이 준비되기를 기다리며 금부위사들의 체력을 키우고 있는 것 같던데.”

“……”

“……”

영락제의 입에서 호열에 대한 말이 언급되자 대청에 있던 신하들 중 쉽게 입을 열어 자신의 소견을 말하는 사람이 없었다.

“폐하, 소신이 한말씀 올릴까 하옵니다.”

“이보게, 이곳은 자네가 낄 자리가 아닐세. 그러니 조용히 있게나.”

옆에 조용히 있다가 갑자기 영락제의 앞으로 나서는 젊은 학사를 보고는 내각대학사 양회가 소스라치게 놀라며 제지하였다. 얼마 전 양회의 주청으로 내각에 들어오게 된 젊은 학사로 이번에 대청에서 일어나는 대소사를 견학시키기 위해 일부러 동행하게 한 사람이었다.

“아니다. 내각대학사는 제지하지 말라.”

“예? 아, 알겠사옵니다, 폐하.”

“너는 못 보던 얼굴이구나. 어디에 있느냐?”

“예, 폐하. 소신은 내각에 들어간 지 얼마 되지 않은 한림원 편수 양영(楊榮)이라 하옵니다.”

“양영? 아… 자네가 바로 내각대학사의 추천을 받은 그 사람인가 보구면. 그래, 짐에게 할 말이 있다는 것이 무엇이냐?”

양영은 올해 서른셋의 나이로 삼 년 전에 진사시에 합격하여 한림원 편수에 제수되면서 누가 보든 안 보든 신경 쓰지 않고 자신의 일에 충심을 다하는 사람이었다. 그래서인지 항상 윗사람들에게 좋은 인상을 심어주어 장래가 촉망되는 학자였다. 또한 같은 해에 내각에 함께 등용된 양우(楊寓), 양부(楊溥)와 함께 향후 내각을 이끌어갈 젊은 인재 중 한 명이었다.

영락제는 오랜만에 젊은 인재를 대면하게 되자 절로 흥미가 일었다. 그동안 중앙 관리에 꼭 필요한 젊은 인재가 등용되기를 기대하고 있던 영락제로서는 당연한 일이었다.

"예, 다른 것이 아니라 임 도독에 관한 사항이옵니다. 소신이 지금까지 들은 얘기를 종합해 볼 때, 지금 아무리 이곳에 있는 많은 분들께서 의견들을 주고받는다고 하더라도 결국엔 임 도독에게 전할 말은 한 가지뿐이라 생각되었기에 미천한 소신이 황제 폐하의 안전에 나서게 된 것이옵니다."

"결국엔 한 가지뿐이라? 그래, 그것이 무엇이냐?"

"바로 말씀드리자면 지금 손 도독이 폐하께 아뢴 말씀을 임 도독에게 그대로 전하는 것이옵니다. 그와 아울러 구하지 못한 영약들은 향후 구하는 것으로 일단락 지으셔야만 할 것입니다."

"음… 그렇지만 과연 그것이 잘될까?"

"옛, 폐하께서 우려하시는 것처럼 그러한 것들이 임 도독에게 쉽게 먹히지 않을 것입니다. 하지만 이번에 조선에서 온 사신들을 대면하실 때 폐하께서 임 도독을 직접 참관하게 한 후 그들에게 관대히 대하시는 것을 직접 보여주시는 것입니다. 그런 연후에 임 도독에게 전후 사정을 있는 사실대로 설명을 하는 것이지요. 그렇게 된다면 임 도독도 폐하께서 보여주신 성의 때문에라도 조정의 신하들에게 불만이 있어도 겉으로 그것을 표하지는 못할 것이라 사료되옵니다.”

“음… 네가 말하려는 요지는 알았다. 하지만 아직 네가 모르는 것이 있구나. 임 도독은 내가 조선의 사신들에게 잘해준다고 해도 그러한 일 때문에 자신의 일을 양보할 사람이 아니라는 것이다. 그러니 그 방법은 별반 도움이 되지 않을 것 같구나.”

영락제는 양영의 설명을 다 들은 후 평소 신하를 대하는 것보다 조금은 어진 어조로 자신의 생각을 말했다. 그만큼 영락제는 젊은 인재가 마음에 든 것이다.

“폐하, 말씀드리기 송구하오나 소신도 임 도독이 저지른 만행을 잘 알고 있사옵니다. 그러나 소신이 말씀드리고자 하는 것은 조금은 다른 것입니다.”

“……?”

“폐하, 이미 조선이란 나라는 임 도독의 마음에서 사라진 지 오래입니다. 자신을 고려인이라 생각하고 있다면 당연한 것이지요.”

“그럴 것이다. 엄연히 나라의 주인이 바뀌었고 스스로 신하라 생각하지 않는데 무슨 미련이 남아 있겠느냐.”

영락제는 양영의 설명을 들으며 다시 한 번 고개를 끄덕였다.

“그렇습니다. 하지만 폐하! 소신은 여기서 한 가지 짚고 넘어가야 할 것이 있다 여겨졌습니다. 가장 쉽게 생각할 수 있는 것인데, 너무 어렵게 생각한 나머지 놓치고 넘어가 버린 것이 있다는 것입니다.”

“응? 놓치고 넘어갔다……?”

“예, 그렇습니다. 고려와 조선! 비록 나라의 주인이 바뀌었다고 우리 명나라처럼 민족이 바뀐 것은 아니란 것입니다. 지금의 조선을 이끌고

있는 국왕뿐만 아니라, 모든 백성들과 신하들이 모두 고려 때의 사람들
이란 것입니다. 비록 나라의 주인은 바뀌었지만 같은 민족이고 동족이
라는 것입니다."

"음……."

"……."

양영의 설명이 계속될수록 처음엔 무슨 의미인지 몰랐으나 설명이
길어지면서 조금씩 영락제와 대소중신들은 양영이 무엇을 말하려고 하
는지 알 수가 있었다.

"그렇다면……?"

"예, 폐하. 지금 조선에서 온 사신들도 나라의 주인만 바뀌었지 예전
엔 고려의 백성들이었습니다. 다시 말하자면 그들도 임 도독과 같은
동이족이라는 것이지요."

"음… 하하, 그렇구면. 비록 나라가 바뀌고 주인이 바뀌었지만 그들
도 임 도독과 같은 동족이라는 말이로군. 무슨 말인지 알겠다. 맞아!
맞는 말이야. 하하하……."

'하지만 양영의 말처럼 정말로 임 도독이 양보하려고 할까? 그러나
지금의 상황으론 달리 방법이 없는 실정이니…….'

비록 젊은 인재의 충심이 담긴 주청이었지만 영락제는 크게 믿음이
가지는 않았다. 하지만 달리 방법이 없는 관계로 영락제는 양영의 말
에 따를 수밖에 없었다.

"알았다. 그 방법밖에 없다면 다른 도리가 없겠지. 그럼 그대들은
그 일에 대해 자세히 상의하도록 하라."

영락제는 양영의 말에 천천히 고개를 끄덕여 동의를 표했다.

주위에 두껍게 포진하고 있는 대소 중신들의 눈빛은 아랑곳하지 않

고 자신의 생각을 명확히 황제에게 발언한 양영. 하지만 이 일로 말미암아 양영은 영락제의 눈에 확실하게 띄게 되었다.

이것이 영락제와 양영의 첫 만남이었다. 앞으로 영락제의 일생 동안 전장을 함께 누비며 군사의 역할을 담당하게 될 양영. 지금은 양영도 황제인 영락제도 그러한 것은 짐작하지도 못했다. 그저 총명한 신하 한 명이 눈에 들어왔을 뿐이었다. 그저 그것뿐……

제 3 장

선혜 공주께 인사를 드립니다. 인훈열이라 하옵니다

 선혜 공주께 인사를 드립니다
임호열이라 하옵니다

"물은 물결이 일지 않으면 저절로 고요하고 거울은 흐리지 않으면
스스로 밝게 된다. 이런 것처럼 마음 역시 마찬가지라는 얘기다. 내 마
음 안에 맑은 것이 있으면 맑은 것이, 흐린 것이 있으면 흐린 것이 나
타난다. 그래서 옛 현인들은 즐거움을 굳이 찾을 필요가 없다고 했다.
왜냐하면 괴로움을 버리면 즐거움을 얻을 수 있기 때문이다. 음… 정
말 좋은 말이로구나."

호열은 오랜만에 법화경(法華經)에서 손을 놓을 수 있었다.

법화경.

꽤 오래전부터 붙잡고 있던 책이었고 또한 얼마 전에서야 끝까지 독
파한 책이었다. 하지만 구구절절(句句節節) 책장을 넘기기만 하면 나오
는 심오한 문장들에 마음이 푹 매료되어 책의 내용을 모두 읽고 암기
했다고 해도 쉽게 황궁 서고에 갖다 놓을 수 없었다. 그에 아쉬운 마음

에 고심하며 며칠을 보내다가 결국은 호열의 집무실에 있는 서가에 영구 보관하기로 한 책이었다.

"정말 책이란 읽으면 읽을수록 매료되는구나."

"도독님, 이제 가셔야 할 시간이 되었습니다."

독서삼매경에 빠져 있다가 현실 세계로 돌아온 호열을 재촉하기라도 하듯 집무실 밖에서 추 총관의 부르는 소리가 들렸다.

"알았다. 지금 나갈 것이니 준비하라."

"옛, 알겠습니다."

추 총관은 호열의 명에 따라 밖으로 나갔다.

'무슨 일 때문에 황제가 날 부른 거지? 그날 이후로 나와 대면하는 것을 달갑지 않게 생각할 텐데?

호열은 영락제가 자신을 왜 부른 것인지 알 수가 없었다. 하지만 황제가 부르는 것이기에 그 명에 따를 수밖에 없었다. 한시적이기는 하지만 이미 호열은 영락제에게 신하의 예를 취하기로 한 상태였기 때문이다.


오랜만에 들어서는 집정천.

모든 사람들의 기억 속에 자리하면서도 입에 담을 수 없는 그날의 일. 바로 호열과 영락제 사이에서 벌어진 비밀 아닌 비밀이 되어버린 그 사건 이후로 호열은 처음 발걸음을 하고 있었다. 황제의 얼굴을 다시 보아야만 한다는 생각에 조금은 두근거리는 마음도 있었지만 그러한 생각들은 집정천 안으로 향하는 계단을 밟으면서 서서히 사라져 버리고 있었다.

'이상한 일이구나. 한편으론 황제를 만난다는 것이 두려우면서도 다

른 한편으론 조금도 망설임이 없으니……. 내가 그동안 많이 변한 것
인가?

처음과 달리 변해 버린 호열.

박 장군과 함께 두근거리는 마음을 간신히 진정시키고 처음 대청에
들어서던 그날 이후 호열은 대청을 드나들 때마다 식은땀을 흘렸었다.
하지만 그 이후 호열은 자신도 몰라보게 변해 있었다. 그렇게 호열은
자신의 내면 세계에 대해 생각하면서 환관의 안내에 따라 천천히 대청
으로 발을 옮겼다.

"황제 폐하, 철혈금부 임 도독, 황제 폐하의 부름을 받고 왔사옵니
다."

중압감이 느껴지는 대청의 문 앞. 환관이 황제에게 호열이 왔음을
알리는 날카로운 음성이 메아리쳤다.

'젠장, 언제 들어도 환관들의 목소리는 정감이 가질 않는구먼.'

"임 도독께선 어서 들어가시지요."

"음… 알았다."

호열은 날카로운 인상을 풍기는 환관의 시선을 뒤로하고 성큼성큼
힘찬 발걸음으로 대청 안으로 들어갔다. 대청 안에는 평소와 같이 많
은 대신들이 양쪽으로 나뉘어 도열해 있었다. 예전엔 엄청난 압박으로
작용할 정도로 심적 부담이 컸지만 지금의 호열에게는 너무나 익숙한
장면이기에 그러한 것들은 이젠 중압감으로도 작용하지 못하고 있었
다.

"폐하, 소신 임 도독, 폐하의 부르심을 받고 왔사옵니다."

"하하하! 어서 오라. 그동안 그대의 노고에 대해 잘 듣고 있었다."

"아니옵니다. 그저……."

"아니다. 금부위사들의 놀라운 성장에 대해 여러 대신들이 그대를 향해 찬사를 토하는 소리가 짐의 귀에까지 들렸다. 그러니 겸손하지 않아도 된다. 또한 얼마 전에 조선에서 온 사신들이 있다고 하기에 오늘은 짐이 그대와 조선의 사신들을 함께 불러 연회를 벌여보려고 불렀느니라."

"고맙사옵니다, 폐하."

'음… 모르겠군. 내가 한 일이 뭐가 있다고. 뭐, 천천히 두고 보면 알게 되겠지.'

호열은 영락제의 설명을 들으면서 고개를 갸웃할 수밖에 없었다. 단지 살아남기 위해서 자신이 할 일을 한 것뿐인데 그러한 일로 해서 서로 껄끄러운 관계에 있는 사람을 불러들일 만한 상황이 아니라는 생각이 들었기 때문이다.

"황제 폐하, 조선에서 온 사은사(謝恩使) 일행이 당도했사옵니다."

"하하, 이제야 왔나보구먼. 어서 안으로 들여라."

"예, 폐하."

영락제와 환관의 오고 가는 말에 호열은 자신도 자각하지 못할 정도로 자연스럽게 시선을 뒤로 돌렸다. 그러나 호열의 모습을 쭉 지켜보고 있던 중신들은 아무 소리 못하고 눈살만 찌푸릴 수밖에 없었다.

환관의 음성이 들린 지 얼마 지나지 않아 육중한 철문이 열리며 밖에서 몇 사람이 천천히 허리를 숙이며 안으로 들어왔다. 일행이 호열의 뒤에 거의 다다를 정도가 되었을 때 다른 일행들은 멈추어 섰다. 그리고는 그들 중 한 명이 수중에 무거운 괘를 들고는 다시 몇 걸음 앞으로 나왔다.

"황제 폐하, 사은사의 입지를 받은 소신 성석린, 폐하께서 조선의 백성들에게 보여주신 은총에 감읍하여 조선의 국왕 전하를 대신해서 괘를 올리나이다. 부족하다 탓하지 마시고 어여삐 받아주십시오."

"하하, 그 어느 누가 조선의 성의를 부족하다고 할 수 있다는 말인가? 짐은 흡족하게 받을 것이니 안심하라."

"성은이 망극하옵니다, 황제 폐하."

영락제의 환답(歡答)에 조선의 사신들은 일제히 머리를 대청 바닥에 밀착될 정도로 숙여 감사하는 마음을 보였다.

"하하하, 어서 일어나라. 오늘은 힘들게 짐을 만나기 위해 온 그대들의 노고를 달래주고자 연회를 열었다. 그러니 그대들은 어려워 말고 마음껏 즐기도록 하라."

"황제 폐하께서 내려주시는 성은에 감읍할 뿐이옵니다."

"하하하, 뭐 하고 있느냐? 어서 연회 준비를 하지 않고!"

"예, 알겠사옵니다, 폐하."

영락제의 말이 떨어지기 무섭게 연회 준비는 순식간에 이루어졌다. 백여 명에 이르는 환관들이 음식들을 나르며 움직이니 넓었던 대청 안이 순식간에 연회장으로의 면모를 갖춘 것이다.

'허, 대단하구나. 이것이 명나라의 힘인가?'

호열은 한쪽으로 물러나 환관들의 분주한 움직임을 보면서 고개를 끄덕였다. 많은 인원이 움직이고 있는데도 크게 소음이 나지 않으면서 일사천리로 일을 진행시키고 있었기에 환관들이 보여주는 민첩함과 노련함에 저절로 고개가 끄덕여진 것이다.

"자, 이제 어느 정도 준비가 된 것 같으니 모두들 좌정(坐定)하도록 하라! 그리고 악사(樂士)들은 풍악을 울려라!"

"예!"

띵! 띠띵! 띵띵띵… 띠딩! 띵……!

띠리리리… 띠리… 띠리리리……!

거친 초원을 달리는 중원인들의 모습을 연상시킬 수 없을 정도로 대청 안엔 여인의 가냘픈 음성처럼 애절한 음색을 내는 악기들이 악사들의 수중에서 울려 퍼졌다. 하지만 듣기 싫을 정도는 아니었다. 아니, 처음엔 악기의 음률이 낯설어 심취하지 못했지만 점점 시간이 흘러갈수록 남성의 심성을 자극하는 음률의 매력에 푹 빠져드는 이들이 적지 않았다.

"정말 오랜만에 가져 보는 연회로다. 하하, 음… 응?"

영락제는 오랜만에 가져 보는 풍류에서 한발 물러나 조선의 사신들을 한 명씩 둘러보았다. 당연 괘를 직접 전해준 성석린이 제일 앞에 있었기에 영락제의 눈에 먼저 띄었다. 이때 성석린은 다른 사람들과는 달리 이따금씩 술잔을 입에 가져갔다가 살짝 대기만 하고 내려놓기를 반복하고 있었다. 주변과 어울리지 못하고 굳은 얼굴로 악사들과 조정의 대신들을 바라보고 있었던 것이다.

"음… 그대는 조선에서 어느 위치에 있는가?"

"예, 폐하. 소신은 조선에서 우의정의 자리에 있사옵니다. 국왕 전하께서 부족한 소신을 잘 보아주신 덕분이옵니다."

성석린은 영락제가 말을 걸어오자 조용히 자신의 자리에서 일어나 대답했다.

"그러한가? 그러하다면 조정의 요직에 있구먼. 음… 그런데 그대는 왜 풍류를 즐기지 아니하고 있는가? 짐이 벌이는 연회가 마음에 들지 않는가?"

"아니옵니다. 폐하께서 베풀어주시는 은혜엔 감읍하고 있사옵니다."

“그런데 왜 그런 굳은 얼굴을 하고 있는가?”

“그것은… 모든 것이 소신의 부족으로 인해 그런 것 같사옵니다. 한 때 충심을 다해 국왕 전하를 모시던 지우(知友)들은 어디 있는지, 어떠한 고난을 겪고 있는지도 모르는데 소신의 몸은 이렇게 폐하께서 베풀어주시는 호화를 누리고 있으니 마음이 편치 않아 그렇사옵니다.”

영락제는 성석린의 모습을 한동안 주시했다. 그러면서 용좌에 깊숙이 몸을 기대앉았다.

대청 안을 흥겹게 울리던 풍악 소리는 사라진 지 오래였다. 누가 먼저라고 할 것 없이 악사들이 악기에서 손을 놓은 것이다. 그들도 황제와 성석린이 나누는 대화를 통해 대청 안의 공기가 심상치 않다는 것을 직감적으로 느낀 것이다.

“음… 그대의 말을 들어보니 꼭 짐에게 할 말이 있는 것 같구먼. 어디, 짐에게 하고 싶은 말이 있으면 하라.”

“폐하, 성상께서 고명과 인장을 보내주시고 왕래하는 사신을 후대(厚待)하는 등 성은이 망극한데 무슨 말을 더 하오리까? 소신, 충심으로 폐하께서 베풀어주신 성은에 감읍하고 있사옵니다.”

“…….”

“그러나 황제 폐하!”

“……?”

여느 사신들처럼 의례적인 말들이 오고 간 후 조용히 웃으며 말을 맺을 것이라 짐작하고 있던 영락제는 고개를 갸웃했다. 갑자기 대청 바닥에 머리를 깊게 조아리며 청하는 성석린의 행동을 이해할 수 없었던 것이다.

“미신(微臣)의 희망은 오직 면복(冕服)을 얻어가는 데 있사오며 억류

되어 있는 정총과 김약항, 조서와 곽해룡 등이 여러 해가 지나도 돌아오지 않으므로 그 부모와 처자들이 밤낮으로 곡망(哭望)하고 있사오니 이들을 방면하여 주셨으면 하옵니다."

성석린은 자신이 앉았던 자리에 엎드려 심중에 담고 있었던 생각들을 토해냈다.

"음……."

영락제는 성석린의 주청을 들었으나 상세한 내용을 알지 못하였기에 좌측에 앉아 있던 내각대학사 양회에게 시선을 돌렸다.

"폐하, 조선의 사신이 거론하는 일은 태조 홍무제께서 황위에 계실 때 일어났던 일이옵니다. 그때 조선에서 본국을 모욕하는 문서를 보낸 일이 있었사온데 선황제의 명에 따라 그들을 압송하여 대리위(大理衛)와 양자강 등에 유배를 보냈사옵니다."

"음……."

'상국을 모욕하였다면 압송하여 유배보내는 것보다 더한 처벌을 한다 해도 상관없지.'

"하나 그 문제에 대해서는 조금 생각해 보셔야 할 것이 있사옵니다, 폐하. 비록 조선이 우리의 문자를 쓰고 있다고는 하나 그들의 말이 우리와 다르니 이견이 있을 수도 있사옵니다."

영락제는 처음엔 양회의 의도를 몰랐다. 하지만 곧 어떤 이유로 조선의 사신들에게 유리한 말을 하는지 알 수 있었다. 바로 호열을 의식한 처사였던 것이다.

'그렇군. 이 자리의 목적을 내 잠시 잊고 있었구나.'

영락제는 양회를 보며 미간을 찡그렸다. 솔직히 내키지 않았던 것이다. 하지만 큰 일을 위해서 작은 일을 희생한다는 생각으로 치밀어 오르는 짜증을 삭여야만 했다.

"하하, 내각대학사의 말대로 그런 일이 있을 수도 있겠구먼. 이제 많은 시간이 지났으니 그들의 처벌을 사하여 주는 것도 좋겠군. 내각대학사는 어떠한가? 아니, 대신들의 생각은 어떠한가? 조선과의 유대를 새롭게 하는 차원에서 그들의 죄를 사하였으면 하는데……."

"폐하, 소신들은 그저 소국의 신하들에게 내려지는 황제 폐하의 너그러운 아량에 감읍할 뿐이옵니다. 어지신 성정(聖情)이시옵니다."

"황제 폐하 만세! 만세!"

"짐도 그대들의 뜻을 알았으니 그럼 조선에서 온 사신의 주청을 받아들여 그들의 죄를 사하도록 하겠다."

영락제는 미리 약조라도 한 것처럼 호응이 좋은 대신들이 그다지 좋게 보이지 않았다. 비록 조선의 사신들에게 잘해주도록 미리 지시를 내렸었지만 그다지 마음이 내키지 않았던 것이다. 영락제는 대신들의 청을 마지못해 들어주는 얼굴을 호열에게 보이지 않기 위해 많은 노력을 표정 관리에 기울였다.

"그럼 형부상서(刑部尙書) 조대준(調岱俊)은 조선에서 압송되어 온 자들을 빠른 시일 안에 본국으로 돌려보내도록 하고 예부상서 묵형신은 조선의 국왕에게 전할 서신을 작성할 준비를 하도록 하라."

"옛, 알겠사옵니다."

"알겠사옵니다, 폐하."

영락제의 명에 형부상서 조대준은 바로 대청을 빠져나가 열두 명의 신상을 파악할 것을 지시한 후 돌아왔고 예부상서 묵형신은 황제의 명에 따라 지필묵(紙筆墨)을 준비했다.

"폐하, 준비가 되었사옵니다."

"알았다. 그럼 짐이 일러주는 것을 받아 적도록 하라."

"알겠사옵니다."

"조선의 국왕이 짐에게 보낸 축사는 잘 받았노라. 또한 그를 통해 성황제 때 있었던 불미스러운 일이 아직 매듭 지어지지 않았다는 것을 알고 대신들과 의논을 하였다. 짐은 조선에서 사은사로 온 성석린… 전략(前略)… 조선이 보낸 사신 우의정 성석린은 사람됨이 훌륭할 뿐 아니라 사리에도 매우 밝다. 조선이 성조에 신사(臣事)한 이래로 지성으로 섬기고 있으나 다만 언어 문자가 중국과 다른 탓으로 중국의 문체를 잘 모르기 때문에 착유인원(差遣人員)이 득죄(得罪)하는 일이 있었다. 이제 성천자가 즉위하여 천하에 대사령을 내리고 있는 이 마당에 그 부모와 처자들이 조석으로 돌아오기를 고대하고 있다 하니 애처롭기 짝이 없다. 이제 각인의 성명과 파유사유(派遣事由)를 일일이 적어서 주문(奏聞)하고 각처의 관사에 이문(移文)하여 생사를 조사한 뒤 생존자는 즉시 본국으로 돌려보내고 이미 죽은 자는 그 사망 일자를 통보하여 그 처자로 하여금 제사를 지내게 함으로써 고아와 과부들을 위로할 생각이다. 그러니 조선의 국왕은 짐과 대신들의 깊은 뜻을 다시 한 번 되새겨 다시는 양국에 그와 같은 불미스러운 일이 발생하지 않도록 하라."

예부상서 묵형신은 영락제의 명에 따라 가지런히 붓에서 손을 놓은 후 격식에 맞추어 서신을 정리하여 일어났다. 그런 후 아직까지 머리를 땅에 대고 있는 성석린의 앞에 선 후 영락제의 뜻이 담긴 서신을 성석린의 앞에 내려놓았다.

"조선의 사신 성석린은 황제 폐하께서 전하는 서신을 받아 그대의 국왕에게 전하도록 하라."

“황제 폐하의 넓으신 아량에 감읍하나이다. 성은이 망극하옵니다.”

“성은이 망극하옵니다!”

어렵게 생각되었던 일이 너무나도 쉽게 성사되자 긴가민가하고 있던 성석린과 일행은 황제의 어진 성품에 감명받았는지 목청을 높여 성은에 보답을 다하였다.

“하하하! 자, 이제 모든 일이 좋게 마무리되었으니 이제부터는 기분 좋게 즐기도록 하라! 하하하!”

“알겠사옵니다, 폐하!”

‘황제에게 저런 면이 있었나? 오늘은 너무나도 달리 보이는구나.’

조용히 돌아가는 상황에 신경을 집중하고 있었던 호열은 평소에 보지 못한, 아니, 볼 수 없었던 영락제의 또 다른 모습을 보았던 것이다. 그러나 그러한 모습이 호열의 가슴엔 크게 와 닿지는 못했는지 신하들을 향해 인자한 미소를 지으며 자신의 입으로 조용히 술잔을 가져가고 있는 영락제를 보며 고개를 갸웃거렸다.

“임 도독도 그렇게 있지 말고 자리에 앉도록 하라. 그리고 오늘은 임 도독의 고향에서 사신들도 으고 했으니 오랜만에 편안하고 즐거운 마음으로 그동안 쌓였던 회포를 풀도록 하라. 하하하!”

“옛? 그 말씀은 무슨……?”

“하하, 아니다. 짐을 위해 열심히 일하고 있는 임 도독의 노고를 알기에 이렇게 대신들과 함께 그대를 치하하고자 자리를 만들었느니라.”

“소신을 생각해 주셨다니 감읍할 뿐이옵니다. 소인은 폐하의 말씀에 따르겠사옵니다.”

“하하, 그렇게 하라. 어차피 오늘의 연회는 모두 임 도독 그대를 위한 자리이니까!”

'응? 나를 위한 자리? 조선의 사신들을 위한 자리가 아니라?'

영락제는 마지막 말에 조금 더 힘을 주었다. 은근히 속내를 내비치는 행동이 아닌 다분히 의도적 성향이 짙게 표출된 것이었다. 그러하기에 영락제의 이러한 행동은 아무리 어리석은 사람이라도 충분히 알 수 있을 정도였다.

대전 바닥에 고개를 숙이고 있던 성석린은 영락제의 미묘한 말에 깊은 의구심이 들었다. 가만히 생각해 보니 지금 대전에서 성대하게 벌어지고 있는 연회는 조선에서 온 자신들을 위한 자리가 아니라는 것을 느낄 수 있었기 때문이다. 하지만 그렇다고 해서 대명의 황제인 영락제에게 불만을 토할 수는 없었기에 조용히 일어나 자신의 자리에 착석했다.

'그래, 어쩔 수 없는 일이지. 황제가 우리를 위해 이렇게 큰 연회를 베풀 리 없지. 그나저나 임 도독에게 왜 황제가 이런 호의를 보인단 말인가? 음, 모르겠군. 하지만 내가 이곳에 온 목적은 달성했으니 편안한 마음으로 전하의 용안을 뵐 수 있겠구나. 허허……'

성석린의 얼굴엔 웃음이라고 할 정도도 못 되는 미묘하면서도 자조가 다분히 섞인 웃음이 흘렀다. 소국의 신하로서 겪어야 하는 비애를 실감하고 있는 것이다.


시간이란 참으로 묘한 것이다. 또한 시간은 모든 사람들에게 공평하다. 일을 할 때에는 그렇게 빨리 갔으면 해도 안 가고 흥청망청 유희를 즐길 때는 언제 갔는지 모르게 흘러가는 것이 시간이다. 그렇듯 좀 더 빨리 가주었으면 하는 것이 시간이고 잡아두고 싶어도 잡을 수 없는, 아니, 멈출 수 없는 것이 시간이다.

　연회가 시작된 후 어느 정도 시간이 지나자 영락제는 살며시 호열의 반응을 살펴본 후 미리 계획해 두었던 대로 뒤에 시립해 있는 손 도독에게 눈짓을 했다.

　손 도독은 영락제의 뜻이 무엇인지 알고 있었기에 망설임없이 뒤쪽 입구로 몸을 감추었다. 하지만 일각도 채 되지 않아 자신의 자리로 돌아왔다. 손 도독의 이러한 행동은 호열이 주의 깊게 관찰하고 있었어도 의심하지 못할 정도로 자연스럽게 이루어졌다.

　"황제 폐하, 숭산 소림으로 떠났던 금의위 근섭 영반이 돌아와 집정천 문밖에서 폐하를 알현하기 위해 기다리고 있사옵니다."

　"오~ 소림으로 갔던 근 영반이 돌아왔다는 말이냐? 잘되었다! 그렇지 않아도 기다리고 있었느니라! 마침 여기 임 도독도 있고 하니 밖에서 기다리게 하지 말고 어서 안으로 들여보내라!"

　영락제는 환관이 알려온 소리에 크게 기뻐하는 기색을 보였다.

　'소림……? 그럼 전에 내가 말했던 사안에 대한 일이겠구나.'

　"알겠사옵니다, 폐하. 근 영반은 어서 안으로 드시오."

　연회가 한창 무르익고 있었기에 평소의 엄숙함이 배어 있어야 하는 대청 안은 어수선한 분위기였다. 하지만 영락제의 목청이 워낙 커서 그런지 한순간에 대청엔 정적이 감돌았다.

　"폐하, 금의위 영반 근섭, 폐하의 명을 받잡고 소림에 갔다가 지금에서야 돌아왔사옵니다."

　"하하하! 그렇지 않아도 기다리고 있었느니라! 그래, 짐의 명은 모두 완수하였느냐?"

　"저, 그것이… 폐하, 소신을 죽여주시옵소서!"

　근섭은 영락제의 말에 바로 대답하지 못하고 망설이는 표정을 짓더니 한순간 단단하기 그지없는 대청 바닥에 자신의 머리를 부딪치며 목청을 높여 죄를 부르짖었다.

"근섭! 지금 무엇 하는 것이냐?"

"폐하, 소신이 부족하여……."

"무엇이! 그럼 짐의 명을 이행하지 못하고 돌아왔다는 것이냐? 감히… 감히 그들이 짐의 친필이 담긴 서안을 보고도 거절했다는 말이더냐? 어서 소상히 말하라! 어서!"

화기애애하던 대청 안엔 순식간에 싸늘한 냉기가 흘렀다. 한 사람의 등장에 의해 즐거워야 할 자리가 갑자기 공포의 분위기가 되어버린 것이다.

또한 한창 옆 좌석에 앉아 술잔을 나누며 떠들던 대신들은 언제 일어났는지 이미 자신들의 자리에서 일어서서 고개를 숙이며 엄숙한 분위기를 자아내고 있었다. 마치 고양이와 쥐가 마주하고 있는 것처럼 대신들은 영락제와 눈을 마주하는 것 자체를 두려워하는 모습을 하고 있었다.

호열은 그러한 대신들의 모습과 대청 바닥에 머리를 조아리며 사시나무 떨듯 온몸을 떨고 있는 근섭, 그리고 용좌에 앉아서 용의 눈을 하고 성난 용음을 토하고 있는 영락제를 바라보며 상황이 어떻게 돌아가는지 이해하기 위해 신경을 곤두세웠다.

이러한 것은 성석린을 비롯한 조선의 사은사 일행들도 마찬가지였다. 이미 모든 것에 대한 확답을 들었기에 망정이지 만약 이러한 일이 있기 전에 매듭을 짓지 않았다면 말도 꺼낼 수 없었을 것이란 생각에 내심 안심되었다. 하지만 그렇다고 방심할 수 없는 처지였기에 조용히 옆으로 빗겨나서 상황이 어떻게 돌아가는지 주의를 기울였다.

“예, 아, 알겠사옵니다. 사, 사실은… 그들에겐 이, 이미 영약이 없었사옵니다! 그러하기에… 소신을 즈, 죽여주시옵소서!”

“뭐라? 영약이 없다? 어찌 영약이 없다는 말이냐? 짐이 알기로는 그들의 수중에 수십 년을 전해 내려오는 영약이 있는 것으로 알고 있는데! 근섭, 너는 지금 그것을 말이라고 짐에게 고하는 것이더냐? 여봐라! 당장 저놈을 끌고 가서 목을……!”

“폐하, 잠시만, 잠시만 고정하시고 소신의 말을 들어주시옵소서.”

영락제의 화가 가라앉지 않고 더욱 치솟는 것 같아 보이자 한쪽에 서 있던 양회가 앞으로 한 발 나서며 주청했다.

“지금 고정하게 생겼느냐! 짐의 친필이 담긴 서안을 가지고 갔는데도 금의위 영반이라는 막중한 자리에 있는 자가 그 소임을 다하지 못하고 돌아왔는데 어찌 가만히 있겠느냐! 짐은 땅에 떨어진 황제의 권위를 세우고자 한다. 한낱 무부(武夫) 따위가 감히 황제인 짐을 무시하다니……!”

“……”

영락제의 언성이 높아지고 점점 단호해지자 그에 맞추어 대신들의 고개는 땅으로 향했으며 목과 어깨는 마치 한몸처럼 움츠러들었다.

“짐은 명한다! 자신의 소임을 다하지 못한 금의위 영반 근섭의 목을 쳐서 황성 밖에 효시하고, 감히 황제가 직접 부탁한 것을 거절한 자들을 모두 잡아들여 단죄하라! 대도독 조영근과 금의위 손 도독은 짐의 앞으로 오라!”

“옛, 폐하!”

조 대도독과 손 도독은 영락제의 명이 떨어지자마자 용좌 앞으로 와서 한쪽 무릎을 굽힌 후 명을 기다렸다.

"짐이 명하노니, 그대들은······!"

"폐하, 잠시만 소신의 말을 들어주시옵소서. 이렇게 간청드리옵니다!"

"내각대학사! 지금 무엇을 하는 것이냐? 그대도 감히 짐의 명을 거역하는 것이더냐?"

영락제는 자신의 말을 중간에 자르고 끼어든 양회를 향해 분노가 담긴 눈빛을 보냈다. 영락제의 눈빛은 마치 피에 굶주린 사자가 먹이를 눈앞에 두고 있는 있는데 누가 끼어들어 챙기려고 하는 것을 경계하는 눈빛과도 같아 보였다.

'허, 역시 저런 모습이 황제의 진정한 모습이지. 그렇지. 아까 보인 모습을 보고 내가 잠시 착각했던 거야. 자신의 조카를 죽이고 황제의 자리를 찬탈하기 위해 거병한 위인인데 어련할까.'

호열은 얼굴을 붉히며 용토(龍討)하는 영락제의 모습을 보며 살며시 고개를 옆으로 돌렸다.

요즘 들어 호열의 몸에 이상한 징후들이 나타나고 있었다. 단지 그것이 무엇이다라고 확실하게 단정 지을 수 없어 크게 느끼지는 못하고 있는 실정이었지만 호열 자신도 자신이 예전에 비해 조금씩 변하고 있다는 것을 느끼고 있었다. 그러한 조짐이 나타나기 시작한 것은 영락제와 언성을 높였던 그날 이후부터였다.

그날, 바로 그날 이후로 호열은 답답하고 짜증이 날 때마다 속에서 울컥하고 무언가 튀어나올 것만 같은 찜찜한 기분을 느꼈었다. 그러면서 무언가 저 밑바닥에서부터 자신을 불러달라는 소리가 들리는 것 같았다.

그것은 욕망이었다. 세상 밖으로 나가고 싶은 욕망, 충동과 파괴에 대한 욕망.

'젠장! 요즘 들어 난 내가 아닌 것 같다. 내 안에 또 다른 내가 있는 것 같으니…….'

호열은 두근거리는 심장을 손으로 쓸어내리며 거칠어졌던 호흡과 마음을 안정시켰다.

"폐하, 소신이 어찌 폐하의 명을 거역하겠습니까? 소신은 단지 폐하와 황궁을 위해 내각대학사의 본분을 다하고자 할 뿐이옵니다."

"본분을 다하고자 한다? 음… 알았다. 어디 한번 내각대학사가 말하는 그 본분에 대해 들어보겠다. 짐에게 할 말이 있으면 하라!"

영락제는 한동안 양회를 주시하다가 눈을 반쯤 감으면서 천천히 용좌에 앉았다. 일단 양회의 설명을 들어보겠다는 생각에서였다.

양회는 영락제의 모습에서 그가 어떠한 생각을 하고 있는지를 읽을 수 있었다. 그는 때를 놓치지 않고 자신의 생각들을 하나하나 조리있게 설명하기 시작했다.

"폐하, 근섭 영반은 평소 충직하고 성실하게 자신의 소임을 다해왔습니다. 또한 일을 행함에 있어 뛰어난 판단력으로 지금까지 단 한 번의 실수도 없이 폐하의 명을 처리해 왔습니다. 그러한 근섭 영반이 폐하의 친필이 담긴 서안을 가지고 갔는데도 모든 일을 완수하지 못하고 돌아왔다면, 그렇다면 소신의 짧은 소견으론 근섭 영반의 역량으로도 어찌 하지 못할 이유가 있었지 않았는가 생각되옵니다. 그렇기에 소신은 폐하께서 노여움을 조금 가라앉히시고 근섭 영반으로부터 자세한 내막을 들어보신 후 형벌을 가하심이 가하지 않나 사료되옵니다. 통촉하여 주시옵소서!"

"음……."

‘이것 참, 아무리 이번 일에 대해 짐이 직접 명을 내렸고 또한 벌어질 상황에 대해 미리 언질을 받았다고는 하지만 참으로 대단하구나. 어찌 눈 한 번 깜빡이지 않고 태연하게 거짓을 고할 수가 있다는 말인가? 이건 마치… 경극을 보고 있는 것 같지 않은가?

영락제는 자신의 명을 충실하게 행동으로 옮기고 있는 내각대학사 양회를 보면서 묘한 감정에 휩싸이고 있었다. 심리적 이질감을 느꼈던 것이다. 아무리 자신의 명을 수행하기 위한 행동이었지만 너무나 태연자약한 모습에서 그동안 양회와 대소 신하들에게 지니고 있던 신뢰가 마치 바닷가의 모래성이 조금씩 허물어지는 것처럼 희미하게 퇴색되어지는 느낌이었다.

“폐하, 제발 소신의 청을…….”

“알았다! 알았으니 이제 그만 하라!”

“옛? 아, 알겠사옵니다, 폐하! 성은이 망극하옵니다!”

‘응? 갑자기 폐하께서 왜? 내가 무슨 실수라도 했던가?’

평소 눈치가 빨랐던 양회는 어찌 된 일인지 영락제의 심기가 불편하다는 것을 직감으로 느낄 수 있었다. 그러나 그것이 무슨 연유에서 그러한 것인지는 도저히 알 수가 없었다. 그에 무언가 찜찜하고 칙칙한 기분을 지울 수가 없어 조용히 자신의 자리로 돌아간 후에도 한동안 이마에 주름을 잡을 뿐이었다.

“짐은 충심으로 간청한 내각대학사 양회의 청을 받아들여 근섭의 해명을 들어보고자 한다. 근섭은 어서 짐에게 자초지종을 상세히 고하도록 하라!”

“알겠사옵니다, 폐하! 성은이 망극하옵니다! 소신은 폐하의 명을 충심으로 받자옵고 숭산 소림으로 갔사옵니다. 그런 후 소신은…… 그렇게 해서… 너무나도 어처구니없게도 이미 영약은 모두 소진된 상태였사옵니다. 그래서 무공비급에 대한 것들만 승낙을 받아가지고 돌아오게 되었사옵니다. 하지만 그러한 일 때문인지 구파일방과 오대세가 등을 비롯해서 여러 무가들이 토내줄 무공비급의 수준은 처음의 생각보다 높아지게 되었사옵니다. 그들의 말에 따르면 각 문파의 장로들만이 익힐 수 있는 절정의 비급들을 호합이 끝나는 대로 직접 황궁으로 가지고 와서 넘겨주게 될 것이옵니다. 하지만 이러한 사정으로 인해서 망극하게도 폐하의 명을 모두 이행하지 못하게 되었습니다.”

“허, 이것 참… 금의위 영반이란 자가 지금 그것이 말이라고 짐의 앞에서 고하고 있다니, 음…….”

“…….”

영락제는 다리에 힘이 빠지는지 한 손으로 용좌의 한쪽 손잡이를 힘겹게 짚으며 천천히 앉았다.

쾅!

“아바마마, 선혜이옵니다!”

그때 영락제의 불편한 심기로 인해서 정적이 감돌던 대청에 천둥 소리와 비견될 정도로 큰 소음을 내며 문을 박차고 들어온 선혜 공주는 대신들의 시선을 한눈에 받으며 당당하게 아버지인 영락제의 앞으로 걸어왔다.

“어찌 네가 이 집정천에 들어온 것이냐? 어서 밖으로 나가거라. 여긴 네가 함부로 들어올 곳이 아니니라!”

“그것은 소녀도 알고 있사옵니다. 하지만 아바마마께서 직접 써주신 서신을 가지고 갔는데도 근섭 영반이 그 소임을 다하지 못하고 돌아왔다는 사실을 접하고는 도저히 들어오지 않을 수가 없었습니다. 도대체 어찌 된 일이옵니까?"

"어허! 그것은 네가 관여할 바가 아니니라. 그러니 어서 물러가 있거라."

"아바마마, 소녀도 그 일에 대한 전말을 소상히 알 수 있도록 해주세요! 어차피 소녀가 하고자 하는 일에도 중요한 일이잖아요?"

"음… 선혜, 네 말에도 일리가 있구나. 그렇다면 이 아비 곁으로 와서 앉도록 하거라."

"예, 아바마마!"

부드럽게 자신의 옆으로 오라는 영락제의 말이 떨어지자 선혜 공주는 자신에게 이목을 집중시키고 있던 대신들을 훑어보면서 천천히 걸음을 옮겼다. 하지만 영락제의 곁에 가서도 환관이 부랴부랴 준비한 의자에 바로 앉지 않고 한동안 한곳을 뚫어져라 주시한 후에서야 자리했다.

'흠… 공주였던가? 이것 참, 호랑이보다 더한 성격을 갖고 있는 황제도 자신의 자식 앞에선 순한가 보군. 의외인데?'

호열은 자신을 주시하는 선혜 공주의 따가운 시선을 의식할 수 있었다. 그리 좋아 보이지 않는 시선으로 쳐다보고 있었지만 그다지 크게 신경 쓰이지는 않았다. 그저 자신을 바라보고 있는 공주가 무엇 때문에 시선을 주고 있는지 호기심이 조금 일 뿐이었다.

"모두 주목하라!"

"예, 황제 폐하!"

"근섭의 설명은 잘 들었다. 짐뿐만 아니라 그대들도 함께 들었으니 상황이 어떻게 된 것이지 짐작할 수 있을 것이다. 이미 짐은 내각대학사의 의견을 수렴했기에 그대들의 생각이 어떠한지 한번 들어보았으면

한다. 비록 즐거워야 할 연회가 생각지 않게 엉망이 되었지만 이번의 일을 빨리 마무리 지어야 임 도독도 편안하게 자신의 책임을 다할 수 있을 것이며 황실의 안위도 굳건해질 것이니 무엇보다 시급한 일이다. 그에 짐은 앞으로 일을 행함에 있어 그대들의 생각을 묻지 않을 수 없다. 그러니 주저하지 말고 고하도록 하라!'

"소신 초창진, 폐하께 한말씀 아뢰겠습니다."

이제 자신이 나서야 할 때긴 것을 느낀 초 제독은 연회가 시작되기 전부터 미리 언약한 대로 대신들의 시선을 받으며 천천히 영락제의 앞에 섰다.

영락제도 이미 초 제독이 나올 것을 알고 있었기에 호열이 느끼지 못할 정도로 미미하게 고개를 끄덕여 반겼다.

"폐하, 소신이 근섭 영반의 설명을 들으니 참으로 안타까운 마음을 금할 수가 없습니다. 조금만 일찍 근섭 영반을 각 문파에 보냈다면 이러한 일이 없었을 것입니다. 하지만 소신의 생각으론 근섭 영반은 이번 일에 폐하의 명을 최선을 다해 수행했다고 사료되옵니다."

"응? 초 제독은 무엇을 근거로 그러한 생각을 하게 된 것인가?"

"예, 폐하. 폐하께서도 잘 아시겠지만 소신이 폐하와 황궁을 위해 하는 일은 정보를 수집하는 것이옵니다. 그 범주에는 북쪽으로 쫓겨간 원의 잔당뿐만 아니라 무림의 세력가들도 포함되옵니다. 손 도독에 비하면 조족지혈에 불과하겠지만 많은 정보를 접하다 보니 소신도 무림에 대해 어느 정도 알고 있다 자부하옵니다."

"음… 그래서……?"

"폐하, 소신이 알고 있는 정보를 바탕으로 생각하건대 무림은 이번 일에 대해 최대한 양보한 것으로 생각되옵니다. 그들은 자신들의 죽음보다 가문과 자신의 명예를 더욱 중요하게 생각하는 자들이옵니다. 또한 그러한 것들보다 더욱 소중하고 귀하게 여기는 것이 바로 비급이옵니다. 이러한 정황을 생각해 보면 아무리 폐하의 서신을 보았다고 하더라도 무가에선 자신들의 비급을 쉽게 내놓지 않을 것입니다. 그러한데 근섭 영반은 그러한 일을 해낸 것이옵니다. 그에 소신은 근섭 영반에 대해 형벌을 가하는 것은 옳지 못하다고 생각되옵니다."

'어라? 황제에게 아부만 하던 초 제독이 오늘은 어찌 된 일이지? 아무리 황제가 허심탄회하게 말하라고 했어도 저렇게 말할 위인이 아닌데? 이것 참……'

호열은 자신이 알고 있는 초 제독의 모습과 오늘의 모습이 너무도 다르자 어리둥절했다.

"음… 초 제독이 무엇을 말하고자 하는지 잘 알겠다. 또 다른 의견이 있으면 말하라!"

"……."

대신들은 영락제의 명에 서로의 얼굴만 바라보며 목을 깊게 숙여 더이상 다른 의견이 없다는 것을 영락제에게 몸으로 알려주었다. 이러한 모습은 오리려 한마디의 말보다 더욱 효과적으로 작용했다.

"그대들의 생각이 어떠한지 잘 알았다. 오늘 황제로서 해서는 안 되는 일을 하게 되었다. 처음으로 하명한 명을 번복하게 된 것이다. 이것은 있을 수 없는 일이지만 짐은 그대들의 의견을 받아들여 근섭 영반에 대한 형벌을 취하하겠다. 그러나 짐의 명을 완수하지 못하였기에 근섭 영반에게 한 달의 근신을 명한다."

"폐하, 성은이 망극하옵니다! 소신 근섭, 폐하의 명을 받아 근신하도록 하겠나이다!"

"폐하의 성은이 하늘과도 같사옵니다!"

"망극하옵니다, 폐하!"

영락제가 황제로서 친히 하명한 용언을 힘겹게 거두자 대청에 기립해 있던 모든 대신들은 머리가 바닥에 닿을 정도로 허리와 고개를 숙여 황제의 너그러움에 찬사를 보냈다.

'오늘 여러 가지로 보지 못하던 것을 보는구먼. 아무리 잘못된 명이라고 하더라도 황제가 자신의 경을 거두다니, 허……'

"임 도독, 그대도 모두 보아서 알겠지만 그대가 짐에게 원하던 것들이 모두 이루어지지 않았다. 그대의 생각은 어떠한가?"

"……?"

"영약이란 정말로 하늘에서 내려주는 것인가 보다. 황제인 짐의 친필을 가지고 갔는데도 얻을 수가 없었다니 말이야."

"아, 그러한가 봅니다. 하지만 금부의 대원들을 훈련시키자면 꼭 필요한 것이었는데 너무나 안타까운 일입니다. 영약이 있다고 하더라도 쉽지 않은 일인데 말입니다."

호열은 영락제를 바라보며 심각한 얼굴을 지어 보였다. 사실 상황이 어떻게 돌아가고 있다는 것을 알 수 있었기에 자신도 모르게 걱정하는 마음이 생긴 것이다.

"그렇겠지. 하지만 임 도독은 너무 조급해하지 말고 조금 더 신경을 써주거라. 영약은 짐이 무슨 방법을 동원해서라도 구해볼 것이니 말이다."

"알겠사옵니다, 폐하. 그럼 언제쯤……"

"하하, 어찌 하늘이 점지하는 천금과도 같은 영약이 쉽게 구해지겠느냐? 다만 황궁의 자금을 동원해서라도 전국에 상인들과 인력을 풀어

수소문해 봐야겠지. 이제 그 방법밖에 없지 않겠느냐? 그나저나 수고하고 있는 것은 손 도독을 통해 듣고 있었다. 근섭의 말이 사실이라면 이제 얼마 있지 않아 무림비급이 황궁에 도착할 것이니 임 도독도 영약에 관한 문제는 접어두고 더욱 훈련시키는 일에 최선을 다하라!"

"하지만… 알겠사옵니다. 폐하의 말씀대로 그렇게 하겠습니다. 그러나 폐하, 그 시기가 너무 늦어지면 소신의 능력으로도 폐하의 마음에 흡족할 정도로 그들을 훈련시킬 수가 없습니다. 이 점 유념해 주십시오."

호열은 영락제의 말을 들으면서 주변을 슬쩍 돌아보았다. 모두 고개를 숙이고 있는 것처럼 보이지만 그들 중에는 초 제독과 손 도독을 비롯해 삼보태감 정화처럼 완전히 고개를 숙이지 않고 호열의 눈과 마주치는 대신들이 몇몇 있었다. 또한 아직 상황이 어떻게 돌아가고 있는 것이지 자세한 사항을 알지 못해 자신들끼리 조그맣게 소곤거리고 있는 조선의 사신들도 보였다.

호열은 영락제의 말을 다 들은 후 차마 그렇게는 못하겠다는 말을 입 밖으로 꺼낼 수가 없었다. 자칫 이번에도 저번의 일과 마찬가지로 서로 언성을 높이게 되는 불미스러운 일이 발생한다면 이번엔 대외적인 체면을 생각해서라도 가만있지 않을 것이기 때문이었다. 아니, 호열은 어찌어찌해서 넘어간다고 하더라도 자칫 잘못하다가는 조선에서 건너온 사신들이 크게 곤욕을 당할 수도 있는 일이었다.

호열과 영락제……

신하로서 감히 하늘과도 같은 황제에게 언성을 높인다는 것, 그것은 황권에 대한 도전과도 같은 것이다. 또한 그러한 것은 영락제에겐 밖으로 드러내고 싶지 않은 일이기도 했다.

호열은 그러한 상황들을 짐작할 수 있었다. 평소 황권과 자신을 용에 비견하며 대신들조차 신성시하게 만드는 데 주력하는 황제가 자신의 체면에 손상되는 일에 가만있지 않을 것이 당연하기 때문이었다. 그에 호열은 내키지는 않았지만 조선의 사신들을 생각해서라도 어쩔 수 없이 고개를 끄덕일 수밖에 없었다.

하지만 한마디 반박의 말도 없이 상황을 끝낼 수는 없었기에 황제가 진노하지 않을 정도까지만 의견을 제시하고는 슬쩍 고개를 끄덕였다. 예전의 호열이었다면 있을 수 없는 일이었지만 얼마 전부터 황궁 서고를 들락거리면서 몇 권의 서책을 접할 수 있었던 것이 호열에게 큰 도움을 준 것이다. 일종의 처세술이라 할 수 있는 세상살이, 즉 세상을 살아가는 데 꼭 필요하다고 할 수 있는, 나아갈 때와 물러날 때를 나름대로 파악할 수 있게 된 것이다.

"음……."

"폐하, 재차 말씀드리게 돼서 송구하오나 대원들을 훈련시킴에 있어 비급과 영약은 너무나도 중요한 것이기에 다시 한 번 강조드리지 않을 수 없사옵니다. 만약 조속한 시일 안에 영약을 얻지 못한다면 철혈금부 대원들은 훌륭한 장수가 될 수 있을지언정 폐하께서 원하신 무사는 되지 못할 것입니다. 아무리 비급을 통해 훌륭한 무공을 알고 있다고 해도 그것을 가능하게 해주는 내공이 없다면, 그렇다면 그것들은 무용지물이기 때문입니다."

영락제는 호열의 설명을 들으면서 옆에 자리하고 있었던 손 도독을 바라보았다. 손 도독에게 호열이 말하고자 하는 것의 진의를 어느 정도 파악하기 위함도 있었지만 그것보다 무공을 알고 있는 손 도독의 말을 빌어 호열의 주청에 대해 반박의 여지를 만들었으면 하는 취지가 더 컸다.

'휴~ 어차피 폐하께서도 정확한 사실을 알고 계셔야 할 때가 된 것 같구나. 사실 예전부터 말씀드렸어야 했던 것을……'

손 도독은 영락제의 뜻이 어디에 있는지 알고 있었지만 차마 대신들과 함께 동조할 수가 없었다. 그러기에는 사안이 너무 중대하다는 생각이 들었기 때문이다.

"폐하, 소신이 한말씀 올리겠습니다. 사실 소신이 폐하께 어느 정도 말씀을 드렸어야 했는데 그 소임을 다하지 못한 것 같아 송구하옵니다."

"응? 손 도독, 그것이 무슨 말인가?"

"예, 폐하. 송구하옵게도 소신은 그동안 황실 제일의 무장으로서 나름대로 무공에 대해 일가를 이루었다고 자부하며 살아왔사옵니다. 하지만 그것은 너무나 안이한 생각이었다는 것을 깨달았사옵니다. 소신이 이러한 사정을 말씀드리는 것은 이제 폐하께서도 무림인과 무공에 대해 정확히 아셔야만 할 때가 되셨기 때문입니다."

"……?"

"폐하, 임 도독이 한 말은 모두 사실이옵니다. 아무리 뛰어난 인재도 그 뜻을 펼칠 수 있는 시운(時運)이 없다면 무용지물이라 했사옵니다. 그런데 지금 폐하껜 젊은 인재들이 있사옵니다. 언제든지 등용할 수 있는 유능하고 당찬 인재들이옵니다. 그러나 앞으로 그들에게 시운이 주어지지 못한다면 그들은 자신들의 능력을 발휘해 보지도 못하고 말 것입니다."

"손 도독, 그대는 지금 무엇을 말하려고 하는 것인가?"

"폐하, 소신이 말씀드렸던 시운이란 바로 무공비급과 영약이옵니다.

그것들 중 어느 하나라고 빠진다면 그들은 결코 폐하께서 원하시는 절대고수는 될 수 없사옵니다. 이 점 유념해 주십시오.”

“음… 그러한가? 그렇게나 영약이 필요했던가, 손 도독? 그대의 말이 진정 사실인가?”

허리를 깊숙이 숙이고 있던 손 도독은 영락제의 말에 추호의 주저함도 없이 고개를 끄덕여 보였다. 불충한 짓이었지만 일말의 말보다 단 한 번의 행동이 더욱 신뢰가 가듯 손 도독은 자신의 몸짓으로 그동안 쌓여 있던 영락제의 의구심이 어느 정도 풀렸으면 하는 바람이었다.

‘허, 정말로 그렇다면 어서 빨리 영약을 구해야만 한다는 것이 아닌가? 짐이 너무 안일하게 생각하고 있었던가? 만 명도 천 명도 아닌, 단 백 명의 무사를 만들기가 그 정도로 힘든 일이었던가?’

영락제는 자신이 잘못 생각하고 있었다는 것을 느낄 수 있었다. 상황을 너무나도 쉽게 받아들였었는데 사실은 그것이 아니었다는 것이다.

“알았다. 임 도독의 말대로 그 문제를 대신들과 다시 한 번 의논해서 다른 방도를 찾아보도록 하겠다. 초 제독과 조 대도독은 물론 여러 대신들도 각자의 군부를 동원해서 영약에 대한 정보를 구할 수 있는 방도에 대해 다시 한 번 생각하도록 하라. 그런 후 빠른 시일 안에 짐에게 보고하도록 하라. 짐은 상황의 심각성을 인식해 이번 일에 높은 성과가 있는 신하에게 후하기 포상하겠다.”

“예, 알겠사옵니다!”

“알겠사옵니다, 폐하!”

“그렇게 하겠사옵니다, 폐하!”

‘이거 큰일 났구나. 어찌 상황이 이렇게 된 거지? 오늘의 일은 영약에 대한 것을 묻어두기 위한 것이 아니었던가? 그런데 어찌……?

대신들은 영락제의 명에 크게 고개를 숙였다. 비록 처음과 달리 손 도독에 의해 상황이 묘하게 돌아가서 어리둥절했지만 자신들이 하늘보다 더욱 높게 생각하는 황제의 명이기에 따를 수밖에 없었던 것이다. 하지만 그래도 위안이 되는 것은 황제가 직접 포상을 하겠다는 것이었다.

한 나라의 황제는 쉽게 말을 입 밖으로 꺼내지 않는다. 또한 입 밖으로 나온 것은 쉽게 주워 담을 수도 없을 뿐더러 필히 행하여만 하는 것이다. 그러하기에 황제가 직접 말한 것에 대한 신뢰와 영향력은 상당한 것이다.

"자, 이제 모든 것이 마무리되었으니 다시 풍악을 울리도록 하라. 아무리 불미스럽고 어수선한 일이 있었다고는 하지만 오랜만에 여러 대신들과 함께하는 소중한 연회이니 마무리를 좋게 해야 하지 않겠느냐! 하하하! 그렇지 않은가, 임 도독?"

"예, 폐하. 그렇사옵니다."

"그렇지. 암. 하하! 참, 이런, 임 도독은 아직 선혜 공주와 마주한 적이 없었지? 인사하게, 내 여식인 선혜 공주라네."

"선혜 공주께 인사드립니다. 임호열이라 하옵니다."

"예, 반갑군요. 철혈패군 임 도독에 관한 얘기는 아바마마께 귀가 따갑도록 말씀 많이 듣고 있습니다. 그런데… 정말 활약이 대단하시더군. 모든 대신들을 벙어리로 만들어 버릴 정도로 말이에요."

"옛? 그게 무슨……?"

"어허, 선혜야!"

영락제는 생각지 못한 선혜 공주의 비아냥거리는 듯한 반응에 눈살을 찌푸렸다. 영락제가 선혜 공주와 호열을 서로 인사시킨 것은 다른 의도가 있어서가 아니었다. 다만 앞으로 자신이 애지중지하는 귀한 공주와 호열이 서로 얼굴을 붉히는 일이 없었으면 하는 마음으로 인사시켰던 것이다. 그러나 평소 선혜 공주의 마음속엔 온 백성의 황제이자 자신의 아버지인 영락제가 하찮다 여기고 있던 동방의 장수에게 수모를 당했다는 것이 깊게 자리하고 있었다. 그것은 너무나 깊숙이 뿌리를 내리고 있었기에 단 한 번의 만남으로는 도저히 사라지게 만들 수가 없었던 것이다.

'저번의 그 일 때문에 그런가 보군. 하긴……'

"음… 아바마마, 소녀가 잘못했어요. 다신 그러지 않을게요. 그나저나 오라버니께서는 어디 가셨는지……?"

"응? 황태자 말이냐? 아마 지금 황태후전(皇太后殿)에 가 있을 것이다. 뭐가 그리 바쁜지 황태후와 함께 있는 것을 본 것이 오래되어 이 아비가 황태자에게 그렇게 하라고 일렀다. 오랜만에 황태손(皇太孫)의 재롱도 보며 즐겁게 지내다 오라고 말이다."

"아… 그렇군요. 하긴 소녀도 요즘 아바마마와 같은 생각을 하고 있었어요."

선혜 공주는 자신의 실수로 영락제의 심기를 어지럽혔다고 생각했다. 조금만 참았으면 좋게 넘어갈 수도 있었는데 가슴속에 자리하고 있던 것이 당사자를 만나게 되자 자신도 모르게 튀어나오게 된 것이었다. 하지만 평소 영리하고 대담하기로 소문난 선혜 공주는 불편한 상황이 되자 재치있게 화제를 다른 곳으로 돌렸다.

'미묘한 상황을 말 한마디로 바꿔놓다니, 재치가 여간 아니구나. 처음 볼 때부터 영악하게 보이더니 ……'

“자자, 이제 자리에 앉도록 하자. 임 도독도 공주의 말에 너무 신경 쓰지 말고 즐기도록 하고. 하하하!”

“예, 폐하.”

호열은 영락제의 호탕한 웃음이 평소와는 다르게 느껴졌다. 평소 때와 별다르지 않았는데 호열은 영락제의 모습에서 뿌듯함이 배어 있는 것을 느낀 것이다.

이렇게…

호열은 자신의 의지와는 상관없이 앞으로 황궁에서 지내는 동안 영원한 맞수가 될 선혜 공주와의 만남을 가졌다. 선혜 공주와는 달리 지금은 대수롭지 않게 생각하는 호열이었지만.

제 4 장

아… 저것이다. 저것이 바로 천룡무상검이다

◆ 제4장  아… 저것이다. 저것이 바로 천룡무상검이다

　시원한 바람이 간간이 불어오는 가을은 그 계절의 특성상 무더웠던 여름을 잊을 수 있도록 시원하게 씻어주고 있었다. 하지만 아직 여름의 연장선에 있는 곳이 있었으니, 그곳은 바로 숭산이다.

　한여름에 벌어졌던 군웅대회가 벌써 두 달하고도 반이 지나갔다. 그동안 이변도 있었고 탈도 많았지만 그보다 앞서 대회에 참가했던 무림인들에겐 패배의 아쉬움이 더욱 깊게 자리하는 자리가 되었다.

　세상의 이치가 말해 주는 것처럼 모든 일에는 앞이 있으면 뒤가 있고 위가 있으면 아래가 있다. 당연히 힘들게 갈고닦으며 비지땀을 흘리고 익혔던 자신들의 무공을 겨루는 자리인만큼 그동안 하찮게 여겼던 자에게 쓰디쓴 패배의 비참함을 당한 사람도 있었고 생각대로 무난하게 승리의 기쁨을 누린 사람도 있었다.

　이렇게 군웅대회를 통해 각 지역의 패자라 자부하던 무림명숙들과

문파, 그리고 그 제자들에 의해 무공의 고하(高下)가 확실하게 가려지고 있었던 것이다. 당연히 참가자들과 참관인들은 물론 군웅대회를 구경하던 많은 군웅들에 의해 지금까지 있었던 명승부는 밤잠을 설치게 할 정도로 충분한 이야깃거리가 되고 있었다.

그중 군웅들의 기억에 가장 생생하게 남을 만한 시합이 있었는데 며칠 전에 벌어졌던 장백일검(長白一劍) 정호와 구대문파의 하나인 공동파 장문인 복마선인(伏魔先人) 범광(凡光)의 수제자 육합신룡(六合神龍) 하요석(夏曜鳥)의 비무였다. 이들의 비무에 앞서 대부분의 군웅들은 하요석이 손쉽게 승리할 것으로 짐작하고 있었다. 그동안 아무리 정호가 장백일검이란 별호를 얻을 정도로 승승장구하며 본선 칠차전까지 올라왔지만 대부분 군소방파의 사람들과 겨룬 것이어서 공동파의 수제자에겐 통하지 않을 것이라 생각했던 것이다. 하지만 막상 시합에 들어가서는 그 누구도 누가 승리할 것인지 짐작하지 못할 정도로 손에 땀을 쥐게 하는 장면들이 속출했다.

하요석은 초반부터 공동파를 대표하는 무공 중의 하나인 육합구소신공(六合九霄神功)과 복마검법(伏魔劍法)을 적절히 사용하면서 범광 장문인의 기대 이상으로 정호를 몰아붙였다. 날카롭고 경쾌한 움직임을 위주로 하는 여타의 검법에 비해 강함과 무거움 위주의 도법처럼 강맹한 복마검법은 날카로운 검법에 비해 내공이 약한 정호를 위기로 몰아붙이기에 부족함이 없었던 것이다.

그러나 삼백여 초가 지나면서 조금씩 상황은 미묘한 변화를 보이기 시작했다. 초반부터 하요석의 힘에 계속 밀리기만 하던 정호가 특유의 빠름과 날카로움을 적절하게 살리면서 하요석의 허점을 노리는 횟수가 많아지기 시작한 것이다. 군웅들은 그때부터 한시도 비무에서 눈을 돌릴 수가 없었다. 정호의 장백검결이 화려한 변화를 보이며 하요석을 압박해 들어갔기 때문이다.

모두의 예상과 달리 치열했던 비무는 천이백 초 만에 결과를 드러냈다. 거의 반나절을 소비해서야 승자와 패자가 드러난 것이다.

승리는 새롭게 장백일검이란 별호를 얻은 정호의 몫으로 돌아갔다. 그 누구도 예상하지 못한 결과였다. 구파일방 중 한 축을 담당하고 있던 공동파의 뼈저린 패배는 군웅들의 가슴과 다른 구파일방 장문인들의 간담을 서늘하게 만든 것이다. 그만큼 이번의 비무를 통해 군소방파의 패주들과 군웅들의 가슴속에 영원한 강자라 생각하고 있던 구파일방과 오대세가를 향한 믿음이 깨진 것이다. 자신들도 죽을힘을 다해 열심히 하고 또 한다면, 그러면 언젠가 그 빛을 볼 수 있다는 희망이 자신들도 모르게 뿌리를 내리게 만든 것이다.

또한 정호는 이번의 비무에서 유운검 운영과 함께 장백검파라는 변방의 문파를 군웅들의 가슴속에 영원히 각인(刻印)시키는 계기를 만들었다. 한 지방의 패주에서 강호의 패주로 만든 것이다.

비록 정호의 비무에 앞서 벌어졌던 해남검파 남해신룡 위천필과 무당파의 기대를 한몸에 받고 있는 진용검선 연정 장문인의 제자인 양의현검(兩儀玄劍) 묘현(妙賢)의 비무도 눈부시게 대단했지만 아무리 해남검파가 대문파라 해도 구파일방과 변방의 문파 간 비무라는 군웅들의 고정관념을 깨지는 못하였기에 크게 대두되지는 못했다. 하지만 구파일방의 수장이라 할 수 있는 무당파의 수제자와 막상막하의 비무를 선보였다는 것에 누구 하나 이의를 제기하는 사람은 없었다. 그단큼 군웅들뿐만 아니라 모든 강호인들의 가슴속에 구파일방이 차지하고 있는 비중은 상당했다. 언젠가는 넘어야 할 산이라 생각하고 있지단 막상 넘어선 안 되는 신성한 산으로 인식되고 있었던 것이다.

이러한 것은 다음에 벌어진 대도흑룡(大刀黑龍) 마천길(麻泉拮)과 화산파의 수제자이자 매화검선 호영검의 제자인 구궁신검(九宮神劍) 사공무영(司空武英)과의 비무에서 확실히 나타났다.

비록 사공무영이 오직 검만을 생각하며 살겠다는 의지를 내세워 스스로 매화검수(梅花劍手)라는 영광된 칭호를 버리고 자신이 만든 구궁신검이란 별호를 사용하는 등 화산파에선 골칫거리로 인식되는 인물이었지만 그렇다고 해서 그 실력이 녹록한 것은 아니었다. 한때 매화검수라는 칭호를 들을 정도의 실력이 말해 주듯 화산파의 현 매화검수이자 사제인 시문호(施文毫)가 백초지적도 안 된다는 소문이 날 정도로 그 검술 실력이 상당한 인물이다.

그러나 남해신룡 위천필과 함께 군웅들의 기대에 부흥하여 그 실력을 유감없이 발휘하던 대도흑룡 마천길도 그리 만만한 상대는 아니었다. 하지만 마천길도 위천필과 마찬가지로 구파일방이란 큰 벽을 넘지 못하고 중도에 좌초된 것이다. 비록 오백여 초 만에 승패가 가려지긴 했지만 이 두 번의 비무를 통해 최종 여덟 명이 가려지는 본선 칠차전의 승자는 모두 구파일방에서 나올 것이란 것이 지배적이었다. 그러한 와중에 정호가 구파일방의 수제자 한 명을 이기고 최종 여덟 명 중의 한 명이 된 것이다. 그 누구도 생각지 못한 결과였다.

구파일방과 오대세가의 제자들.

그들은 본선 오차전에 들어가서야 비로소 모습을 드러냈다. 비록 열다섯 명에 지나지 않지만 그들의 등장으로 군웅대회의 열기는 하늘을 찌를 듯 치솟았다. 그러나 생각보다 많은 참가자들이 몰려서 그런지 최종 여덟 명을 가리기 위한 비무에 구파일방과 오대세가의 제자들 중

세 명이 참가하지 않았다. 첫째는 바로 구파일방의 중추적 역할을 하는 소림의 금강일수(金剛一手) 방영(方靈)인데 방영은 담현 장문인의 뜻에 따라 자파에서 열리는 군웅대회인만큼 참가하지 않을 것을 선언했다. 또한 두 번째는 열다섯 명 중 유일한 여인이었던 아미검화(峨嵋劍華) 성예지(聖譽祉)였다. 성예지가 참가를 하지 않은 이유는 간단했다. 자신이 여인이어서 참가하지 않은 것이 아니라 바로 흑도가 아닌 상대를 향해 검을 뽑지 않겠다는 것이었다. 너무도 의지가 강해 사부인 아미화수 혜요선자도 어찌하지 못하고 수긍을 하며 군웅대회의 참가를 포기했다. 그리고 마지막으로 오대세가의 하나인 제갈세가의 소가주 천기서생(天機書生) 제갈목(諸葛沐)이 불참을 선언하면서 군웅대회를 통해 본선 칠차전까지 올라온 네 명과 구파일방과 오대세가의 참가자 열두 명이 서로 비무해서 최종 여덟 명을 선발하게 되는 것이다.

구파일방과 오대세가의 제자들이 그동안 참가하지 않다가 막바지에 이르러서야 등장하자 그것에 대해서 한때 군웅들의 비난이 일어났었다. 그러나 워낙 실력 차이가 있다는 것을 알기에 군웅들의 성화는 그리 오래가지 못하고 사라졌다.

그렇게 구파일방과 오대세가의 제자들인 열두 명, 그리고 길고 긴 비무를 통해 올라온 스무 명, 소림을 위시한 다른 문파에서는 이미 몇 명이 올라와야 할지에 대해 정해놓은 상태에서 군웅대회를 이끌어오고 있었던 것이다. 그렇지 않았다면 군웅들 중에서 스무 명이 정확하게 선출될 수 없었기 때문이다. 하지만 그러한 것은 문제가 되지 않았다. 이미 알 만한 사람들은 알고 있는 사항이었기 때문이다.

그렇게…

군웅대회의 비무는 군웅들의 열광적인 함성과 함께 성대하게 치러졌다. 본선 오차전부터는 소림에서 마음대로 비무 상대를 올리지 않았다. 각자가 번호를 뽑아서 비무의 순서를 정하는 방법을 선택한 것이다. 더 이상 자신들의 의지대로 군웅대회를 이끌어 나간다는 것은 부담으로 작용했기 때문인데 그러한 관계로 구파일방과 오대세가의 제자들이 참가하게 된 오차전부터 서로 맞붙는 사태가 빚어지기도 했다. 그렇게 구파일방과 오대세가의 제자들이 서로 검을 겨누기도 하고 힘겹게 비무를 통해 올라온 참가자들과 구파일방의 제자가 겨루기도 하면서 군웅들은 그동안 많은 비무를 통해서도 볼 수 없었던 진정한 비무를 직접 보고 실감할 수 있었다. 그러면서 여덟 명이 가려지는 칠차전의 분위기는 사뭇 열광과 진지함이 배어들어 있었다.

하지만 아쉬운 점은 구파일방과 오대세가의 제자들이 서로 비무를 하게 되면 다른 때와 달리 시시하게 끝나고는 했다. 서로 한 배를 탔다는 것이 크게 작용한 건지 서로에게 상처를 주지 않기 위해 조심하는 것이 역력하게 드러나며 비무의 긴장감이 희석되는 작용을 하게 된 것다. 하지만 그러한 것은 군웅들에게 문제되지 않았다. 다만 구파일방과 오대세가의 제자들이 서로 자웅을 겨룬다는 상징적 의미에 관심이 집중되었을 뿐이다.

"아미타불… 군웅 여러분, 정말 오래 기다리셨습니다. 최종 여덟 명을 가리는 본선 칠차전의 마지막 비무가 있기까지 벌써 두 달 반이란 시간이 지나갔습니다. 참으로 무더운 여름을 무덥다고 느끼지 못할 정도로 시간이 숨가쁘게 지나간 것 같습니다. 빈승은 이번의 군웅대회를 통해 많은 것을 알 수 있었습니다. 여러분들이 강호와 무림을 얼마나 사랑하는지 알 수 있었고, 또한 젊은 기재들의 실력이 얼마나 높이 올라왔는지 실감할 수 있었습니다. 정말 대단하다 말하지 않을 수 없습니다. 빈승이 비록 나이가 많아 이번 군웅대호에 직접 참가하지는 못했지만 지켜보는 여러분들과 마찬가지로 손에 땀을 쥐게 하는 비무가 상당히 많았습니다. 그러나 빈승이 이 자리에 올라와 여러분들과 이야기를 하는 것은 며칠 후부터 벌어질 본선에 앞서 이번 군웅대회에 참가하셨던 많은 젊은 인재들에게 할 말이 있기 때문입니다. 이제 빈승이 단상을 내려가면 칠차전의 최종 비무가 벌어질 것입니다. 하지만 이번 군웅대회는 빈승과 여러 군웅들의 예상을 깨고 성대하게 치러졌습니다. 가히 강호 역사가 기록되기 시작한 후 지금까지 이번의 군웅대회처럼 많은 참가자들이 비무를 벌였던 적은 없을 것입니다."

"맞아, 내가 생각하기에도 이번처럼 수만 명이 모였던 군웅대회는 없었어."

"그럴 수도……. 정말 대단했지."

"그렇고말고. 이번 군웅대회는 내 평생 잊을 수 없을 것이네. 암."

군웅들은 오랜만에 단상에 모습을 드러낸 현불 담현 방장의 연설에 이구동성으로 고개를 끄덕여 호응했다.

"그렇습니다. 그러나 많은 비무가 있었기에 승자와 패자도 많이 나왔습니다. 처음부터 지금까지 계속 이겼던 참가자도 있고 중도에 그만 탈락한 참가자도 있습니다. 그러나 빈승이 참가자들에게 말하고 싶은 것은, 여러분들은 앞으로 이 강호무림을 이끌어 나갈 유능한 인재들이란 것입니다. 여러분, 여러분들은 지금의 승리와 패배에 안주하지 말고 앞으로 최선을 다해 자신의 실력을 길러야 할 것입니다. 그래야 앞으로 어떠한 일이 닥친다 해도 슬기롭게 위기를 헤쳐 나갈 게 아니겠습니까? 여러분! 자신감을 잃지 마시길 당부드립니다. 그럼 군웅 여러분, 앞으로 남은 비무도 즐겁게 관람하시기 바랍니다."

“와~ 소림 만세! 담현 장문인 만세!”

“옳으신 말씀입니다! 하하하!”

“역시 소림의 장문인다우십니다. 장문인의 말씀은 충분히 젊은 인재들에게 힘이 될 것입니다. 와~”

소림 장문인 담현 방장은 모든 연설을 끝내고 천천히 단상 옆으로 걸음을 옮겼다. 그렇게 구파일방의 여러 장문인의 곁으로 갈 때까지 군웅들의 열화와 같은 호응은 식을 줄 몰랐다.

“자, 이제 본선 칠차전의 마지막 비무입니다. 여러분들께서도 이미 아시겠지만 그래도 비무에 앞서 오늘의 참가자를 소개하겠습니다. 이번 참가자는 사흘 전에 이미 승리를 해서 최종 여덟 명의 명단에 오른 장백일검 정호 도장과 같은 사문의 유운검선 정운영 소협입니다. 유운검 정 소협의 별호는 여러분들도 아시겠지만 그동안의 비무를 통해 검선이란 별호로 바뀌었습니다. 음… 그리고 정 소협과 비무를 하게 될 다른 한 분은 바로 구파일방 중 하나인 점창파의 유운신검(流雲神劍) 정검(丁劍) 도인(道人)입니다. 두 분께서는 어서 단상으로 오르십시오.”

“어라? 그러고 보니 두 사람의 별호가 비슷하지 않은가?”

“그러게 말이야. 정말 희한한 일이구먼.”

“허 참, 비슷한 정도가 아니라 둘 다 사용하는 검법의 이름도 똑같다네. 둘 다 유운검법이란 검법을 사용하고 있지.”

“그렇다면 혹시 두 사람 간에 무슨 사연이라도 있지 않을까?”

“하하, 이 사람하고는……. 그게 어디 말이 될 수 있다 생각하는가? 있을 수 없는 일이지. 그냥 이름만 같을 뿐일 게야. 암!”

군웅들의 어수선한 분위기에는 모두 그럴 만한 이유가 있었다. 바로 운영의 별호와 정검의 별호가 비슷할 뿐만 아니라 거기다 더욱 의견이 분분하게 만든 것은 둘이 사용하는 무공의 이름이 똑같았기 때문이다.

그러나 강호무림엔 이러한 말이 있다. 강호인이라면 누구나 알고 있는 말.

바로 강호엔 너무나 많은 문파들이 산재해 있고, 또한 무림인들도 모래알보다 많아 그 수를 헤아릴 수가 없다는 것이다. 그만큼 똑같은 이름의 현판을 내걸고 무림어서 활동하는 문파들도 많을 뿐만 아니라 별호나 무공의 이름도 비슷한 무림인들이 한둘이 아니었다. 특히 군웅들이 대표적으로 알고 있는 것으로 무당파와 점창파에 대한 것이 있는데, 이 두 문파 모두 구파일방이면서 도가의 맥을 함께 이어온 곳이기에 사용하는 무공의 이름도 비슷한 구석이 있었다. 바로 유운검법이란 무공이 바로 대표적인 것이었다.

하지만 문제는 이러한 것이 아니었다. 바로 명예와 관련시킨다는 것이 더욱 커다란 문제였다. 서로 비슷하거나 똑같은 별호를 사용하는 상대를 만나게 되면 어떻게 하든 서로 우열을 가려 패한 상대가 다시는 같은 별호를 사용하지 못하도록 한다는 것이다.

“이거 오늘의 비무도 꽤 재미있겠어. 이건 단순히 비무로 끝나는 것이 아니라 명예가 걸린 승부가 아닌가? 하하하!”

“그러게 말이야. 그나저나 과연 오늘은 어떤 결과가 나올까? 이번에도 장백검파가 이길까?”

“글쎄? 한 명도 아니고 구파일방의 수제자를 상대로 한 문파에서 두 명이나 이길 수 있다고는……”

“하지만 이번에 나올 유운검선 정운영 소협은 장백일검보다 더욱 뛰어난 실력을 소유하고 있다 하지 않은가? 거기다 현 장백검파의 장문인인 현운 장문인의 사제이고 말이야. 이거 장백검파의 실력이 이 정도일 줄은 몰랐네."

"하긴, 어쩌면 장백검파의 저력이 구파일방보다 우위에 있지 않나 하는 생각까지 들 정도이니 말이야. 음……."

군웅들은 천천히 단상으로 올라가는 운영과 정검을 쳐다보면서 너도나도 한마디씩 하는 것을 잊지 않았다. 두 사람의 비무는 그만큼 군웅들의 호기심을 자아내기에 부족함이 없었던 것이다.

"장백검파의 정운영이라 합니다. 오늘 많은 지도 부탁드리겠습니다."

"별말씀을……. 오히려 소제가 부탁드리고 싶은 말입니다. 점창파의 정검이라 합니다."

"와~ 좋다! 오늘 신명나게 겨뤄라! 하하하!"

서로 자신의 별호를 내세우지 않으면서도 당당하게 이름을 밝힌 두 사람을 보며 군웅들은 그들의 의기를 높이 평가하고 함성으로 답해 주었다. 굳이 상대에게 자신들의 별호에 대한 명예를 내세우지 않겠다는 생각을 간접적으로 표현한 것이기 때문이다.

"자, 그럼 이제 칠차전 마지막 비무를 시작하겠습니다. 두 소협께서는 정정당당하게 이 비무에 임해주시길 당부드립니다. 그럼 소승은 이만."

운영과 정검은 금마나한 각원 대사의 말이 끝나자 누가 먼저라고 할 것도 없이 각원 대사와 군웅들을 향해 가볍게 수인사를 했다.

'이제 시작인가? 내가 과연 정호처럼 구파일방 중 하나인 점창파의 제자를 이길 수 있을까? 아니지, 형님을 생각해서라도 꼭 이겨야지. 암. 그나저나 점창파에도 유운검법이 있었다니…….'

운영은 흩트러진 마음을 다시 한 번 다잡았다. 아무리 구파일방의 제자라 해도 호열을 생각하니 자신감이 생긴 것이다. 일단 자신감이 생기자 상대에 대한 호기심이 일었다. 비록 오늘 처음 만나는 사람이지만 똑같은 이름의 검법을 사용한다는 것에 친근감이 들었던 것이다. 만약 다른 사람들이 운영의 지금 생각을 알았다면 단번에 미쳤다고 소리를 질렀을 정도의 사안이었는데 운영은 그러한 것들을 대수롭지 않게 생각하고 있는 것이다.

'남들이 어떻게 생각하든 그건 중요한 것이 아니지. 그나저나 정말 궁금하구나. 점창파의 유운검법이라……?'

운영은 천천히 검을 자신과 일직선으로 맞추며 자세를 숙이는 정검을 바라보았다. 지금 운영과 정검은 각자 뒤로 두서너 발짝을 물러나오 장을 격하고 마주한 상태로 서로를 직시하고 있었다.

운영은 상대의 자세를 유심히 보아둘 필요성 때문에 일부러 거리를 둔 것이지만 정검은 날카롭고 빠른 검법을 위주로 하기 때문에 가까운 거리가 유리한 상황인데 자신도 모르게 뒤로 서너 발자국 물러나 있는 것이다.

'음… 내가 뒤로 물러나다니, 몸이 의지보다 먼저 상대를 알아보았다는 말인가?'

비록 의식해서 일어난 일은 아니었지만 정검은 온몸으로 운영의 실력을 느낄 수 있었다. 그에 운영과의 거리가 너무 가까우면 자신도 준비할 시간 없이 순식간에 승부가 끝날 수 있다는 생각에 앞으로 전진하지 않고 조용히 기수식을 취했던 것이다.

'음… 어쩔 수 없다. 지금 들어가지 않으면 검 한번 휘둘러 보지도 못하고 단상을 내려갈 것이다. 그렇게 될 수는 없지. 질 때 지더라도

당당하게 맞서겠다.'

　두 사람이 기수식을 취한 지 어느 정도의 시간이 흐를 무렵 모두의 예상을 뒤집고 운영이 아닌 정검이 먼저 공격을 가하기 시작했다. 지금까지 구파일방의 제자가 먼저 선공한 적이 없었는데 오늘은 그러한 것을 깨고 정검이 먼저 검을 빼 들고 공세를 펼친 것이다. 비록 지금까지 운영이 선공을 한 예가 없었다 해도 정검은 구파일방의 체면을 깎는 짓을 한 것이다.

　"하앗! 섬전분광(閃電分光)! 분광추영(分光追榮)!"

　오늘날의 점창파를 있게 했다 할 수 있는 분광검법(分光劍法). 그 검법의 장점만을 간추려 실전 위주의 검법으로 다시 탄생한 분광십팔수검(分光十八手劍)의 진수가 고스란히 담긴 초식들이 운영을 향해 거침없이 쏟아져 갔다.

　"이런! 구파일방의 제자가 먼저 선공을 펼치다니……?"

　"허, 이것 참……."

　"음… 역시 상겸이가 감당하기엔 무리가 있었던가? 장백검파에 저러한 인물이 있었다니……."

　"실로 놀라운 일입니다. 어찌 장백검파에 저러한 인물이 있단 말입니까? 아직 어린 나이인 것 같은데 말입니다."

　"하지만 우리들 눈으로 직접 보고 느끼지 않았습니까? 저 소협은 우리들이 직접 겨루어도 승리를 장담하지 못할 정도입니다. 음……."

　이미 상황이 어떻게 돌아가고 있다는 것을 느끼고 있던 구파일방의 장문인들과 오대세가의 문주들은 구파일방의 제자로서 변방의 문하에게 선공을 양보하지 않고 먼저 선공을 펼친 정검에 대해 구파일방의 명예를 들먹이며 수군거리는 군웅들을 뒤로하고 저마다 운영에 대해 한마디씩 했다. 기수식을 취한 뒤부터 점점 정검을 압박해 가는 운영의 기세가 단상에서 떨어져 관람하고 있는 구파일방의 장문인들에게까지 그 영향을 미친 것이다.

'좋다! 어디 한 번 해보자!'

"유수섬전(流水閃電)!"

섬전분광과 더불어 그 뒤를 바짝 쫓으며 빠르게 쇄도하는 분광추영을 막기 위해 운영은 평소와 달리 자신의 별호에 선(仙)이란 글자가 들어가게 만들었던 유운검법의 제삼초인 유운천망을 쓰지 않고 정검과 같은 쾌검으로 쇄도하는 검을 막아갔다.

챙! 챙! 챙!! 챙! 챙! 챙!!

한동안 두 사람의 빠른 몸늘림과 날카로운 검법으로 생겨난 음향이 소림의 하늘에 메아리쳤다. 둔탁한 느낌의 소리가 아닌 경쾌한 검의 울림이 메아리치고 있는 것이다.

점창파의 검법이 어떠한지 알고 있던 군웅들은 정검이 처음부터 분광십팔수검과 같은 쾌검을 사용하여 운영을 상대하는 것에 별다른 의미를 부여하지 않았다. 당연히 그럴 것이라 생각하고 있었기 때문이다. 그러나 운영이 지금까지 사용하지 않았던 쾌검을 사용하자 모두가 놀라움을 감추지 못했다. 비톤 장백일검 정호의 검법이 날카롭기 그지없는 쾌검이었다 해도 운영이 지금까지 단 한 번도 쾌검을 사용하지 않고 검망만을 사용하였기에 군웅들은 운영이 사용하는 유운검법은 쾌검이 아닌 검망이 위주로 된 검법이라 생각하고 있었기 때문이다.

"허, 유운검선이 같은 쾌검으로 받아내고 있지를 않은가? 점창파의 쾌검은 구파일방 중에서도 독보적인 것이라 할 수 있는데 말이야. 정말 놀랍기가 그지없구먼."

"그러게 말이야. 점창의 분광검을 무리없이 맞받아치고 있군 그래."

'이럴 수가! 검망이 펼쳐지기 전에 쾌검으로 승기(勝機)를 잡으려고 했는데 오히려 같은 쾌검으로 받아내다니! 음… 어찌 늦게 발검되었으면서도 내 검을 모두 튕겨낼 수 있단 말인가? 이러다간 도저히 안 되겠다. 차라리 환검(幻劍)을 사용하는 것이 낫겠다.'

점창파에는 분광검법을 더욱 강화시켜 실전 위주로 만든 검법이 세 가지가 있었다. 그중 하나가 바로 분광십팔수검인데 이것은 대외적으로 사용해도 무리가 없다 생각될 정도로 살기가 짙지 않은 것이다. 다만 쾌검의 장점을 크게 부각시켜 놓았다고 할 수 있었다. 그러나 나머지 다른 두 개의 검법은 상황이 달랐다. 금협검법(今夾劍法)과 오귀검법(五鬼劍法)은 너무나 살기가 강해 익히는 사람의 심성이 점점 마(魔)의 영향을 받곤 하는 좋지 않은 상황이 발생한 것이다. 그에 문중에 특별한 일이 발생하지 않는 한 장문인의 권한으로 제자들에게 익히지 말 것을 지시하고 금서(禁書)로 지정한 것이다. 그러하기에 정검 또한 점창의 대표적 쾌검이라 할 수 있는 분광십팔수검밖에 익히지 못했던 것이다.

"이잇! 백족검(百足劍)!"

정검의 손에서 백족검법의 진수가 쏟아져 나오기 시작했다. 한 번 펼쳐지면 백 걸음을 옮길 때까지 멈출 수가 없고, 또한 그 변화가 점점 더해지면서 상대가 어느 것이 진검인지 분간하지 못하게 만드는 환검 중의 환검이었다. 비록 화산파의 매화삼십육신검형(梅花三十六神劍形)이나 양의무극신공(兩儀無極神功)으로 펼쳐지는 무당파의 태극검법(太極劍法)에 비해 현저히 떨어지지만 현실적으로 두 가지 무공은 뛰어난 오성과 내공이 없는 한 익힌다는 건 어불성설이기 때문에 실전적인 환검으로서 한자리를 차지하고 있는 것이다.

'이번엔 환검이구나. 그렇다면……'

땅! 따따땅! 땅! 땅!

정검의 쾌검이 환검으로 바뀌자 운영도 그에 맞추어 변화를 보이기 시작했다. 바로 지금까지 많은 비무를 하면서 상대를 꼼짝 못하게 만들었던 유운검망이 펼쳐진 것이다.

백족검법은 확실히 뛰어난 실전 검법이었다. 그러한 것은 지켜보고 있는 군웅들의 반응을 조금이라도 유심히 바라본다면 확실하게 알 수가 있었다. 처음 십여 초까지는 상대의 눈을 현혹시킬 정도로 많은 변화를 보이지 않았지만 그 후부터는 계속해서 검의 잔상이 남았다. 그렇게 몇 초가 지나가자, 그동안 한시도 비무에서 눈을 떼지 않고 있던 군웅들조차 좌측의 검이 진검인지 우측의 검이 진검인지 그 진의를 눈으로 분간하지 못할 정도가 되어버린 것이다. 비록 군웅들의 실력이 일천하다고 하지만, 수만 명의 시선을 동시에 현혹시킬 수 있을 정도로 뛰어난 검법인 것이다.

그러나 아무리 상대가 눈을 현혹시키는 환검을 쓴다 해도 그러한 것들이 파고 들어오지 못하게 원천적으로 막는다면 무용지물이나 다름없었다. 바로 정검의 백족검법이 그러했다. 아무리 두드려도 운영의 검망을 뚫을 수가 없었던 것이다.

'제길! 도대체 어찌 된 것인가? 아무리 검망이라고 하지만 이다지도 뚫을 수가 없다니! 정말로 뚫고 들어갈 빈틈이 존재하지 않는단 말인가? 그래, 어차피 이렇게 된다면 나도 다른 사람들과 마찬가지가 될 것이다. 그럴 바에는 무리를 해서라도 뚫는 것이 나을지도……'

"어디 이것도 받아보아라! 얍! 춘풍초동(春風初動), 수휘오현(秀輝五

絃), 천하도괘(天下到挂), 난향암송(蘭香巖送), 천외래운(天外來雲)……."

　정검의 입을 통해 터져 나온 고함과 함께 점창파의 절정 무공인 회풍무류사십팔검(廻風無流四十八劍)이 펼쳐지기 시작했다.

　"와~ 회풍무류사십팔검이다! 드디어 절정의 검공이 펼쳐지기 시작했구나!"

　"그러게 말이야. 지금까지 소문만 들었지 사실 난 오늘 처음 보는 것이네. 정말 태풍이 불어닥치는 것처럼 무섭구먼."

　"하하, 그런가? 사실 나도 처음이네. 어디 우리 같은 사람들이 저런 것을 볼 기회가 있었어야 말이지."

　"하긴… 그나저나 정말 대단하네. 나도 저런 것을 배울 수가 있다면 얼마나 좋겠는가. 음……."

　군웅들은 점창파 무공의 진수를 유감없이 관람할 수 있게 되었다는 것에 흥분을 감추지 못하고 있었다. 사실 이러한 자리가 아니면 평생을 살아도 구경할 수 없는 것들이기 때문이다. 또한 이번 기회에 자신의 무공과 하나하나 비교해 보며 부족하다 생각되는 부분을 채울 수도 있는 일이었기에 조금이라도 자신을 무인이라 생각하고 있는 군웅들로서는 절정의 무공을 볼 수 있다는 흥분감을 감추기란 쉽지 않은 일이었다.

　"허허, 굳이 그것을 쓰지 않아도 이미 결과가 난 것을……. 아직 어리구나, 상겸아."

　"장문인, 그것은 아직 젊기 때문일 것입니다. 젊다는 것은 좋은 것 아니겠습니까?"

　"그렇지요. 젊기 때문에 후회없이 최선을 다하는 것이지요. 최선을 다하지 않고 패한 것과 그렇지 않은 것은 하늘과 땅만큼의 큰 차이입니다. 오히려 최선을 다한 후 깨끗하게 패배를 인정하는 것이 좋을 것입니다. 그래야 후회가 남지 않지요. 허허허!"

"음… 그럴 수도 있겠지요. 그러나 그렇게 되기까지는 많은 시련이 있을 것입니다. 한 번도 패배를 해본 적이 없는 아이이니……."

"너무 걱정하지 않으셔도 좋은 것입니다. 오히려 저 아이에겐 이번의 비무가 큰 도움이 될 것입니다. 소싯적 제가 그랬으니까요."

"음……."

일양자 현천 장문인은 옆에서 위로해 주는 여러 장문인들의 말에도 불구하고 자신의 제자가 너무 안쓰러웠다. 패배를 모르고 살았던 무인이 패배를 하게 되면 어떻게 변할지 그 자신이 더욱 잘 알고 있기 때문이었다. 살면서 단 한 번의 패배 정도야 없을 수 없다는 걸 잘 알지만 아직 그 시기가 아니란 생각이었기에 사랑하는 제자가 겪을 고통이 심각하게 받아들여졌다.

'제길, 이것도 안 되는군. 그렇다면 어쩔 수 없다는 것인가? 그래, 이번이 마지막이다. 이것도 안 통한다면… 음…….'

아무리 두드려도 뚫리지 않는 검망. 정검은 폭풍처럼 몰아치던 회풍무류사십팔검을 멈추고 난 후 아직 검망을 거두지 않고 있는 운영과 다시 오 장을 격하고 대립하는 자세로 돌아갔다. 정검의 옷가지와 머리가 헝클어져 있지 않다면 아직 비무가 시작되기 전이란 생각이 들 정도로 처음과 똑같은 자세로 서 있는 것이다.

정검이 뒤로 물러가자 운영은 천천히 검망을 거두어들이기 시작했다. 사실 검망을 거둘 필요는 없었지만 상대가 공격을 멈추었기에 그에 대한 예의로 검망을 거둔 것이다.

"정말 놀랍습니다. 아무리 공격해도 정 형의 검망을 뚫을 수가 없군요. 제가 정 형에 비해 많이 부족한 것 같습니다."

"음… 별말씀을……. 제가 운이 좋았기 때문일 것입니다."

"아닙니다. 저도 제 실력을 잘 알고 있습니다. 음… 그래서 이번이 마지막이란 생각으로 제가 알고 있는 무공 중 하나를 펼쳐 보이겠습니다. 아직 완전하게 완성하지는 못했지만 왠지 정 형에겐 펼쳐 보이고 싶습니다. 정 형에 비해 부족하지만 제가 이번에 펼칠 무공의 이름이 바로 유운검법이기 때문입니다."

"음……."

운영은 정검이 무엇을 말하고자 하는지 알 수 있었다. 처음엔 별로 대수롭지 않게 생각하고 있던 부분이었는데 너무나 현격한 실력의 차이에서 오는 자괴감으로 인해 자신의 무공을 상대에게 인정받고 싶다는 마음을 간접적으로 내보인 것이다. 운영은 정검의 마음을 이해하고는 고개를 끄덕여 답해주었다.

"감사합니다. 그럼 제가 시전하기에 앞서 제 무공에 대해 말씀드리겠습니다. 사실 유운검법의 원래 이름은 기봉검법(氣棒劍法)이었습니다. 이기어검의 일종인 어검술에 주안점을 두어 만든 것으로 총 사 초식으로 되어 있습니다."

"음……."

정검이 유운검법의 원래 이름이라 밝힌 기봉검법은 점창파 최고의 검공(劍功) 중 하나인 천룡무상검법(天龍無上劍法)을 익히기 위해 필수적으로 익혀야만 하는 것이었다. 천룡무상검법은 시전자가 천룡의 형상을 띤 검강을 마음대로 조종할 수 있는 이기어검의 진수로 세상에서 사라졌다고 알려진 육맥신검(六脈神劍)이나 사일검법(射日劍法)과 함께 점창파의 삼대검공이었다.

"그럼 조심하시길! 야압! 연환삼(連環杉)! 봉상구천(棒狀九天)!"

정검의 검에서 서서히 아지랑이 같은 시퍼런 불꽃이 피어오르더니 어느새 희미했던 아지랑이는 시퍼런 검강의 형상을 보이며 운영을 향해 폭주하듯 일직선으로 뻗어 나갔다. 마치 긴 대나무가 운영을 향해 돌진하는 것처럼 보일 정도로 정검의 시퍼런 검강은 뚜렷한 형태를 이루고 있었다.

"헛! 거, 검강이다! 검강을 시전한다!"

"저, 정말이다! 정말로 검강을 펼치다니!"

"저럴 수가! 아무리 구파일방의 제자라 해도 검강이라니! 이렇게 되면 창과 방패의 싸움이 아닌가?"

"그러게 말이야. 이런 비무를 내 살아 생전에 보게 되다니……."

군웅들은 정검이 펼치는 검강어 입을 다물지 못했다. 그러나 군웅들이 보이는 반응은 모두 달랐다. 처음엔 말로만 듣던 검강을 보게 되었다는 기쁨과 부러운 눈으로 검강을 시전하고 있는 정검을 바라보는 사람들이 있는가 하면 구파일방의 제자라는 이유로 삼십도 안 되는 젊은 나이에 검강을 시전할 수 있을 정도로 명문대파의 전폭적인 지원을 받은 정검에 대한 시기의 눈초리도 사방에 번뜩거렸다.

"허… 현천 장문인, 저 아이가 무리하는군요. 허술한 검막이라면 모르겠지만 지금의 화후로 유운검선의 엄밀한 검막을 깨기란 요원한 일인데……."

"그렇습니다. 이렇게 무리하다간 저 아이의 신변에 무슨 일이라도……."

"아닙니다. 빈도는 그저 지켜볼 수밖에 없을 것 같습니다. 지금처럼 저 아이가 즐겁게 웃는 모습을 빈도는 본 적이 없습니다. 저렇게 즐거워하다니……."

"음……."

현천 장문인의 설명에 우려의 말을 하던 주변의 장문인들은 정검이 검을 휘두르고 있는 곳을 향해 고개를 돌려보았다. 그런 후 얼마 지나지 않아 모두의 반응은 한결같이 고개를 끄덕이는 것이었다.

정검은 지금 무인으로서 가장 즐거운 시간을 가지고 있었다. 그 누구의 방해도 허용하고 싶지 않을 정도로 정검의 눈과 귀를 비롯해 정신은 물론 모든 말초신경은 운영과의 비무에 집중되어 있는 것이다.

'이런 기분은 처음이다. 마치 지금의 난 내가 아닌 것 같다. 이것이 사부께서 말씀해 주시던 무인의 기쁨인가? 정말 그런가? 아… 그동안 내 자신의 또 다른 나를, 그렇게 찾아보고자 매일 수련해도 알 수 없었던 것을 지금 난 느끼고 있는 거다. 그래, 오늘에서야 무상검(無上劍)이 인정해 준 거다. 진정한 점창인으로.'

"하앗! 비봉영춘(飛棒影鷦)! 단봉화명(短棒和鳴)!"

정검은 소림의 기왓장이 부르르 떨릴 정도로 자신이 발휘할 수 있는 최대한의 힘을 쥐어짜며 운영을 향해 돌진했다. 그동안 많은 좌절과 슬픔이 있었지만 지금은 오직 사조(師祖)의 검이 자신을 인정해 줬다는 황홀감에 도취되어 지칠 줄 모르는 맹호처럼 운영을 향해 검을 겨눈 것이다.

검강. 하나의 기다란 막대 형태를 보이고 있던 검강은 처음과 달리 서른 개로 짧게 분리되면서 정검이 가리키는 방향으로 맹렬히 돌진했다. 바로 운영을 향해서…….

"좋았어! 어디 부딪쳐 보자! 야압! 유수락뇌(流水落雷)!"

운영은 여러 갈래로 흩어져서 쇄도해 오는 검강을 향해 똑같은 방법으로 맞받아쳤다. 정검의 파상적인 공격을 검망으로 방어하는 대신 오히려 지금까지 한 번도 시전하지 않았던 유수낙뢰를 시전한 것이다.

쾅! 쾅! 콰콰콰쾅!

"허억!"

"아이고, 귀야! 이거 정말 대단하구나!"

"음……."

운영이 정검의 검강을 같은 검강으로 맞받아치면서 가뜩이나 검과 검이 부딪치는 소리가 요란하게 울리던 소림의 너른 마당을 용의 울음소리보다 더 큰 천둥 소리로 메워 버렸다. 그에 숲으로 둘러싸여 있는 소림의 지역적 특성 때문인지 편안하게 관람하던 군중들은 고막을 울리는 커다란 진동 때문에 고통을 호소하며 자신의 귀를 손으로 막는 사람들이 태반이었다. 검강끼리 부딪치면서 울려 퍼지는 진동을 감당할 공력이 부족한 사람들이 대부분이었기 때문이다.

"허억! 으… 음……."

누군가의 묵직한 침음 섞인 신음 소리와 함께 소림을 가득 메우고 있던 요란한 소음도 멎었고, 그에 따라 검강이 일으켰던 진동의 회오리도 멎었다.

"휴~ 살았다."

"그러게 말이야. 정말 고막이 터지는 줄 알았네."

"엄살은! 뭘 이 정도를 가지고! 음… 그나저나 누가 이겼지?'

"그러게? 누가 이겼는지 모르겠는데?"

"음……."

고막의 고통이 잦아들면서 군중들의 시선은 자연 운영과 정검이 대치하고 있는 단상을 향했다.

운영과 정검이 대치하고 있는 단상은 비교적 평온해 보였다. 두 사람 모두 수중의 검을 검극이 지면을 향하게 내려놓은 채 서로를 직시하고 있었다. 지금까지 전례가 없었던 패도적인 공격을 주고받으면서도 아직까지 결론이 나지 않은 형국이었다.

'이럴 수가! 내가 할 수 있는 모든 것을 다 했는데도 옷가지 하나 건드릴 수 없다니, 진정 이것이 나의 모습인가? 진정 나는 우물 안 개구리였던가? 나의 실력이 이것밖에 안 되었던가? 음… 아니다! 아니야! 사부님뿐만 아니라 문중의 모든 제자들이 인정한 실력이 아닌가? 거기다 구파일방의 장문인들과 이번의 군웅대회에 참가한 각파의 제자들 또한 내 실력을 인정해 줬고. 그렇다면 무언가? 진정 정 형은 내가 넘을 수 없는 벽이었단 말인가? 음…….'

정검은 자신이 할 수 있는 최선을 다했음에도 어찌하지 못한 운영을 바라보았다. 비록 운영이 정검과 같은 모습으로 서 있었지만 정검은 운영이 자신과는 달리 여유있는 모습을 보이고 있다는 것을 알 수 있었다.

'그래, 내가 진 것이다. 난 최선을 다했다. 후회없을 정도로. 그러나 정 형은 그렇지 않다. 지금까지 공세를 취하지 않고 내 검을 받아준 것이다. 왜 그랬을까? 설마 내 유운검을 보고 싶었던 건가? 자신의 유운검과 비교하기 위해서? 음…….'

정검은 천천히 눈을 감으며 자신과 운영의 비무 모습을 머리 속으로 그려보았다. 처음의 쾌검으로 시작해서 검강에 이르기까지 정검은 하나하나 비교해 보고 있는 것이다.

'후후, 역시 그랬구나. 정 형은 나와 자신의 유운검을 비교해 보고

있었어. 후, 내가 졌다. 완벽하게……'

모든 생각을 정리한 정검은 천천히 무상검을 검집에 집어넣었다. 아직 비무가 정식으로 끝나지 않았는데 검을 검집에 넣는다는 것은 이제 더 이상 운영과 비무하지 않겠다는 의사 표현인 것이다.

"……?"

"정 형, 소제가 졌습니다. 패배를 인정하겠습니다."

"아니, 그게 무슨 말입니까? 아직 비무가 끝나지 않았는데……?"

"아닙니다. 소제는 이제 더 이상 정 형을 향해 펼칠 것이 남아 있지 않습니다. 소제는 최선을 다했는데도 정 형의 옷깃 하나 건드리지 못했습니다. 그러한데 어찌 패배를 자인하지 않겠습니까? 소제가 깨끗이 패배했습니다."

"음, 알겠습니다."

운영은 정검이 스스로 패배를 인정하자 받아들이지 않을 수 없었다. 검강까지 시전할 수 있는 최고수가 스스로 자인하는데 더 이상 모른 척한다는 것은 그를 모독하는 것이기 때문이었다.

"정 형, 소제가 한 가지 청을 하고 싶은데… 들어주시겠습니까?"

"말씀하십시오. 들어줄 수 있는 것이라면 그렇게 하겠습니다."

"예, 다름이 아니라… 소제의 검을 어떻게 생각하십니까? 음… 이런 것은 여쭙는 것이 아닌데, 실례를 무릅쓰고 여쭙게 된 것은 소제의 검을 직접 겪어보셨으니 가장 잘 아실 것이라 생각되어서입니다. 그러니 너무 나무라지 마시고……."

"아닙니다. 음… 엄 형의 검은 솔직히 강했습니다. 소제가 단상에 오르기 전 장문인께 점창파의 무공에 대해 몇 가지 들은 것이 있습니다. 점창의 무공은 빠르기가 가히 무적이라고요. 그리고 처음 엄 형의 공격을 받았을 때 그것을 인정하지 않을 수 없었습니다. 그리고 엄 형의 검은 점점 강해졌습니다. 그러나 강했다는 것뿐이지 점창 무공의 특징인 빠르기가 점점 결여되고 있었습니다."

"음……."

정검은 운영의 차분한 설명을 들으며 고개를 끄덕였다. 실제로 자신 역시 그 부분에 대해서는 항상 불만을 가지고 있었고, 또한 인정하는 부분이었기 때문이다. 그에 어떻게 하든 단점을 보완하기 위해 열심히 검을 연마하는 등 모든 노력을 기울였지만 아직까지 크게 성과가 없는 것 또한 현실이었다.

"검강은 강합니다. 강하다는 것은 무척 중요한 것이지요. 그러나 검의 세 가지 특성 중 빠르기와 변화의 두 가지 특성이 배제된 검강이라면 그것은 그리 강한 것이 아닙니다."

"그렇지요. 소제도 그것은 인정합니다."

"소제가 듣기론 점창엔 세 개의 무공이 있다고 들었습니다. 바로 사일검법과 육맥신검, 그리고 천룡무상검법 말입니다. 제가 아직 그것들을 겪어보지 않아서 잘은 모르겠지만 소제가 생각하기론 엄 형이 앞으로 익혀야 할 것은 그 세 가지 중 하나가 아닐까 생각됩니다."

"음… 천룡무상검을 말씀하시는 것이군요?"

정검은 운영이 꼭 집어 말하지 않고 돌려 말하고 있는 이유를 알고 있었지만 평소 그러한 것을 신경 쓰지 않았던 정검은 자신의 생각을 직접 털어놓았다.

'음… 자신의 특징과 부족한 점을 잘 알고 있구나. 저러한 모습이 진정한 무인의 모습이 아닐까? 자파 무공의 특성들을 만천하에 알리면서도 태연한 표정이라니…….'

운영이 생각하기론 정검은 자신과 비슷한 특성을 지닌 무인이었다. 비록 운영이 익힌 유운검이 어느 정도의 빠름과 변화가 가미된 것이기도 하지만 유운검의 특성은 부드러움을 상징하는 유운(流雲)이란 이름과 어울리지 않게 강한 힘을 추구하는 검법이었다. 또한 정검의 유운검 역시 비슷한 형상을 취하고 있으니 실로 불가사의한 일이 아닐 수 없었다.

"정 형의 말씀 정말 감사합니다. 소제에겐 꼭 필요한 말씀이었습니다."

"아닙니다. 별말씀을……."

"정 형, 한 가지 청이 더 있는데… 정 형이 알고 있는 유운검의 마지막은 어디에 있습니까?"

'흠…….'

운영은 정검이 무리한 요구를 하고 있다는 생각이 들었다. 사실 정검의 요구는 무림에서 일어날 수 없는 무리한 것이다.

"이런, 죄송합니다. 소제가 너무 결례를 했습니다. 무림인으로서 해서는 안 될 요구를 하다니……."

"아닙니다. 어차피 엄 형도 소제와 같은 검의(劍意)를 추구하는 무인이 아닙니까? 보여 드리겠습니다. 그리 감출 것도 아니니 말입니다. 음… 이러한 말씀을 드리기는 뭐하지만 소제가 생각하기론 천룡무상검의 모습이 제가 알고 있는 유운검이 아닐까 생각되는군요."

"……?"

정검은 운영의 마지막 말이 무슨 의미를 담고 있는지 궁금하기도 했지만 자신의 무리한 요구를 허락한 운영을 신기한 표정으로 바라보았다. 무인으로서 상대에게 그러한 요구를 듣게 된다면 도저히 묵과하지 못할 그러한 요구를 운영은 그리 심각하게 생각하지 않고 편안하게 받아들인 것이다.

"이것이 제가 정 형에게 해줄 수 있는 최선의 답입니다. 그럼."

운영은 늘어져 있는 검을 천천히 곧추 잡더니 천천히 자신의 앞가슴으로 올려놓았다. 그런 후 다른 한 손마저 손잡이에 더해지더니 아무런 빛도 없었던 검에서 삽시간에 시퍼런 불꽃이 이글거리기 시작했다.

"응? 뭐지? 끝난 것이 아니었단 말인가?"

"그러게 말이야? 이번엔 유운검선이 공격을 할 참인가 보네."

운영의 검에서 시퍼런 검강이 뚜렷하게 형상을 잡아가자 그러한 모습을 보고 있던 군중들은 수군거리기 시작했다. 이제 어느 정도 결말이 났다 생각하고 있던 대부분의 사람들은 의구심이 들었던 것이다.

군중들이 자신을 향해 수군거리든 말든 운영은 그러한 것에 신경 쓰지 않고 검에 온 정신을 집중했다. 비록 저번과 비해 많은 성과를 거두기는 했지만 아직 완벽하게 익히지 않았기에 조심스럽게 운용하고 있는 것이다.

"유운만리(流雲萬里)!"

운영은 검을 하늘을 향해 천천히 올려놓았다. 아니, 운영이 올려놓았다고 하기보다는 검이 스스로 하늘을 향해 승천하듯 치솟았다. 그렇게 삼십 장 높이까지 치솟아올랐던 검은 섬전보다 빨리 오를 때와는 달리 천천히 내려오더니 운영의 오 장 높이에서 멈추어 섰다.

"음……."

정검은 운영의 행동을 유의 깊게 바라보았다.

운영은 군중들이 보든 말든, 아니, 정검이 쳐다보든 말든 천천히 이번 비무에서 보여주었던 검법들을 하나하나 시전하기 시작했다. 정검의 쾌검을 받아쳤던 유수섬전에서부터 시작해서 유수검망과 유수낙뇌에 이르기까지 하늘에 비상한 검은 마치 한 마리 용의 움직임처럼 멈추지 않고 하늘을 수놓고 있었다.

"헉! 저, 저럴 수가……!"

"와~ 검이, 검이 혼자 움직인다!"

"허, 어찌 검이 하늘에서 혼자 움직인단 말인가?"

"이기어검! 저것이 진정한 이기어검이다! 내 살아생전 저런 이기어검을 직접 접할 수 있다니……!"

운영의 검을 바라보면서 근중들은 저마다 자신의 목소리를 내기에 정신이 없었다. 비록 자신들이 직접 펼칠 수 없다고는 하더라도 군중들은 자신들의 식견을 높일 수 있는 유일한 기회인 양 온 정신을 집중하고 있는 것이다.

'아… 저것이다! 저것이 바로 천룡무상검이다! 그토록 찾아 헤매던 천룡무상검……!'

정검은 운영의 유운검에서 천룡무상검을 볼 수 있었다. 아무리 노력해도 볼 수 없었던 그 지고지순한 검을…….

제 5 장

저는 황금과 소금을 잡았으면 합니다

◆ 제5장  **저는 황궁과 손을 잡았으면 합니다**

운영의 눈부신 활약과 함께 장백검파에 대한 소문은 군중들 속으로 순식간에 퍼져 나갔다. 그와 더불어 유운검선 정운영은 대협이란 칭호를 얻었다. 자신과 비무를 한 정검의 한마디에 무인으로서 행할 수 없는 행동을 서슴없이 행하면서 자신의 무공을 만천하에 공개한 운영의 인품을 높게 평가한 것이다. 더구나 장백검파 현운 장문인의 사제로서 배분상으로도 구파일방의 장문인들과 비슷한 위치였기에 군중들은 서슴없이 운영에게 대협이란 칭호를 붙였던 것이다.

"정 사제, 아무리 생각해 보아도 어제 사제가 너무 무리한 것이 아닌가 하네. 비록 그 일로 인해 군중들의 여론이 좋게 변했다고는 하지만 그것은 어디까지나 군중들의 생각이고 구파일방과 오대세가의 생각은 다를 것이네."

"그럴 것입니다. 소제도 그렇게 생각하고 있습니다. 하지만 어제의 제 행동에 대해서는 후회 없습니다. 엄 형에게는 왠지 그렇게 해주고 싶었습니다."

"음… 하긴, 비록 생각은 있지만 막상 그러한 일이 닥치면 그렇게 행할 수 없는 것이 무인이네. 나도 그렇고. 하지만 사제의 말을 들으니 내가 괜한 우려를 하고 있었지 않나 하네. 잘했어. 하하! 그렇지 않습니까? 장문인께선 어떻게 생각하십니까?"

"허허, 현검 사제의 말도 옳고 정 사제의 말도 옳네. 하지만 이번엔 득과 실이 엇갈렸다고 말할 수 있겠지."

"응? 그것이 무슨 말씀입니까, 장문인?"

"어제 정 사제의 활약으로 우리가 얻은 소득은 실로 크다 할 수 있네. 이젠 그 누구도 우리가 북경에 분타를 내는 데 대하여 쉽게 이의를 제기할 수가 없다는 것이지. 우리와 자웅을 결하게 된다면 그들도 승패를 장담하지 못하게 되었다는 말이네."

"아… 그렇지요. 사실 소제도 구파일방과 다른 문중에서 정 사제의 실력을 보았으니 그러한 생각을 가질 것이라 생각했습니다."

"허허, 그렇네. 하지만 정 사제 개인으로 보자면 득보다는 실이 크다 할 수 있지."

"예? 그건 무슨 말씀인지?"

운영은 현운 장문인의 말이 이해가 가지 않았다. 처음 득과 실이 엇갈렸다는 말이 나올 땐 깊게 생각하지 않고 들었는데 막상 현운 장문인의 입에서 자신의 이름이 거론되자 신경이 쓰인 것이다.

"허허, 왜 실이 없지 않겠는가? 비록 어제의 일로 정 사제는 군중들의 기억 속에 깊이 자리할 것이네. 그건 우리 장백으로서도 좋은 일이지. 하지만 정 사제의 실력은 이미 만천하에 알려졌네. 이젠 더 이상

감출 수 없게 되었다는 것이지."

"장문인, 그건 이미 예상했던 일이 아니었습니까?"

"그렇기는 하지. 하지만 어제처럼은 아니었네. 사실 나는 실전에서 드러났으면 하는 바람이었네. 그래야 자네를 대비하지 못할 것이 아니겠는가?"

"음… 무슨 말씀을 하시는 것인지 알겠습니다. 그러나 소제는 그 일에 후회가 없습니다. 장문인께서도 아시겠지만 소제는 그동안 현검 사형과의 비무를 통해 이만큼 성장할 수 있었다고 생각합니다. 또한 앞으로 제가 어찌해야 한다는 것도 알게 되었습니다. 제 자신의 부족한 점을 알게 되었다는 말입니다. 바로 엄 형을 통해서 말입니다."

"허허, 그러면 되었네. 그동안 나도 정 사제에게 그러한 말을 해주고 싶었네. 하지만 아직 시기가 아니라고 생각했었지. 하지만 이제 시원하게 해도 되겠다는 생각이 드는구면."

"음… 말씀하십시오. 소제, 귀를 씻고 경청하겠습니다."

"허허, 알겠네. 음… 사제. 사제 스스로가 말했듯이 아직 사제에겐 부족한 점이 많이 있네. 우선 실전 경험 부족으로 인한 임기응변이 미숙하고 그로 인해서 유운검이 부드럽지 못하고 강하기만 하네. 이것은 사제가 유운신검에게 했던 것과 다를 바가 없네."

"알고 있습니다. 사실 소제도 그러한 것을 느끼고 있었습니다."

"그렇지, 바로 그것이네. 그것은 아마도 사제의 내공심법이 검법에 비해 부족하기 때문이 아닐까 하네. 무엇보다 유운만리와 같은 이기어검을 시전할 때는 공력이 자유로워야 하는데 어제는 그렇지 못했네. 사제의 무공에 대해 뭐라고 말할 수는 없지만 지금의 내 생각으론 사제도 금단선공을 익혔으면 하네."

"옛? 장문인, 그 얘기는 이미……."

운영은 현운 장문인의 말에 깜짝 놀라며 고개를 쳐들었다. 이미 금단선공에 대한 얘기는 익히지 않는 것으로 끝을 냈는데 다시 현운 장문인이 거론하자 당황한 것이다.

어제 일 때문이 아니라 운영은 요즘 자신의 심법에 관한 문제로 마음이 심란한 상태였다. 유운심법을 십이성까지 완벽하게 익혔는데도 어찌 된 일인지 유운만리를 시전할 때면 공력이 자유롭게 움직이지 못하는 것이다. 마치 맞지 않는 옷을 걸친 것마냥 유운심법으로 제대로 된 유운만리를 시전하기란 요원했다.

"이젠 거부하지 말게. 사제도 느꼈겠지만 더 이상은 안 되네. 사제의 내공이 이미 초고수에 이를 정도로 높다는 것은 알지만 그것만으론 초고수가 될 수 없다는 것을 잘 알지 않은가? 지금 사제에게 유운심법을 버리고 금단선공을 익히라는 것은 타당치가 않다는 것을 왜 모르겠는가? 그렇지만 내가 사제에게 익히라고 하는 것은 금단선공 전부가 아니네. 바로 공력을 운용하는 방법을 배우라는 것이지. 비록 작은 힘이지만 그것을 어떻게 운용하느냐에 따라 하늘과 땅만큼 차이가 나네. 금단선공은 바로 그러한 것을 자네에게 줄 것이네."

"음……."

"이보게, 정 사제. 어서 장문인의 말에 따르겠다고 하게. 내가 생각해도 그 방법밖에는 없네."

운영은 현운 장문인과 현검 도장의 말을 들으면서 고민에 빠지지 않을 수 없었다. 바로 당면한 현실이었기 때문이다.

"휴~ 알겠습니다. 장문인과 사형의 말씀에 따르겠습니다."

"허허, 그래야지. 암. 음… 그리고 또 하나, 이제 사제도 장백검파의 일원이니 그에 합당한 무공도 알고 있어야 하지 않겠는가? 장백 문하가 장백 무공을 모른다고 하면 말이 안 되는 일이지. 그러니 오늘부터라도 현검 사제에게 배우도록 하게. 아마 많은 도움이 될 것이야."

"알겠습니다. 그렇게 하겠습니다. 사형, 앞으로 많은 지도 부탁드리겠습니다."

"하하, 알겠네. 앞으로 잘해보세나."

"예, 음……."

운영은 자신의 부족한 점을 인정하여 현운 장문인의 지시에 흔쾌히 따르기로 마음먹었다. 이젠 더 이상 장백검파의 도움을 망설이지 않고 받겠다 다짐한 것이다.


*　　　*　　　*


단아하며 고풍스러운 분위기를 간들기 위해서인지 비싸기 그지없는 자단목(紫檀木)으로 만들어놓은 듯한 탁자를 둘러싸고 구파일방과 오대세가의 영수들이 함께 자리하고 있었다. 한눈에 보아도 수심이 가득한 모습을 하고 의견을 수렴하고 있는 것이다.

"이것 참, 정말 놀라운 일이 아닐 수 없습니다. 누가 있어 장백검파가 그 정도의 실력을 가지고 있다 생각했겠습니까? 음……."

"그러게 말입니다. 당 문주의 말씀이 맞습니다. 실로 놀랍기 그지없습니다."

"음……."

"글쎄요, 저는 그렇게 생각하지 않습니다."

"응? 제갈 가주, 그게 무슨 말씀입니까?"

“……?”

삼양신수 당영호와 패도 팽덕호의 말에 고개를 끄덕이며 동의를 보이고 있던 다른 영수들은 제갈현의 갑작스러운 말에 모두 고개를 돌려 제갈현을 바라보았다. 무슨 의도로 그러한 말을 하게 된 것인지 알고 싶다는 표정들이 역력했다.

“예, 사실 저는 장백검파가 그 정도로 세력이 강성하다고는 보고 있지 않습니다. 다만 장문인이나 유운검선과 같이 지도부 몇몇만 실력이 특출한 게 아닌가 생각됩니다. 모두 아시겠지만 한 문파를 이끌어 나가기 위해서는 어느 정도의 자금이 필수적입니다. 하물며 우리들과 자웅을 겨룰 정도의 문파로 키우려면 천문학적인 자금이 수십 년을 통해 동원되어야 합니다. 그런데 장백검파는 그동안 봉문한 상태로 지냈습니다. 자금을 끌어 모을 여력이 없었다는 얘기입니다.”

“음…….”

“거기다 장백검파가 위치하고 있는 곳은 현 황제가 등극한 이후에 북방의 정책이 바뀌면서 급성장한 곳을 끼고 있습니다. 바로 용정입니다. 혹시 용정이란 곳에 대해서 들어보신 분 계십니까? 음… 그렇습니다. 강호의 정세나 지리에 능하다고 자부하는 우리들이 모를 정도면 예전부터 경제적으로나 사회적으로 그렇게 번화한 마을이 아니었다는 것입니다. 하하, 이제 제가 더 이상 말씀드리지 않아도 무슨 말씀을 드리고자 하는지 요지를 아시겠습니까?”

“음… 허허, 그렇군요. 잘 알았습니다.”

“허허, 이것 참… 정말 현검 선생은…….”

“그렇지. 정말 생각해 보니 자네의 말이 맞네. 강호의 사정은 우리가 더 빠삭하니 알고 있는데 왜 난 자네처럼 그러한 생각을 못했을까?

헤헤헤.”

“하하하!”

“허허……..”

제갈현의 의미심장한 말과 용두호개의 우스갯소리에 구파일방과 오대세가의 영수들은 오랜간에 수심에서 벗어날 수 있었다.

“참, 제갈 가주, 일전의 그 일은 어찌 되었습니까? 어제 제자들로부터 소식이 왔는데 우리 곤륜에선 이미 출발하였다고 합니다. 그렇다면 지금쯤은 하남성 신양(信陽)에 도착해 있지 않을까 생각되는데…….”

“오~ 그런가? 그렇다면 잘되었네. 우리 개방에서도 이미 장로 세 명이 제자들을 이끌고 총타(總舵)인 무한(武漢)을 출발하였네. 지금 금릉으로 가는 배편을 기다리기 위해 안상(安床)에서 머물고 있다 하는구면.”

“그렇습니까? 배편을 이용신다는 말씀입니까?”

“그렇지. 배보다 더 안전한 것이 무에 있겠는가? 어차피 금릉도 장강에 접해 있지 않은가?”

“그렇기는 하지만, 음 · 여하튼 예상대로 앞으로도 아무런 일 없이 제자들이 모였으면 좋겠군요. 이번 일정에서 개방과 곤륜파가 위험 부담이 가장 많았는데 지금 두 분께서 말씀하셨던 것처럼 무사히 안휘성(安徽省)에 들어섰다니 정말 다행입니다. 지금에서야 말씀드리는 것이지만 곤륜파는 거리가 너무 멀어 우려하는 바가 컸지만 그다지 큰 위험 요소가 없었기에 시일이 조금 더 걸릴 뿐 무사히 올 줄 알고 있었습니다. 그러나 개방은 거리상으로 가장 가깝다고 할 수 있지만 워낙 패왕성이 위치하고 있는 남창과 가까워서 신경이 많이 쓰였습니다.”

“헤헤, 제갈 가주가 너무 우리 개방을 무시하는구면. 아무리 패왕성이라도 쉽게 장강을 건너지는 못하네. 엄연히 그들의 주 활동 무대는 장강 이남이야."

"그것은 궁 방주님의 말씀이 맞습니다. 아무리 요즘 패왕성의 기세가 하늘 높은 줄 모르고 기세등등하다지만 우리들을 무시하면서까지 장강을 넘지는 못할 것입니다."

"음……."

제갈현은 자신이 우려하는 심정을 너무도 몰라주는 몇몇 장문인과 문주들이 너무나 어리석게 여겨졌다. 하지만 그러한 것을 밖으로 드러낼 수는 없었기에 조용히 고개를 끄덕여 보이며 이의를 재기하지 않고 조용히 넘어갔다. 지금은 자신의 사소한 감정 때문에 앞으로 산적해 있는 중요한 사안들에 영향을 줄 수 없었기 때문이다. 그러나 개방의 문제는 다시 한 번 생각을 해봐야 할 정도로 자신이 생각하고 있던 범주를 넘어서 있었다.

"알겠습니다. 그 문제는 제가 너무 민감하게 생각하고 있었나 봅니다. 음… 여하튼 두 분께서 말씀하신 것이 사실이라면 현재 곤륜과 개방을 제외한 나머지 문파의 제자들은 모두 합비(合肥)에 머물고 있을 것입니다."

"그렇지, 지금 모두 합비에 머물고 있지."

"예, 하지만 지금이 중요합니다. 아까 궁 방주님께서 개방의 제자들이 배를 이용할 것이라 말씀하셨습니다. 또한 곤륜에서도 신양에 모여 있다 합니다. 그러나 다른 문중은 합비에 모여 있습니다. 저번에 제가 말씀드렸던 사안으로는 모두 합비에 모인 다음 같이 움직이도록 하자고 한 적이 있었던 것 같은데……."

"음… 그랬었지. 그건 나도 기억이 나지만……."

궁여상은 제갈현이 무슨 의도를 가지고 자신에게 질문을 던지는지 알 수 있었다. 강호의 눈칫밥을 먹은 지 벌써 몇십 년이 지났으니 조금만 이상한 조짐이 있어도 금방 분위기가 어떻게 돌아가고 있다는 것을 충분히 알 수 있는 궁여상이었다.

"궁 방주님, 그건 안전을 위해서 여기 계시는 여러 장문인들과 함께 숙의한 끝에 내린 결론입니다. 그런데 그것을 저버리고 독단적으로 행동하시면 우리들이 애써 숙의할 필요가 없지 않겠습니까?"

"어허, 누가 독단적으로 움직이려 했다는 말인가? 나는 다만……."

"그럼 지금 제자들에게 일러 합비로 움직이라고 명하십시오."

"이보게, 제갈 가주. 지금 으리 개방을 너무 우습게 보고 있다 생각하지 않는가? 아니면 이 궁여상을 우습게 여기고 있는 것인가?"

"아미타불… 궁 방주께서는 고정하시지요. 지금 제갈 가주는 그러한 의도로 말씀드리는 것이 아닙니다."

"음……."

궁여상은 중간에 담현 방장이 끼어들어 제갈현을 옹호하자 더 이상 언짢은 말을 할 수가 없었다. 비록 담현 방장보다 세 살이 많았지만 그러한 것은 강호에선 통용되지 않았다. 오로지 자신의 실력과 자파의 세력이 우선시되는 게 강호였기어 더 이상은 구파일방과 오대세가의 다른 문파들과 실랑이를 벌일 수 없었던 것이다.

"알겠네. 하지만 제갈 가주데게 물어볼 것이 있는데, 문주는 이 궁여상의 물음에 답해줄 수 있는가?"

"음… 알겠습니다. 말씀하시지요."

"좋네. 그럼 내 한 가지만 묻겠네. 제갈 가주는 왜 우리 개방이 강강을 거슬러 오르면 안 되는지 확실하게 이유를 설명해 주게. 사실 나도 그때의 의결대로 행하려 했지만 아무리 생각해 보아도 우리 개방이 금릉으로 가는 가장 빠른 길은 배편이란 생각이 들었거든? 또한 가장 빠른 길로 가는 것이 가장 안전하다는 생각도 들었지. 그렇지 않은가? 거기다 금릉에 도착해 다른 문파의 제자들과 조우해서 황궁으로 입성하면 된다는 생각이었네. 그러니 이 우매한 나를 한번 설득해 보시게.”

“음… 궁 방주님의 말씀도 일리가 있습니다. 하지만 먼저 말씀드리고 싶은 것은 첫째도 안전이요 둘째도 안전이란 것입니다. 지금 각파의 장로들과 제자들이 가지고 움직이는 것은 자파의 보물입니다. 함부로 분실해서는 안 되는 것입니다. 하물며 그것은 황궁으로 보내지는 것입니다.”

“…….”

“궁 방주님, 우리가 왜 황궁과의 약조보다 먼저 이 일을 서둘렀습니까? 그것은 모든 강호인의 이목이 이곳 소림의 군웅대회에 집중되어 있는 시점을 이용하자는 것이었습니다. 그러하기에 서둘러 자파에 제자들을 보내 사본을 만들었고, 그것을 비밀리에 옮기고 있지 않았습니까? 구파일방과 오대세가의 비급은 무가지보(無價之寶)입니다. 만약 우리가 행하고 있는 이 일이 외부로 알려지기라도 한다면 강호는 혼돈으로 빠져들 것입니다. 그 누가 있어 무가지보에 욕심이 나지 않겠습니까? 그 비급들은 지금의 우리들을 만들었다 해도 과언이 아닌데 말입니다.”

“음…….”

제갈현의 조리있는 설명에 듣고 있던 영수들은 모두 고개를 끄덕였다. 너무나도 일리있는 말들이기 때문이었다. 하지만 아직 궁여상의 질문에 흡족할 정도의 해명은 나오지 않고 있었다. 아직 얘기가 끝나지 않은 것이다. 그에 영수들은 아직 끝나지 않은 제갈현의 얘기에 귀를 기울였다.

"궁 방주님, 만약 이 시점에서 개방이 패왕성의 세력권과 접해 있는 장강으로 움직인다면 패왕성의 이목은 어디로 움직이겠습니까? 아무리 소림에 이목이 집중되어 있다 해도 제가 만약 패왕성의 혈미서생(血眉書生) 송심진(宋心眞)이었다면… 그렇다면 한 번쯤은 대규모로 움직이고 있는 개방의 제자들에 대해 의심해 볼 것이라 생각되는군요. 아무리 정세를 바라보는 눈이 없는 책사(策士)라 해도 그 정도의 식견은 있습니다. 하물며 귀재라 일컬어지고 있는 혈미서생이라면……. 이제 제가 왜 그토록 안전을 말씀드렸는지 아시겠습니까?"

"음… 알겠네. 제갈 가주의 생각이 어떠한지 충분히 알 수 있겠네."

'제길, 제갈 가주의 말대로 그렇게 되었다면… 그렇다면 정말 큰일이 벌어질 뻔했구나. 만약 그렇게 된다면 큰일이지. 암.'

궁여상은 제갈현의 생각을 충분히 알 수 있었다. 또한 한 번만 더 생각해 보면 충분히 알 수 있는 사안을 너무나 쉽게 생각했던 자신의 어리석음도 알 수 있었다. 그에 궁여상은 머쓱한 얼굴이 되어 자신을 주목하고 있는 다른 장문인들의 눈을 애써 피하며 외면하려 노력했다.

"허허, 되었습니다. 너무 그렇게 미안해하지 않으셔도 됩니다. 음… 이제 궁 방주께서도 제갈 가주에 대한 오해가 풀리셨으리라 봅니다. 그러니 이제 제갈 가주께선 앞으로 우리들이 어찌해야 하는지 설명해 주십시오."

"예, 그렇게 하겠습니다. 음… 그렇다면 이제 오 장문인과 궁 방주께서는 제자들에게 어서 빨리 합비로 가라고 발걸음을 재촉해 주십시오. 또한 다른 장문인들과 문주들께서는 곤륜과 개방의 제자들이 도착하는 즉시 육로를 통해 금릉으로 출발할 것을 통지해야 할 것입니다."

"허허, 알겠네. 지금 바로 제자들에게 통지함세."

"그렇습니다. 빈도도 그렇게 하겠습니다. 하하하!"

"그럼 저희들도 그렇게 하겠습니다."

궁여상과 오영 장문인이 고개를 끄덕이며 흔쾌히 동의하자 그러한 모습을 지켜보고 있던 나머지 장문인들도 함께 고개를 끄덕이며 기분 좋게 동의하였다.

"자자, 그럼 이제 어느 정도 그 일은 마무리되었으니, 그렇다면 이제부터는 당면한 현안에 대해 얘기를 해보는 것이 어떻겠습니까?"

"그러지요. 원래 오늘은 그 일에 대해서 의견을 나누기 위한 자리이니 말입니다."

"예, 그럼 오늘도 제가 회의를 주관하겠습니다."

제갈현은 새로운 사안이 대두되자 조금도 주변의 눈치를 보지 않고 망설임없이 자리에서 일어났다. 하지만 그 누구도 제갈현의 행동을 나서서 제지하는 사람이 없었다.

"모두 아시겠지만 오늘의 회의 주제는 무림맹(武林盟)에 관한 것입니다. 아직 무림맹의 초대 맹주를 어느 분께서 하시게 될지도 정해지지 않은 관계로 이미 총관으로 지목된 제가 나서서 주관을 하게 되었습니다. 많은 양해 바랍니다."

"음……."

"그럼 시작하겠습니다. 우선 가장 중요한 무림맹의 맹주를 선출하는 것이 먼저라 생각되기에 여러분들의 의견과 중지를 모아 맹주를 선임해 주시기 바랍니다."

"하긴 모든 일에 있어서 그 순서가 있으니 당연한 말이지. 음… 그렇다면 빈도는 소림의 담현 방장님을 추대하겠습니다. 이백 년 만에 열리는 군웅대회도 소림에서 열리고 또한 그것을 적극 추진한 곳도 소림이니 당연한 귀결이 아닐까 생각합니다."

소림과 자웅을 겨룰 수 있는 유일한 문파인 무당의 장문인이 먼저 나서며 소림의 담현 방장을 추대하자 방 안에 있던 다른 사람들은 진용검선 연정 장문인을 향해 의외의 시선으로 쳐다본 후 자연 담현 방장 쪽으로 고개가 돌려졌다.

담현 방장은 연정 장문인의 말이 나오기 전부터 조용히 두 눈을 감고 있었는데 모두의 시선이 모아진 지금에서조차 두 눈을 뜨지 않고 지그시 감고 있을 뿐 일절 말을 하지 않았다.

"담현 방장께서 한 말씀 하셔야만 할 것 같습니다. 지금 모두의 시선이 방장님께 모아져 있습니다."

"그렇습니다. 빈도도 연정 장문인의 말씀에 동의합니다."

"음… 아미타불, 우선 연정 장문인과 여러분들의 좋으신 말씀에 고마움을 느끼고 있습니다. 그러나 빈승의 생각은 다릅니다. 빈승은 어릴 때부터 속세와는 인연을 끊고 소림에 기거하면서 이 자리에까지 왔습니다. 그러니 어찌 세상사에 있어 식견이 있겠습니까? 무림맹의 맹주직은 무엇보다 세상에 대한 식견이 있어야 한다고 봅니다. 무공의 고하나 자파의 세력에 따라 정해지는 자리가 아니라는 것이지요. 그만큼 신성한 자리인 것입니다. 따라서 빈승은 맹주직을 거절하겠습니다."

"음……."

담현 방장의 의견을 듣고 있던 모든 사람들은 의외의 발언에 모두 어이없는 표정으로 서로를 바라볼 수밖에 없었다. 비록 자신의 이름이 거론되지 않을 것을 알고 있었고, 그에 따라 속이 쓰리면서도 겉으로 내색하지 못하고 있던 사람들이 대부분이었다. 또한 대부분의 사람들은 맹주직에 가장 유력한 두 사람 중 한 사람인 연정 장문인의 천거로 이미 맹주직은 소림의 담현 방장의 몫이라 생각하고 있던 것이 솔직한 심정이었다. 그런데 담현 방장의 한마디로 맹주직에 대한 중요한 사안이 처음으로 되돌아온 것이다.

"음… 그럼 담현 방장께서는 누가 합당하다 생각하십니까? 이미 이곳에 계시는 분들의 중지는 모두 담현 방장께 모아졌으나 방장께서 그것을 다시 되돌려놓았으니 제 생각으로는 방장께서 이미 생각해 놓으신 분이 계실 것으로 보입니다만… 제 생각이 맞습니까?"

"……."

담현 방장은 제갈현의 조심스러운 물음에 천천히 고개를 끄덕여 보였다.

"방장, 그것이 누구입니까? 방장께서 이미 마음에 정해놓은 사람이 있다면 어서 말씀해 보십시오."

"그렇습니다. 우리들은 방장의 말씀에 경청하겠습니다. 그러니 어서 말씀해 보십시오."

"허허, 연정 장문인께서는 왜 아무런 말씀이 없으십니까? 이미 장문인께서도 빈승의 의중이 어디에 있는지 알고 계실 게 아닙니까? 아미타불……."

"무량수불, 진정 빈도의 생각이 맞습니까? 음… 그렇군요. 잘 알겠습니다. 사실 세상물정 모르는 우리들보다는 낫겠지요."

연정 장문인은 담현 방장이 조용히 웃으며 자신의 의중을 얘기하자 그에 알았다는 듯이 고개를 끄덕였다.

“아니, 그럼 연정 장문인도 아니시란 말씀입니까? 그럼 도대체 누가 맹주직에 오른단 말씀입니까?”

“그렇습니다. 두 분 말고 누가 있어 맹주직에 오르겠습니까? 그건 절대 있을 수 없는 일입니다.”

조용히 연정 장문인의 얘기에 귀를 기울이던 사람들은 점점 얘기가 자신들이 생각하고 있던 방향에서 벗어나자 어안이 벙벙한 표정들을 지어 보이며 주변에 있는 다른 사람들의 얼굴을 살펴보기에 여념이 없었다. 가장 유력한 두 사람이 거절했으니 이제 남은 것은 총관인 제갈현은 뺀 열두 명이었기 때문이다.

담현 방장과 연정 장문인은 각자 자신이 맹주가 될지도 모른다는 생각을 하며 열심히 머리를 굴리는 무림의 영도자들을 보며 조용히 웃었다. 이미 두 사람의 의중이 한 사람을 향해 있었기 때문이다.

“여러분, 여러분들도 이미 알고 계시겠지만 앞으로 무림을 영도하게 될 맹주의 자리에 가장 유력했던 연정 장문인께서 빈승에게 자리를 양보했습니다. 또한 빈승은 연정 장문인의 성의에도 불구하고 맹주의 직위를 스스로 거절했습니다. 그러니 빈승과 연정 장문인의 의견이 모아진 분께 맹주 자리를 권하고 싶은데, 여러분들은 빈승과 연정 장문인의 뜻에 따르겠습니까?”

“음… 알겠습니다. 그렇게 하겠습니다.”

“그렇습니다. 이미 두 분께서 의견을 모으셨다면 그에 따르는 것이 합당하겠지요.”

“맞습니다. 저도 따르겠습니다.”

“헤헤, 맞네. 사실 난 생각도 하지 않았거든. 그러니 어서 발표나 해보게. 이거 정말 궁금하구먼.”

혹시 자신들이 아닐까 기대를 가지며 모두의 시선은 담현 방장의 입으로 향했다. 혹시라도 담현 방장의 입에서 자신의 이름이 거론되지 않을까 하는 기대가 앞섰기 때문이다.

"그럼 됐습니다. 이제 여러분들의 의견도 확인했으니 빈승은 부담없이 말씀드리겠습니다. 빈승과 연정 장문인이 생각하고 있는 사람은 다름 아닌 바로 제갈 가주입니다."

"옛? 제갈 가주요?"

"아니, 제갈 가주를 말씀하시는 것입니까?"

"제갈 가주는 총관에 봉하여지지 않았습니까? 그런데 어찌……?"

"헛! 방장님! 어찌 제가 맹주 자리를……?"

모두의 시선엔 놀람과 황망함, 실망감이 확실하게 배어 있었다. 또한 무슨 의도를 가지고 이미 총관에 내정된 제갈현을 맹주직에 다시 봉하고자 하는지 모두의 시선엔 웃고 있는 두 사람의 얼굴을 보면서 진정한 의도를 파악하고자 하는 노력이 역력했다.

"허허, 제갈 가주, 가주는 우리 두 사람의 의견을 어떻게 생각하는가?"

"음… 우선 두 분의 말씀에 감사합니다. 하지만 아직 저는 두 분의 의중이 어디에 있는지 잘 모르겠습니다."

"그러한가? 제갈 가주에게 그러한 면이 있었던가? 허허, 알았네. 그럼 우선 설명부터 해야겠구먼. 음… 사실 제갈 가주를 맹주의 자리에 추대하고자 한 것에는 다 이유가 있다네. 우선 빈승과 연정 장문인을 비롯한 다른 구파는 제갈 가주도 알겠지만 모두 세상과 등지고 수도에 전념하던 사람들이네. 당연 세상일을 등한시할 수밖에 없는 사람들이지. 또한 궁 방주께서는, 허허… 스스로도 아시겠지만 맹주직과 같은 거추장스러운 자리에 오르실 분이 아니지. 혼자 이곳저곳 돌아다니기를 좋아하는 분이니 무림맹에 상주하고 있어야 하는 게 싫으실 것이네. 그렇지 않습니까, 궁 방주님?"

"헤헤, 역시 방장은 현명하다니까. 확실히 현불이라 불릴 만하네."

궁여상은 확답을 바라는 듯 자신을 보는 담현 방장에게 엄지손가락을 치켜올리며 대단하다는 표현으로 답했다. 자신이 맹주와 같은 귀찮은 자리에 오르고 싶지 않다는 것을 잘 알고 있는 담현 방장의 현명함을 높이 평가한다는 표시였다.

"그렇다면 이젠 자네와 같은 오대세가에 중지가 모아지네. 하지만 오대세가는 각자 그 특징이 있지. 우리 구파일방이 모두 비슷하면서도 확연히 다른 특징들이 있듯이 말이네. 그렇다면 오대세가 중에 어디가 좋겠는가? 우선 거론하자면 남궁세가의 제왕검 남궁 가주일 것이네. 오대세가 중 가장 세력이 클 뿐만 아니라 지금까지 오대세가를 영도하는 곳이었으니 당연한 귀결일지도 모르지."

"……."

"또한 남궁 가주는 모든 일에 철저한 만큼 무공도 높다는 것을 연정 장문인과 빈승도 알고 있다네. 그러나 남궁 가주는 맹주 자리에 오를 수 없다네. 그러한 것은 다른 가주들도 마찬가지고."

"아니, 담현 방장께서 지금 무슨 말씀을……?"

"방장……!"

조용히 담현 방장의 말에 귀를 기울이고 있던 오대세가의 가주들은 등골에 식은땀이 흐르는 것을 느꼈다. 자신들이 자격이 없단 말이 이해가 되지 않았던 것이다. 자신들은 나름대로 신뢰를 쌓았다고 자신했는데 막상 담현 방장의 얘기를 들으니 그것은 자신들만의 착각이었던 것이다.

"허허, 모두 조용히 하고 빈승의 얘기를 끝까지 들어주시지요. 음…
빈승이 여러분을 못 믿어서 이러한 말씀을 드리는 것이 아닙니다. 다
이유가 있다고 판단했기에 오늘의 일로 이 담현에게 여러분들이 불편
한 심기를 지니시게 되어도 말씀드리는 것입니다."

"음… 아닙니다. 어찌 저희들이 담현 방장과 연정 장문인께 다른 마
음을 품겠습니까?"

"그, 그렇습니다. 그러한 일은 없을 것이니 심려 마시지요."

"허허, 그렇다면 안심입니다. 음… 그럼 이유를 말씀드리겠습니다.
재차 말씀드리지만 빈승이 하는 말은 남궁 가주와 다른 가주 분들에게
는 미안한 말일지 모릅니다. 그럼 빈승이 제갈 가주에게 다시 묻겠네.
제갈 가주는 지금 이곳에 있는 열다섯 명 중 가장 현명한 사람이 누구
라고 생각하는가?"

"……?"

"허허, 바로 빈승의 앞에 서 있는 사람이지. 제갈 가주! 바로 제갈
가주, 자네란 말이네. 세상의 이치에 능통할 뿐만 아니라 지금까지 현
명하게 일을 처리하는 제갈 가주를 보면서 빈승과 연정 장문인은 제갈
가주를 맹주 자리에 추대하는 것이 어떠한지 얘기를 나누게 되었고 합
의를 보았다네. 이제 어느 정도 이해가 되는가?"

"음… 그건 저를 너무 치켜세우는 것이 아닌가 합니다. 제가 한 일
이라고는……."

"허허, 제갈 가주, 지금 우리들에게는 앞으로 해결해야 할 일이 산더
미보다 많네. 거기다 자칫 실수라도 하는 날에는 많은 제자들이 다칠
수도 있는 일들이고 말이네. 그러니 지금까지 회의를 주관하면서 별

무리 없이 이끌고 온 제갈 가주라면, 그렇다면 우리들이 믿을 수 있지 않겠는가?"

"음……."

제갈현은 담현 방장의 말에 쉽게 확답할 수가 없었다. 오늘 회의를 주관할 때부터 맹주직에 관한 것은 생각해 보지도 않은 사안이었고 크게 미련도 없었다. 그러나 막상 자신의 이름이 거론되자 욕심이 나는 것도 사실이었고, 또한 해보고도 싶었다. 맹주직에 오르면서 자신의 이상을 마음껏 펼치고 싶다는 마음이 점점 크게 부풀어 오르고 있는 것이다. 하지만 제갈현은 자신을 너무나 잘 알고 있었다. 어떨 때는 그러한 자신이 너무나 싫었지만 그래도 자신에 대해 모르는 것보단 낫다는 생각에 애써 고개를 저었다.

"방장의 말씀은 고맙습니다. 사실 방장께서 제 이름을 거론했을 때는 욕심이 생기기도 했습니다. 하지만 저는 너무나 제 스스로를 잘 알고 있습니다. 비록 제가 남들보다 아는 것이 많다곤 하지만 그것은 어디까지나 학문적인 부분입니다. 정도무림을 대표하는 무림맹, 거기다 무림맹을 이끌어가야 하는 맹주란 자리는 전 무림의 구심점입니다. 그러니 강호의 특성상 문보다 무가 우선이라 생각합니다. 학문이라는 것은 조금만 노력하면 금방 얻을 수 있습니다. 아니면 저 같은 책사가 옆에서 보좌하면 되는 것이고 말입니다. 그러나 힘없는 책사가 그런 막중한 자리에 앉게 되면 구심점이 흔들릴 것입니다. 이 점을 두 분께서는 다시 한 번 생각해 보시는 것이 좋을 것이라 생각합니다."

"……."

"음……."

"허허……."

　제갈현의 말에 그동안 조용히 앉아 있던 다른 사람들이 이구동성으로 침음을 흘리며 고개를 끄덕였다. 너무나 일리가 있는 말이었기 때문이다. 강호는 힘이 우선하는 곳이다. 바로 개개인의 무공과 자파의 세력이 어떠하냐에 따라 강호에서의 지위가 결정나는 것이 상례였다. 제갈현은 바로 그 점을 지적한 것이다.

　"허허, 제갈 가주의 말은 충분히 이해가 되네. 하지만 빈승과 여기 있는 연정 장문인을 비롯해서 구파일방의 다른 분들이 제갈 가주를 옆에서 보좌해 준다면 어쩌겠는가? 그래도 거절하시겠는가?"

　"응……?"

　"음……."

　"하하, 그렇습니다. 사실 제갈 가주의 실력이 여기 있는 우리들보다 크게 떨어지는 것은 아닙니다. 제갈 가주의 학식과 견문에 가려져 그 빛을 보지 못하고 있는 것뿐입니다. 그 누가 있어 제갈세가의 칠현무형검(七絃無形劍)과 소리비도(小李飛刀)의 무서움을 모르겠습니까? 그렇지 않습니까?"

　"하하, 그렇습니다. 그것은 이 남궁무연이 증명하겠습니다."

　"음……."

　벽력신권 황보 가주와 남궁 가주의 말에 제갈현은 더 이상 담현 방장의 의견을 무시할 수가 없었다. 아니, 무엇보다 제갈현이 거절할 경우 가장 유력한 장본인인 남궁무연이 담현 방장의 말을 거들고 나왔기에 더 이상의 거절은 담현 방장을 비롯한 연정 장문인을 무시하는 것으로 비춰질지 모르는 일이기에 동의하지 않을 수 없었다. 그렇게 더 이상은 거절할 명분이 없었기에 제갈현은 좌중을 향해 천천히 고개를 끄덕였다.

"허허, 되었습니다. 혹시 다른 의견이 계신 분이 있으시면 지금 이 자리에서 말씀해 주십시오. 그렇지 않으시면 제갈 가주가 무림맹의 초대 맹주직에 봉해질 것입니다."

"음……."

"……."

아무도 담현 방장의 말에 이의를 제기하는 사람은 없었다. 이미 유력한 후보였던 세 사람의 동의를 구했으니 더 이상의 이의를 제기할 수가 없었기 때문이다.

"허허, 그렇다면 제갈 가주께서 무림맹의 맹주에 봉하여지는 것을 기정사실화하겠습니다. 아미타불."

"허허, 축하합니다, 제갈 맹주!"

"제갈 맹주, 앞으로 잘 부탁드리겠습니다. 하하하!"

"호호, 글쎄요. 저는 우리들이 제갈 맹주께 큰 짐을 짊어지게 한 것이 아닌가 생각합니다."

"맞는 말씀입니다. 제갈 가주, 아니, 제갈 맹주께서는 이제 무림맹을 잘 영도해 주시며 앞으로 닥쳐 올 어둠의 세력으로부터 지켜주셔야 할 것입니다."

"하하, 여부가 있겠습니까! 이 몸이 분골쇄신(粉骨碎身)하여 꼭 그렇게 만들 것입니다. 그것 때문에 무림맹이 결성되었고, 또 그렇게 하기 위해 여러분들의 의견이 모아진 게 아니겠습니까? 저는 제가 할 수 있는 최선을 다할 것입니다."

"하하, 알겠습니다. 암요, 그렇게 하셔야지요."

"헤헤, 지나간 일은 오늘부로 모두 잊고 앞으로 이 보잘것없는 궁 늙은이를 잘 좀 봐주시게, 맹주! 알았지?"

"하하하!"

"허허허!"

그렇게…

너무나도 어렵게 중지가 모였고, 또한 그로 인해 선출된 제갈 맹주는 산적해 있는 중요한 사안들을 하나하나 해결해 나가기 위해 밤새도록 시간 가는 줄 모르고 회의를 주관했다. 너무나 산적한 일들이 많았기에 밤잠 따위는 그다지 중요하게 생각되지 않았다.

"그럼 여러분의 의견에 따라 안휘성 회남(淮南)을 무림맹이 위치할 곳으로 정하겠습니다. 다른 의견이 있으면 지금 말씀해 주시기 바랍니다. 음… 다시 한 번 말씀드린다면 사실 개봉(開封)이나 정주(鄭州)에 비해 회남은 그리 큰 성도가 아닙니다. 그러나 동서로 배가 다닐 수 있는 강을 끼고 있어 유사시 지금 북경과 금릉을 연결하기 위해 건설 중인 수로를 이용할 수 있다는 장점이 있습니다. 그리고 패왕성이나 현원세가로부터의 위험에 비교적 안전하다 할 수 있는 곳이며, 또한 가장 빠른 시간 안에 적재적소에 인원을 보낼 수 있는 위치입니다."

"알겠습니다, 맹주. 맹주의 말대로 무림맹의 위치는 회남으로 하는 것이 좋겠습니다. 사실 개봉이나 정주가 위치해 있는 하남성이나 섬서성의 서안, 그리고 호북성의 무한이 사천성에 위치해 있는 우리 당문이나 각지에 흩어져 있는 여러 문파가 합쳐지기에 지리적으로 좋기는 하지만 그곳은 우리가 위험 세력이라 단정 지어 놓은 현원세가와 패왕성이 비교적 가까운 곳에 위치해 있기 때문에 위험 부담이 많은 곳이라 생각됩니다. 자칫 현원세가나 패왕성의 기습이라도 받게 된다면 각 파의 후기지수들이 성장하지도 못하고 참변을 당하는 불행한 참사가 일어날 수도 있기 때문입니다. 그래서 저는 그러한 일은 일어나지 않

아야 하기 때문에 가장 위험 부담이 적은 곳으로 해야 한다고 생각합
니다."

"음……."

당 문주의 말에 일리가 있다고 판단한 각파의 장문인들은 일제히 고
개를 끄덕였다. 사실 자파의 안전을 위해 자신들이 이끌고 있는 문중
과 가까운 곳에 무림맹이 들어서는 것을 바라고 있었지만 그러한 것
때문에 대사를 그르칠 수 없다는 것이 모두의 의견이었다.

"좋습니다. 그럼 회남으로 정하겠습니다. 음… 그렇다면 이제 하나
의 의결만이 남았습니다. 앞으로 어떠한 방법으로 제자들을 훈련시키
고 무림맹에 배치하는가 하는 문제입니다. 혹시 이것에 대해 의견이
있으면 말씀해 주시기 바랍니다."

"허허, 맹주, 이미 그것에 대해서는 맹주께서 일전에 우리들에게 설
명해 주지 않았는가? 그러니 더 이상 시간 낭비하지 말고 맹주의 생각
대로 그 일을 처리하는 것이 좋겠네."

"그건 연정 장문인의 말씀이 맞습니다. 사실 그러한 사항은 우리들
보다 맹주께서 더욱 잘 아시는 사항이 아닙니까? 그러니 그렇게 하시
지요."

"허허, 아미타불……."

"휴~ 알겠습니다. 아직 많이 부족한 저를 이렇게 믿어주시니 몸 둘
바를 모르겠습니다. 그럼 여러분들의 의견이 모두 그러하다면 일전의
방법대로 그렇게 하겠습니다. 음… 그럼 다시 한 번 말씀드리겠습니
다. 앞으로 무림맹의 모든 의결은 맹주를 중심으로 원로로 취임하신
열네 분께서 서로 합의한 후 결정된 것에 따라 처리해 나갈 것입니다.
또한 무림맹의 단합을 꾀하기 위해 기존의 구파일방과 오대세가의 제

자들은 물론 다른 문파의 제자들과 모두 한곳에서 훈련을 받게 될 것입니다. 그곳은 바로 무림맹이 위치할 회남이며 이번 군웅대회가 끝나는 즉시 시행될 것입니다."

"음……."

"……."

맹주로 취임한 제갈현은 제일 먼저 담현 방장을 원로 원장으로 임명하고 나머지 열세 명의 영수들을 원로로 임명함으로써 원로원이란 무림맹의 새로운 지위 기관을 만들었다. 또한 제갈현은 맹주로 취임한 후 지금까지 미뤄졌던 사안들을 일사천리로 해결하며 지금까지 장문인은 물론 여러 가주들과의 회의를 통해 중지가 모아진 사안들을 하나하나 되새기며 천천히 열거해 나갔다.

"그럼 원로 분들께서는 군웅대회가 끝나는 즉시 각각 백 명씩의 젊은 인재들을 선발해서 회남으로 이동해 주시기 바랍니다. 아까도 말씀드렸지만 자파에서 선발된 인원은 군웅대회를 통해 선출된 다른 인재들과 함께 각 문파에서 나온 장로 분들이 훈련시킬 것입니다. 아마 제 예상으론 이번에 회남에 모일 젊은 후기지수들은 만여 명에 달하지 않을까 생각하고 있습니다."

"허, 만 명에 이를 것이란 말입니까?"

"정말 대단하구려. 인원 수도 그렇지만 그들은 모두 일류급 고수들일 텐데……."

"그렇습니다. 그 정도 인원이면 당장은 현원세가나 패왕성의 위협으로부터 어느 정도는 안전할 것입니다. 즉, 극단적인 전면전이 일어나는 상황은 예방할 수 있단 것입니다. 그러나 변수는 많습니다. 바로 마교입니다. 언제 어느 때 마교가 준동할지 모르기 때문에 우리들은 자체적으로 힘을 비축하면서 그들을 기다려야 합니다.”

“맞는 말이긴 하지만… 그만한 인원을 어떻게 유지시킨단 말인가?”

“그렇습니다. 일이백 명도 아니고 자그마치 만 명입니다. 거기다 지금 맹주의 말씀을 듣고 보니 더 많아질 수도 있지 않나 생각되는군요.”

“음……”

모두의 시선은 제갈현에게 집중되었다. 현재 추진되고 있는 무림맹은 가장 현실적이면서도 이상적인 대안이었다. 그러나 그것을 실현하기 위해서는 꼭 필요한 것이 있어야만 했다. 바로 자금이었다.

우선 회남에 무림맹을 세우려면 부지를 장만해야 하고, 또한 많은 인부들을 불러들여야 빠른 시일 안에 무림맹을 구축할 수 있을 것이다. 무림맹이 들어설 성이 구축되어서야 제대로 무림맹이 그 구실을 할 수 있기 때문이다. 그러나 이것만이 아니다. 만 명이 넘는 인원이 항시 기거할 수 있을 정도로 크게 지어야 함은 물론이고, 그에 따라 그들이 편안하게 훈련에 임할 수 있도록 옆에서 시중을 들어줄 하인들도 필요하므로 앞으로 지어질 성에 기거하게 될 인원은 더욱 불어날 수밖에 없었다. 이러한 것들을 생각해 볼 대 무림맹이 결성되기 위해선 황제가 지니고 있는 금력을 동원하는 방법밖에는 없어 보였다.

“사실 자금이 가장 큰 문제입니다. 그래서 저도 그 문제 때문에 많은 고민을 했습니다. 그러나 뚜렷하게 결론이 나지 않더군요. 하지만 방법이 없는 것은 아닙니다.”

“응? 방법이 있다는 말씀입니까?”

“……?”

“예, 방법은 있습니다. 그러나 그 방법이란 것이 앞으로 무림갱은 물론 저와 여러 원로 분들의 부담으로 작용할 것입니다.”

“무량수불. 그게 무슨 말인가, 맹주? 우리들의 부담으로 작용하다니?”

“음… 우선 회남에 무림성을 지을 긴급 자금은 자파에서 어느 정도씩 부담해야 할 것입니다. 하지만 그것으론 턱없이 부족하기 때문에 저는 황궁과 손을 잡았으면 합니다.”

“황궁? 지금 황궁이라 했는가?”

“황궁이라니? 어찌 황궁과?”

“그건 있을 수 없는 일입니다. 황궁과 무림은 물과 기름보다 더욱 가까워질 수 없다는 것을 누구보다 잘 알고 있지 않습니까, 맹주?”

“그렇습니다. 아무래도 그것은 맹주께서 잘못 판단하신 것이 아닌가 합니다.”

그 누구도 예상하지 못한 제갈현의 말에 회의에 임하고 있던 모든 사람들은 말도 되지 않는다는 소리로 일축해 버렸다. 그러한 것은 지금까지 제갈현을 지지해 주었던 담현 방장과 연정 장문인도 마찬가지였다.

“여러분들의 생각이 어떠한지 잘 알고 있습니다. 그러나 방법이 없습니다. 황궁의 자금을 동원하지 않는다면 무림맹의 결성은 처음부터 불가능한 일입니다. 아무리 우리들이 상계에 압박을 가한다 해도 그것도 어느 정도가 지나면 한계에 부딪칠 것이 뻔합니다. 어쩌면 상계가 우리들의 압력에 반발하여 패왕성이나 현원세가에 의지할지도 모르는 사안이고요. 만약 그렇게 된다면 우리들에겐 더욱 커다란 난관으로 다가올 것입니다. 상계의 자금줄이 막힌다는 것은 더 이상 우리들의 앞날도 없다는 것이나 진배없기 때문입니다. 그러니 다시 한 번 숙고해 주시기 바랍니다.”

“음……”

“……”

“맹주, 그렇다면 맹주께서는 어떤 방법으로 황궁에 자금을 요청할 것인가? 사실 황궁의 자금을 동원하기란 그리 쉬운 게 아닐 것이네. 지금의 황제도 그리 순탄한 사람이 아니고 말이야. 맹주께서 어려운 얘기를 우리들에게 꺼낼 정도면 그에 따른 방법도 있을 것이라 보는데… 정말 그러한 방법이 있는 것인가?”

“그렇습니다. 제갈 맹주께서 그러한 방법이 있다면 어서 말씀해 보시지요. 하지만 제가 한 가지 조건을 내겠습니다. 이건 저뿐만이 아니라 다른 분들도 같은 생각일 것이라 봅니다. 황궁에 자금을 요청하더라도 우린 엄연히 그들과 대등한 관계를 유지해야 한다는 것입니다. 지금처럼 황궁에서 무림의 일에 간섭하지 않도록 말입니다. 정말로 그러한 방법이 있습니까?”

“그렇지. 남궁 가주의 말이 맞네. 그렇지 않고선 나도 절대 불가네.”

“정말 적절한 조건입니다. 맹주, 어서 말씀해 보십시오.”

“음……”

남궁무연의 말에 모두의 시선이 제갈현에게 모여들었다. 어찌 보면 이번의 의결이 어떠한 방향으로 성사되는지에 따라서 제갈현이 맹주의 지위에 오른 것이 합당했는지 아닌지 판가름날 수도 있는 사안으로 확대되었다. 그만큼 이번 일은 제갈현이 맹주의 지위에 오른 후 처음으로 맞이하는 큰 난관이라 할 수 있었다.

“그럼 제 생각을 말씀드리겠습니다. 여러분들도 아시겠지만 황궁에선 지금 영약을 구하기 위해 상계를 압박하고 있습니다. 일전에 우리가 영약을 넘겨주지 못하겠다고 한 다음부터입니다. 황제의 서신을 모두 보셔서 알겠지만 황제는 북방의 위험으로부터 황궁을 보호하기 위해 비어 있는 황궁무고를 채우려 하고 있습니다. 그러나 그것은 어디까지나 핑계일 것이라 생각됩니다. 정말로 서신에 쓰여 있는 것처럼 황궁무고가 비어 있다 해도 여러 전례를 살펴보아 알겠지만 그것을 핑계 삼아 이번처럼 황제가 직접 무림에 도움을 요청하지는 않을 것이기 때문입니다. 그러나 지금처럼 여러 대신들이 주변의 눈도 아랑곳하지 않고 상계에 압력을 가하면서까지 영약을 구하려 하는 것을 보면 황궁의 상황이 현재 묘하게 돌아가고 있다는 생각이 듭니다.”

“음…….”

“따라서 모든 것을 종합해서 유추해 보건대, 지금의 황제는 황궁의 젊은 병사들을 선발하여 무공을 가르치려 하지 않나 생각됩니다. 그러하기에 우리들을 통해 비급을 얻어갔음에도 불구하고 영약을 구하는 것이 아니겠습니까? 비급과 영약! 이것은 빠른 시일 안에 무공을 익히기 위해선 꼭 있어야만 하는 것입니다. 그에 저는 우리들이 보유하고 있는 영약들 중 일부분을 황궁에 넘겼으면 합니다.”

“아니, 그게 무슨 말인가? 지금 우리가 보유하고 있는 영약도 모자를 판에 뭐가 더 있다고 황궁에 넘긴다는 말인가? 또한 아무리 영약이 남아돌아도 그것은 절대 허락할 수 없네. 참, 그리고 이미 우리들은 황제에게 영약을 다 썼다고 고하지 않았는가? 그런데 만약 우리들이 영약을 넘긴다면 황제가 어찌 생각하겠는가? 아마 우리들에게 고마움을 느끼기는커녕 불신의 눈으로 우리들을 바라볼 것이야. 암, 그렇고말고!”

“궁 방주께선 잠시 고정하십시오. 궁 방주님의 말씀이 맞기는 하지만 아무래도 맹주께서 다른 복안이 있는 듯합니다. 그러니 한번 들어보는 것이 좋을 듯합니다.”

“음… 알았네. 다른 사람들의 의견도 그런 것 같으니 이 노개가 무슨 힘이 있겠는가? 에구, 이래서 늙으면 죽어야 한다니까! 제길!”

궁여상은 오영 장문인의 달에 따라 주위를 둘러본 후 한숨을 쉬면서 성질을 죽여야만 했다. 하지만 쉽게 물러나지 않고 한마디 하는 것을 잊지 않았다.

제갈현은 궁여상의 말이 커다란 부담으로 다가왔다. 사실 자신의 생각이 원로들에게 쉽게 먹힐 것이라고는 생각하지 않았었다. 그러나 더 이상 다른 방법이 없기에 원로들의 의견을 물어본 후 일을 추진하려고 한 것인데 처음과는 달리 상황이 이 정도로 악화될 줄은 그도 예상하지 못한 것이다.

제갈현은 주변의 시선을 의식하며 조심스럽게 말문을 열었다.

"흠흠, 사실 이번의 일을 추진함에 있어 가장 중요한 것은 보안입니다. 궁 방주께서 말씀하신 것처럼 이미 우리들은 황제를 속였습니다. 그러니 직접적으로 황궁에 영약을 넘길 순 없는 일입니다. 그에 저는 상계를 통해 영약을 넘기려고 합니다."

"상계라……."

"예, 우린 앞으로 무림맹을 이끌어 나가기 위한 필요한 자금을 확보하기 위해 상계에 비싼 값으로 영약을 넘기는 것입니다. 상계는 지금 황궁의 대신들에게 심하다 할 정도로 압박을 받고 있다 합니다. 그것이 어느 정도인가 하면, 오군도독부의 조 대도독이란 자는 영약 하나를 구하기 위해 금릉과 항주에 기거하는 상계 인사들의 집에 군사들을 동원하고 직접 찾아가 이번 달까지 구해놓지 않으면 불을 놓겠다는 엄포를 놓았다고 합니다. 거기다 더욱 기가 막힌 것은, 동창의 초 계독이란 자는 아예 상인의 여식을 볼모로 잡아갔다 합니다."

"허, 아미타불… 어찌 그러한 일이 있을 수가 있단 말인가? 음……."

"무량수불……."

“아미타불… 아미타불……”

“이런 때려죽일 놈들이 있나! 황제는 뭐 하고 있기에 그런 놈들을 가만히 놔둔단 말인가?”

“황제가 뒤에서 조장한 일일 텐데 누가 말리겠습니까?”

“정말 그 일을 황제가 시킨 것이란 말인가? 정말로? 에이, 빌어먹을 세상! 정말 이놈의 세상에 미련이 없어지는구먼. 한 나라의 황제라는 사람도 그렇고, 또 그 밑에서 녹을 받아먹고 있는 고관대작들이란 녀석들도 그렇고. 어찌 사람이 할 짓이 없어 그러한 만행을 저지를 수가 있는지……. 어서 내가 죽어야 그런 더러운 꼴을 안 보지. 암.”

제갈현의 설명이 계속될수록 사람들의 얼굴은 험악하게 일그러져 갔다. 너무나 후안무치한 일들을 저지르고 있었기에 차마 도를 닦는 사람들로서 듣기가 민망해 귀를 막고 싶을 정도였다.

“맹주, 그만 하면 되었습니다. 맹주가 무엇을 말하고 싶은지 알았으니 이제 그만 하시지요. 더 이상은 빈니도 듣기 거북하군요.”

“그렇습니다. 우리들 모두 맹주의 의견을 알았으니 이제 맹주가 생각하고 있는 것을 자세히 설명해 주시기 바랍니다.”

“음… 알겠습니다. 상황이 이렇다 보니 그들에게 미안한 마음이 들지 않을 수가 없었습니다. 우리의 이기심으로 인해 일어난 일이라 생각되고 말입니다. 그에 저는 상계 인사들의 위기를 무사히 막아줌과 동시에 그들의 인심을 얻을 수 있도록 그들에게 비싼 값으로 영약을 넘길 것입니다. 철저한 보안을 보장받으면서 말입니다.”

“아니? 상계의 위기를 막아주기 위해 비싼 값으로 영약을 넘긴다니요? 그게 무슨 말씀인지……?”

“하하, 당연히 비싼 값으로 넘겨야지요. 그래야 우리들도 불필요하게 영약을 소비하지 않고 자금도 모을 수 있을 것이 아닙니까? 또한 비싸게 구입한 상계도 똑같이 대신들에게 비싸게 팔 것이고 말입니다. 상계의 사람들이 누구입니까? 그들이 지금 아무것도 구하지 못해서 대관들에게 꼼짝 못하고 있는 것이지, 만약 그들의 수중에 영약이 들어간다면 상황은 충분히 역전될 것입니다. 사실 급한 것은 대관들이지 상계가 아니기 때문입니다."

"……?"

"상계의 인사들은 언제나 자신들의 자금을 숨길 수 있습니다. 가족이며 친지에 이르기까지 말입니다. 아니, 필요하다면 가솔들까지 함께 하루도 지나지 않아 사라질 수 있는 것이 상계입니다. 그러한 면면이 우리 무림인들과 다른 것이지요. 또한 그들만의 법칙을 깨지 않는다면 어느 곳이든 쉽게 뿌리 내릴 수 있는 것이 상계입니다. 그러나 대관들은 황제에게 영약을 바쳐야만 하는 상황입니다. 그것도 빠른 시일 안에 말입니다. 그러한 것은 지금까지 보여준 것만으로도 충분히 예측할 수 있습니다. 그러니 우리는 보안만 신경 쓰면서 최소한의 인원으로 상계와 접촉해야 할 것입니다. 또한 상계와의 비밀도 엄밀히 해야 하고 말입니다."

제갈현은 자신의 설명을 모두 끝낸 후 천천히 좌중을 바라보겨 원로들의 반응이 어떠한지 살펴보았다. 처음엔 한 치의 양보도 없을 것 같던 궁여상이나 다른 사람들도 어느 정도 자신들의 생각이 정리되었는지 각자 전음을 사용하면서 조금씩 자신들끼리 의견을 모으는 것 같았다. 비록 겉으로 드러내 놓고 해도 상관없지만 차마 맹주가 함께 자리한 곳에서 더 이상의 불미스러운 말들이 오가는 상황이 전개된다면 좋지 않다는 판단 하에 벌어지는 일이었다.

“허허, 알겠네. 맹주의 말을 듣고 보니 좋은 생각일지도 모른다는 판단이 서는구먼.”

“그렇습니다. 우리들은 맹주의 의견에 따르기로 했습니다.”

“잘해보게. 그 문제는 더 이상 거론하지 않을 것이니 말이야. 헤헤헤.”

“감사합니다. 모두 힘드신 결정을 해주셨습니다.”

“감사는 무슨……. 그럼 오늘의 회의는 이것으로 끝나는 것인가? 더 이상은 없는 것이지? 에구, 오랜만에 잔머리를 굴렸더니 피곤하구먼.”

“하하, 여부가 있겠습니까! 오늘의 회의는 이것으로 끝내겠습니다. 이젠 더 이상 의견을 내놓을 것도 없으니까요. 오늘 수고하셨습니다.”

“허허, 알았습니다. 그럼 우리들은 이만…….”

“허허허, 아미타불…….”

담현 방장과 연정 장문인은 제갈현의 현명함에 서로를 바라보며 고개를 끄덕였다. 자신들의 결정이 옳았다는 것이 이번의 일로 증명되었기 때문이다. 자신들이라도 쉽게 판단을 내리고 결정할 수 없는 중대한 문제를 제갈현은 현명하게 대처해 나가며 원로들을 설득시켜 기분 좋게 무림맹의 일을 처리한 것이다.

이것은 정말 대단한 일이 아닐 수 없었다. 그만큼 오늘 제갈현이 보여준 지도력은 발군이었다. 앞으로 무림맹이 확실하게 자리 잡을 수 있는 발판을 마련한 것이기 때문이다. 어둠의 세력으로부터 무림을 지켜줄 하나의 불꽃을…….

아미타불, 정 내 혐께신 어찌하여 사공무 양에게 샵수를 쏘셨습니까?

# ◆ 제6장  아미타불, 정 대협께선 어찌하여 사공무영에게 살수를 쓰셨습니까?

남자와 여자.

흔히 세상의 절반은 남자이고, 또 나머지 절반이 여자라고 한다. 그러나 정확히 따지자면 여자보다 남자가 조금은 많다. 그렇더라도 여자보다 우월하게 많은 것은 아니다. 다만 전통적으로 여자보다 남자를 선호하는 사상이 지배하고 있었기에 지금의 명나라 황실뿐만 아니라 먼 옛날부터 군병으로 징병할 수 없는 여자보다는 남자를 더욱 선호하고 있었던 것이다. 그러한 것은 주변의 약소국이라도 마찬가지였다.

군대는 그 나라의 힘을 대신한다. 그리고 군대를 구성하는 군병들은 대부분 남자의 몫이다. 그만큼 한 나라에 장병으로 징병할 수 있는 남자의 수가 많으면 많을수록 강국이라 할 수 있는 것이다.

하지만 이러한 일련의 상황을 세상 누구나 인정하는 것은 아니다. 누구나 가지고 있는 것을 부정하고 자신만의 생각을 고집하는 사람도 있는 것이다. 누구에게 물어보아도 옳다고 말하는 것을 부정하고 자신만의 잣대로 세상을 보고 읽으며 또한 그것을 생각하는 것이다. 하지만 그러한 사람들 중 몇몇은 아무런 거리낌 없이 자신만의 이상을 실현하기 위해 과감하게 실천으로 옮기려 하는 사람도 있는 것이다. 항상 이러한 생각을 하고 있고, 또한 그런 사람이 여자이며 자신의 이상을 펼칠 수 있을 정도로 힘이 있다면, 그렇다면 세상은 조금씩 변화하는 것이다. 조금씩 조금씩…….

너무도 산세가 깊고 험해 사람들의 발길이 끊긴 지 삼백 년도 더 넘어버린 곳, 처음엔 멋모르고 들어갔더라도 들어간 사람은 아무도 나오지 못한 곳, 그러한 곳이 있었다.

기련산(祁連山).

남쪽의 티벳 고원 북동쪽에 있는 곤륜산과 그 지맥인 아이금산(阿爾金山)과 접해 있어서 그런지 주변의 산세가 높고 험한 산맥들이 줄기줄기 뻗어 있는 곳이다. 그러나 이 지역엔 산만 있는 것이 아니라 조금만 남쪽으로 내려가면 그 사이에 황하 유역 평야와 시달목(柴達木) 분지 등이 있어 유목민들이 방목을 하는 곳도 있었다. 이렇듯 아무리 높은 산림이 우거져 있는 곳도 사람이 살 수 있는 곳은 존재하기 마련이다. 그러나 기련산은 먼 옛날부터 사람이 들어갈 수 없는 곳으로 여겨지고 있었다. 동물들은 살아도 사람은 살 수 없는 곳, 그곳이 바로 기련산인 것이다.

그렇다고 기련산이 주변의 곤륜산이나 아이금산에 비해 산세가 험한 것은 아니었다. 아니, 오히려 청해성의 명산인 곤륜산에 비하면 그리 험하다고 말할 수도 없는 산이었다. 이렇듯 험하지도 않은 기련산에 인적이 끊긴다는 것은 기이한 현상이 아닐 수 없었다. 하지만 주변에 거주하는 사람들은 그것을 당연하게 받아들이고 있었다. 삼백 년이나 되는 장구한 세월 동안 기련산을 끼고 살면서 단 한 번도 발길을 옮기지 않은 것을 너무나 당연시 생각하고 있는 것이다.

사실 기련산 주민들이 산에 오르지 않는 것은 삼백 년 전이 아니었다. 엄밀히 말하면 그전의 이백 년 정도를 더 거슬러 올라간다. 오백 년 전 어느 날부터 산에 오르며 어려운 생활을 이어 나가던 사람들이 하나둘씩 실종되면서 조금씩 발걸음이 끊기더니 그렇게 이백 년이 흐른 후부터는 아예 오르는 사람이 없었던 것이다.

그렇게 삼백 년이 흘렀다. 삼백 년 동안을 순박한 사람들은 산에 무서운 호랑이나 귀신이 기거하며 산을 수호한다고 생각하며 살아왔다. 하지만 지금은 그러한 것을 믿는 순박한 사람은 없었다. 무슨 이유 때문에 사람들은 살 수 없고 동물만의 천국으로 변했는지, 지금은 모르는 사람들이 없을 정도로 지금까지 베일에 싸여 있던 비밀이 만천하에 알려진 것이다.

마교, 바로 마교가 오백 년 전부터 기련산에 자리 잡고 있었던 것이다.

오백 년 전.

마교는 무림의 정신적 지주를 자처하던 정파무림을 함락 직전까지 몰고가며 기세를 올렸었다. 하지만 방관적인 자세를 보이고 있던 흑도연합맹을 비롯해 정사 중간의 대소문파들까지 합세한 연합 공격에 대패한 후 그토록 떠나지 못했던 중원을 벗어나 멀리 떨어진 기련산에 숨어살게 된 것이다.

'대종사라는 자리는 과연 무엇인가? 내가 이 자리에 오른 지도 벌써

삼십 년이 다 되어가고 있다. 십오 세의 아무것도 모르는 어린 나이에 이 자리에 올랐으니……'

거대한 대전을 힘없이 서성이는 한 사람이 있었다. 머리는 곱게 단장되어 있었는데 얼마나 오랫동안 길렀는지 단아한 허리 선을 넘을 정도로 길게 내려와 있었다.

"휴~ 절로 한숨이 나오는구나. 도대체 난 삼십 년 동안 무엇을 하며 보냈단 말인가? 정말 원로원의 말대로 내가 여인이기 때문인가? 여인으로서 대종사의 지위에 오르는 것이 아니었단 말인가? 음… 그것은 아니다. 그동안 많은 대종사가 여인이었지 않았는가? 그분들은 참으로 많은 것을 일구어놓으셨다. 그렇기 때문에 지금의 우리가 있는 것이고. 그렇다면 난 무엇이란 말인가? 음……."

오백 년 전의 전투 이후 마교는 도저히 일어설 수 없을 정도로 큰 피해를 보았다. 만여 명에 이르던 일류고수들이 숨을 거두었으며 천하를 호령하던 교주와 대종사도 그 유명을 달리한 것이다. 마교의 정신적 지주인 교주와 힘의 상징인 대종사가 함께 사라지자 마교에 남은 것이라고는 아무것도 없었다. 모든 것이 한순간 물거품처럼 사라진 것이다. 그러나 천만다행인지 모든 무림을 떨게 만들 수 있었던 마교, 그 마교를 있게 한 비급들은 온전하게 기련산까지 옮겨올 수 있었다. 그것은 살아남은 사람들의 몫이었기 때문이다. 전 무림과 상대하면서도 당당함을 잃지 않고 꿋꿋하게 맞선 지아비와 혈육들, 그리고 지인들… 비급이 바로 그들의 피 맺힌 한을 대신한 것이기에……

하지만 문제가 있었다. 그동안 마교를 지탱해 오던 고수들이 무림연합군에 의해 단 한 명도 살아서 돌아오지 못한 것이다. 그만큼 전투는 치열했고, 그 전투에 참가한 모든 마교인들은 전멸했다. 자그마치 만

이천에 달하던 고수들이 모두 죽음을 맞이한 것이다. 그렇지만 무림연합군의 피해는 더욱 엄청났다. 수만 명이 죽은 것이다. 마교인들에 비해 족히 네 배가 넘게 죽음을 맞이한 것이다.

그만큼 무림연합군은 잃어버린 것도 많았다. 자그마치 그것을 복구하는 데 삼백 년이 넘게 걸린 것이다. 이러한 것은 정도무림이나 혹도도 마찬가지였다. 그러나 시운이 맞지를 않았는지 무림 세가들이 다시 중원을 활보하기 위해 기지개를 켜기도 전에 원나라가 중원을 완전히 장악한 것이다. 하지만 무림은 그러한 원나라를 인정할 수가 없었다. 무림과 황궁은 엄연히 다른 것이라 생각하고 있었기에 너무도 당당히 원 황제의 권위를 부정한 것이다.

그러나 그것은 무림에 씻을 수 없는 모욕과 억압으로 다가왔다. 많은 문파들이 봉문을 선언했고 더러는 아예 문을 닫은 곳도 있었다. 그렇게 하지 않으면 모두 전멸할 정도로 원나라의 군대가 강했기 때문이다.

그렇게 이백 년이 흘렀다. 무림 활동을 못하는 대신 구파일방을 비롯한 모든 대소문파들은 조용히 내실을 꽤했다. 원나라에 입은 피해를 복구하는 데 온 심혈을 기울인 것이다.

그러나 마교는 아니었다. 중원을 벗어난 마교는 제대로 자리를 잡는 데 이백 년이란 시간이 걸렸다. 오백 년 전의 전투에서 살아남은 천칠백여 명의 사람들 중 십오 세 이상의 남자는 겨우 삼십 명도 채 안 되었다. 당연히 생존자들은 대부분이 아녀자들이었다. 무공이라고는 아무것도 모르는 여인들.

마교의 교주는 선출이 되어도 대종사의 지위는 오십 년 동안 공석으로 남아 있었다. 대종사의 유일한 핏줄이 생존해 있었지만 자신의 형편없는 무공으로는 대종사의 지위에 오를 수 없다는 것을 표명한 것이다. 또한 아무도 그것에 이의를 제기하는 사람도 없었다. 그러나 한 명의 여걸이 마교에 등장했다. 바로 천마일검(天魔一劍) 매화연(梅瓚璉)이었다. 그동안 공석으로 있던 대종사의 자리에 최초로 여인이 오른 것이다. 그때 매화연의 나이는 불과 이십삼 세였다.

천마일검 매화연은 대종사의 지위에 오른 후 마교의 모든 여인들에게 무공을 익히도록 했다. 그동안 무공은 남자들과 대종사의 핏줄만 익힐 수 있었는데 그때 이후로 모든 마교인이 무공을 익히기 시작한 것이다. 그것은 정신적 지주였던 교주도 마찬가지였다.

하지만 처음에는 매화연의 결정에 반박하는 사람들이 많았다. 원로원을 비롯해 대부분의 사람들이 반대 의사를 표명한 것이다. 그러나 가장 심하게 반대한 것은 교주가 무공을 익혀야 한다는 것이었다. 마교에서 교주는 무공과는 담을 쌓고 오로지 정신적 신앙심을 기르게 하는 지위였다. 사람들이 힘들 때 옆에서 도와주며 힘을 얻을 수 있도록 꿋꿋하게 자신만의 세계를 고수하는 자리인 것이다. 그러나 그러한 것은 대종사의 유일한 핏줄인 매화연이 힘으로 밀어붙여 성사되었다.

그렇게 마교는 점점 힘을 키워가며 지금까지 성세를 이어오고 있는 것이다. 한 여인이 힘으로 밀어붙여 변화를 일궈낸 것이 지금에 와서 그 결실을 보고 있는 것이다. 그러나 오백 년 전의 마교와 지금의 마교는 상당한 차이를 보이고 있었다. 당시의 만여 명에 이르는 고수에 비해 숫자는 사 분의 일밖에 안 되지만 세력에 있어서는 거의 엇비슷할 정도로 무공이 발전한 것이다. 그러나 그 주축은 남자에서 여자로 바뀌어 있었다. 남성 중심에서 여성 중심으로 모든 것이 이루어지고 있는 것이다.

지금의 마교는 오천여 명으 인원들 중 여인이 삼 분의 이 이상을 차지하고 있었다. 철저히 일부일처제를 고수하며 자신들만의 세상에 고립되어 살다 보니 자연스럽게 인구의 증가도 늦어질 수밖에 없었던 것이다. 그러나 억척스럽게 살다 보니 무공도 자연스럽게 독해지고 악랄해지면서 강하게 변모하게 되었다. 그것이 숫자의 공백을 메우고 있는 것이다.

'휴~ 진정 중원으로 다시 들어가야만 한단 말인가? 지금 우리들의 힘은 오백 년 전에 비해 나아진 것이 없다. 아니, 오히려 숫자는 줄어들었지 않은가. 그런데 그런 우리가……'

"대종사시여, 지금 밖에 교주께서 납시었습니다."

"음… 어서 들어오시게 하라."

"예."

꽉 막힌 여인의 가슴마냥 그동안 굳게 닫혀 있던 문이 활짝 열리며 군더기없는 절제된 걸음으로 한 사람이 들어와 여인 앞에 섰다.

"그래, 생각 좀 해보셨습니까?

"음……."

"허허, 아직 결론을 내리지 못하셨나 봅니다. 음… 대종사, 대종사가 염려하고 있는 부분은 이 노부도 잘 압니다. 그러나……."

"교주, 교주께서도 잘 아시면서 그 일을 실천에 옮기려고 하신다는 말씀입니까? 그들은 아직 어립니다. 그런데 어떻게……."

"대종사, 대종사도 한때 중원으로 들어갔으면 하는 마음을 품고 있었지 않습니까? 그때 제가 안 된다고 극구 말렸지요. 하지만 지금은 그때와는 사정이 다릅니다. 이젠 저도 늙었고 대종사도 혈기왕성한 나이가 지났습니다. 그들을 말릴 수가 없다는 것입니다."

“음……..”

대종사 천마사후(天魔嗣后) 혁매영(赫苺榮)은 천마호령(天魔昊鈴) 매천호(梅闡豪) 교주의 말에 순간 반박하고 싶었지만 그렇게 할 수가 없었다. 자신 또한 그렇게 생각하고 있었기 때문이다.

‘그래요, 그때 교주께서 말리지만 않으셨어도 저는 중원으로 진출했었겠지요. 하지만 지금 생각해 보면 그때는……..’

“어떻습니까? 우리 한번 그들을 믿어보도록 합시다. 대종사의 아버님이셨던 혁무량 교주께서도 중원으로 나갔다가 돌아오셨지 않습니까? 비록 중원의 삼성에게 합공받아 큰 상처를 입으시기는 했지만 아직 정정하십니다. 대종사, 고여 있는 물은 길을 열어주어야 하는 것입니다. 그래야 활기가 생기고, 변화가 오며 발전할 수 있는 것입니다.”

“……..”

“허허, 이제는 더 이상 젊은이들의 혈기를 강제로 누를 명분이 없습니다. 다시 말해 그들의 행동을 막을 수 있는 방법은 원인을 제거하는 것밖에 없다는 것이지요.”

“원인이라면?”

“예, 원인이 있지요. 대종사도 잘 아는 것이고, 우리들 누구나 다 알고 있는 것입니다. 물은 바람이 불어야 파도가 일고 파도가 일지 않으면 저절로 고요한 법입니다. 또한 사람의 심성도 마찬가지입니다. 그러한데 우리를 이곳에 오백 년 동안 숨죽여 살아오게 만들었던 원인은 제거되지 않았습니다. 아니, 지금도 버젓이 세상을 활보하고 있는 중입니다. 그러니……..”

“알았습니다. 교주께서 더 이상 말씀하지 않으셔도 알고 있습니다. 음……..”

혁매영은 교주가 무슨 의도를 가지고 길게 말을 이어가는지 알고 있었다. 그 이유를 알고 있기 때문에 더욱 불안한 것이다. 하지만 이미 대세는 기울어 버린 지 오래란 것을 알고 있기에 더 이상 반대할 수 없다는 것 또한 잘 알고 있었다.

"휴~ 알겠습니다. 교주께서 그렇게까지 말씀하신다면 저도 어쩔 수 없지요. 더 이상은 반대하지 않겠습니다. 그러나 교주, 옛날 반고(班固)는 이러한 말을 남겼습니다. 바로 이런 말이지요. 앞 수레가 뒤집히는 것을 뒷 수레는 경계해야 한다고 말입니다. 제가 말씀드리지 않아도 아시겠지요?"

"허허, 잘 알았습니다. 그 문제는 제가 알아서 하겠습니다. 정말 큰 결심을 하셨습니다."

"어쩔 수 없는 일이지요. 음… 그나저나 잘 좀 부탁드리겠습니다. 그놈은 아직 어려서……."

"허허, 일검무영(一劍無影) 천화명(天驊鳴)을 말씀하시는 것이군요. 너무 걱정하지 않으셔도 될 것입니다. 잘 아시지 않습니까?"

"음……."

'그래서 더욱 걱정하고 있는 것입니다. 이번의 일을 주도한 것이 그 아이이니…….'

마교의 젊은 고수들을 선동하여 하나의 단체를 만들고, 거기다 중원 진출을 꽤하고 있는 수장이 바토 혁매영의 장남인 일검무영 천화명이었다. 마교에 있는 오천 명의 고수들 중 지도부 오십여 명과 흑룡단(黑龍團)만이 가입하지 않았을 정도로 거대해져 버린 흑마단(黑魔團). 이젠 그 누구도 흑마단의 힘을 부정하는 마교인이 없을 정도다. 더 이상 대종사인 혁매영 혼자만으로는 어쩔 수 없을 정도로 거대하게 변모한 것이다.

　가장 걸림돌로 작용하던 대종사 혁매영의 허락이 떨어진 지금, 이젠 흑마단과 교주가 앞장서서 일사천리로 중원 진출을 위한 방법들을 모색하게 될 것이고 그에 따라 모든 젊은이들이 바쁘게 하루하루를 보내게 될 것이다.

　기련산에 자리 잡은 마교는 오백 년 동안 특별히 조직을 만들거나 관리를 해오진 않고 있었다. 다만 전통적으로 교주와 대종사의 지위가 있었고, 그들을 보좌하기 위해 원로원과 친위부대인 흑룡단만이 존재할 뿐이었다. 그 다음은 모두 평등한 위치였다.

　이러한 일련의 지휘 체계가 확립된 것은 천마일검 매화영의 성과였다. 누구나 무공을 익히게 하기 위해 삼천여 권에 달하는 비급을 단계별로 나누어 비고에 보관하고 관리하며 누구나 자격이 되면 볼 수 있도록 한 것이다. 이에 마교는 사부와 제자라는 것이 존재하지 않았다. 다만 선배와 후배만이 존재하고 있는 것이다. 따라서 지휘부도 누가 위에 있고 아래에 있는 보편적인 관리 체제를 부정하고 있었다.

　하지만 교주와 대종사를 보좌하는 친위부대 흑룡단은 대외적으로나 대내적으로 마교의 힘을 상징하는 단체였고, 자신들의 능력을 최대한 끌어올릴 수 있는 곳으로 여겨져 왔었다. 그러나 흑룡단은 대부분 사십 대 이상의 절대고수들만이 능력을 인정받아야 들어갈 수 있는 곳이었다. 이러한 것은 혈기를 앞세워 중원으로 진출하려는 젊은이들의 경거망동(輕擧妄動)을 제한하려는 의도로 이루어진 관례였다. 그러나 마교 자체에 힘이 없었다면 모르겠지만 언제 터질지 모를 정도로 팽배해져만 가는 상황에서 젊은 고수들의 불만감은 쌓여만 갔고, 그것이 하나의 물줄기가 터지면서 확대된 것이었다.

"그럼 전 이만 가보겠습니다. 이젠 할 일이 생겼으니까요. 허허허……."

"알겠습니다. 저도 이제부터는 전시 체제로 관리해야 하니 준비할 것이 많군요. 그럼 앞으로 교주께서는 흑마단을 잘 이끌어주시기 바랍니다. 저는 원로원과 상의하며 흑룡단을 지휘하겠습니다."

"허허, 알겠습니다. 그럼."

매천호는 혁매영에게 인사한 후 홀가분한 마음으로 문을 나섰다.

'허허, 그토록 반대하던 내가 직접 선두에 설 줄이야……. 그나저나 쇠심줄보다 질기기로 소문난 대종사도 자신의 자식 앞에서는 어쩔 수가 없었나 보구려. 아무리 흑가단이 기세등등하다 하더라도 이 정도로 쉽게 허락할 줄은 몰랐는데…….'

이제부터 마교는 달라질 것이다. 넉넉잡고 오 년 정도면 중원으로 진출할 수 있을 것이기 때문이다. 이미 섬서성에 교두보를 만들어놓았기에 중원의 사정을 훤하게 알 수 있었고, 앞으로도 정보는 유용하게 활용될 것이다. 정보는 전투에 있어서 용의 여의주와도 같은 것이니…….

*　　　　*　　　　*

덩! 덩! 덩!

군웅들의 기대를 저버리지 않고 전 무림이 열광할 정도로 성대하게 치러지고 있는 군웅대회. 그 마지막 비무라 할 수 있는 본선 팔차전의 개전을 알리는 종소리가 소림의 하늘에 메아리쳤다.

이제 마지막 여덟 명만이 최종적으로 남아 있었다.

아미타불, 정 대협께선 어찌하여 사공무영에게 살수를 쓰셨습니까?　167

여덟 명.

여덟 명의 면면을 살펴보면 이러했다.

육차전에 황보세가의 뇌진검(雷震劍) 황보추(皇甫熜)와 칠차전의 남해신룡 위천필을 이기며 힘겹게 올라온 무당의 양의현검 묘현.

사천당문의 추혼비접(追魂飛蝶) 당기문(唐祺岕)을 이기고 올라온 곤륜의 옥심도룡(玉心度龍) 이마(怡麻) 도장.

다른 사람들에 비해 비교적 수월하게 올라온 남궁세가의 소가주인 창궁무검(蒼穹無劍) 남궁호(南宮昪).

종남파의 현청건강검(玄淸乾剛劍) 홍문(弘雯)과 대도흑룡(大刀黑龍) 마천길(麻泉拮)을 이기고 올라온 구궁신검 사공무영.

진주언가의 소가주 용마권(龍麻拳) 언유명(彦鎰銘)을 힘겹게 이기고 올라온 하북팽가의 소가주 벽력도(霹靂刀) 팽만웅(彭蔓雄).

청성파의 청풍검(淸風劍) 일령(一嶺) 도장을 이기고 올라온 개방의 후개 홍무규지검(洪武叫枝劍) 도연명(陶鳶洺).

구대문파의 하나인 공동파의 육합신룡(六合神龍) 하요석(夏曜舃)을 이기고 오른 장백검파의 장백일검 정호.

점창파의 유운신검(流雲神劍) 정검(丁劍)을 이기고 오른 유운검선 정운영.

이렇게 여덟 명이 최종 비무에 오른 것이다. 하지만 이들의 시합 중에 처음부터 군웅들이 가장 관심을 가지며 지켜본 것은 하북성에 위치한 진주언가와 하북팽가의 비무였다.

진주언가와 가까운 지역에 위치한 관계로 옛날부터 이해관계가 복잡했던 하북팽가. 서로 아옹다옹하며 자웅을 겨루는 일이 많던 곳이기에 군웅들의 주목을 받았던 것이다.

비록 진주언가가 오대세가의 대열에 합류하지는 못했지만 그 성세는 오대세가의 어느 누구도 함부로 할 수 없을 정도로 대단했다. 또한 서로 앙숙이기에 좀처럼 볼 수 없는 양가 소가주들의 비무 승패가 군웅들의 관심을 모으기에 충분했던 것이다.

하지만 승패는 가려졌다. 자그마치 천오백여 초가 지난 다음에서야 우위가 가려진 것이다. 하지만 그 비무가 끼친 영향은 지대했다. 진주언가의 가주 철수용권(鐵手龍拳) 언중길(彦沖喆)은 믿었던 아들이 패하자 주변 사람들의 만류에도 불구하고 비무가 끝나는 즉시 문인들을 대동하고 하북성으로 떠나 버린 것이다. 하북성에 국한된 비무가 아니라 전 무림인이 지켜보는 앞에서 소가주가 패한 것이기에 더욱 마음이 심란했던 것이다. 가문이 씻을 수 없는 망신을 당한 것이기에 도저히 제정신으로는 군웅대회를 참관할 수가 없었다.

"군웅 여러분, 정말 닳이 기다리셨습니다. 이날을 기다리느라 무더운 여름 날씨도 마다하지 않으셨으니, 소승은 군웅들의 노고에 경의를 표하고 싶을 정도입니다. 하하하."

"하하하… 이거 각원 대사께서 농도 다 하십니다."

"정말 대단하십니다. 불심이 깊으신 분께서 우리들을 위해 농을 아끼지 않으시다니……."

"어찌 그런 것을 마다하겠습니까? 여러분 모두 이 무림을 위해 몸을 아끼지 않고 헌신하신 분들인데 말입니다. 아미타불……."

"하하하!"

"허허!"

이제나저제나 비무가 시작되기를 기다리며 단상을 바라보고 있는 군웅들과 참가자들의 긴장감을 풀어주고자 각원은 평소에 즐겨 하지 않던 농담을 하며 군웅들의 웃음을 유발하는 노고를 아끼지 않았다.

"자, 그럼 이제 본선 팔차전 첫 비무에 참가할 분들을 소개하겠습니다. 여러분들도 잘 아시겠지만 팔차전은 저번 오차전처럼 공정성을 기하기 위해 새롭게 순번을 정하는 절차를 거쳤습니다. 이제 호명하겠습니다."

"……."

"첫 비무에 참가할 분은 무당의 양의현검 묘현 도장과 하북팽가의 벽력도 팽만웅 소가주입니다. 두 분은 단상으로 오르십시오."

각원의 호명에 묘현과 팽만웅은 서로를 바라보며 멋쩍은 표정을 지어 보인 후 천천히 단상으로 올랐다.

"와~"

"두 분께서는 새삼 제가 말씀드리지 않아도 주의하실 것으로 알고 더 이상은 말씀드리지 않겠습니다. 그럼 두 분 시주께 무운이 함께하시길……."

각원은 더 이상의 주의 사항을 얘기하지 않고 조용히 단상을 내려왔다. 더 이상의 말은 불필요하다 생각한 것이다.

"묘현 도장, 이렇게 자리하게 될 줄은 몰랐습니다."

"그러게 말입니다. 하지만 문중의 명예가 걸린 비무이니 팽 형께선 최선을 다해주시길 바랍니다. 무량수불……."

"하하하, 여부가 있겠습니다. 그럼."

팽만웅은 뒤로 이 장 여를 물러난 후 조용히 합장하고 있는 묘현을 바라보며 지금까지 자신과 함께했던 맹룡도(猛龍刀)의 손잡이에 천천히 손을 가져가며 자세를 잡았다.

"무량수불……!"

묘현은 팽만호가 수월한 상대가 아니라는 것을 잘 알고 있었다. 비록 패하지는 않겠지만 강맹하기 그지없는 팽만웅의 도는 상대하기가 여간 까다로운 것이 아니었다. 그에 묘현도 태만하지 않고 천천히 무당의 비전심법인 양의무극신공(兩儀無極神功)을 운기하며 몸을 가볍게 했다.

'음… 이미 묘현 도장은 준비를 다 한 것 같구나. 내가 묘현 도장과 자웅을 결하게 되다니, 이것 참……. 하지만 어쩔 수 없지. 최선을 다할 수밖에.'

상대가 어느 정도 준비를 한 것 같아 보이자 팽만웅은 더 이상 기다리지 않고 혼원벽력신공(混元霹靂神功)을 운기하며 맹룡도를 뽑아 들고는 천천히 다가가기 시작했다.

"하앗! 조심하시길! 혼원벽력도(混元霹靂刀)!"

콰르르르……! 콰르르르……!

팽만호의 맹룡도는 혼원벽력신공에 의해 전신이 시퍼런 뇌전을 뿜으며 묘현을 향해 돌진해 들어갔다. 빠르지 않으면서도 상대를 압박하는 기운이 사방을 가득 데우며 돌진하는 것이기에 묘현도 가만히 있을 수만은 없었다. 그러기에는 혼원벽력신공이 가미된 혼원벽력도법은 너무나 무섭고 거친 도법이었기 때문이다.

"얍! 현허칠성검(玄虛七星劍)!"

팽만웅의 맹룡도에 비해 얇고 가냘픈 검이 부딪치자 도저히 검과 도가 부딪쳤다곤 생각할 수 없는 소리가 사방을 메아리쳤다.

쾅! 쿠와아앙! 쾅!

'이런, 역시 팽 형의 도는 강멍하구나. 힘으로 맞상대하면 안 되겠어.'

팽만웅의 도와 마주친 묘현은 자신의 손아귀가 찢어지는 고통을 느꼈다. 그만큼 맹룡도의 위력이 무시할 수 없을 정도로 강맹함을 보이고 있는 것이다. 비록 신문십삼검(神門十三劍)이나 태청검법(太淸劍法)처럼 무당에도 강맹하기 그지없는 검법들이 있지만 묘현은 차마 같은 배를 타고 있는 팽만웅을 향해 시전할 수가 없었다. 자신이 생각하기에도 그러한 것을 시전하면 위험하다는 생각이 들었던 것이다. 그에 묘현은 힘을 힘으로 상대하기보다는 오히려 그것을 역이용하는 무당검의 묘를 최대한 활용하며 팽만웅의 도를 상대할 수밖에 없다는 판단을 하게 된 것이다.

"허, 어찌 된 것이 구파일방과 오대세가의 제자들은 하나같이 그 어렵다는 강기를 마음대로 사용할 수 있단 말인가? 이건 도저히……."

"그러게 말이야. 우린 도저히 꿈도 못 꿀 것들인데……."

군웅들이 뭐라고 하든 말든 묘현은 무당의 유명한 신법인 제운종(梯雲縱)을 사용해 단상의 이곳저곳을 누비며 팽만웅의 혼원벽력도를 피하는 동시에 양의검법(兩儀劍法)과 칠십이초요지유검(七十二招繞指柔劍)을 함께 병행하여 사용하며 조금씩 압박해 들어갔다. 처음 검과 도가 맞부딪친 후로는 크게 부딪치지 않으면서 조금씩 팽만호가 쉽게 도를 휘두르지 못하도록 몰아붙이고 있는 것이다.

'제길, 이거 정말 미치겠네. 상대를 해줘야 뭐가 되더라도 될 것이 아닌가?'

팽만웅은 혼원벽력도만으로 묘현을 상대하던 것이 무리라는 생각을 하게 되었다. 그에 철혈적성도(鐵血摘星刀)와 왕자사도(王字四刀), 그리고 쾌도인 오호단문도(五虎斷門刀)를 병행하며 있는 힘을 다해 묘현의 압박감에서 벗어나려 몸부림쳤다.

‘정말 미치겠네. 이렇게 가다가는 도 한번 제대로 휘둘러 보지 못하고 물러나게 될 것 같으니……. 에이! 이러다간 도저히 안 되겠다. 이건 사용하지 말라고 아버지께서 당부하셨지만 지금의 상황으론 극단의 방법밖에는 내가 취할 방법이 없으니…….’

“하앗! 건곤연환탈백도(乾坤連環奪魄刀)!”

오백 초가 지나도록 아무런 성과 없이 도를 휘두르던 팽만웅은 도저히 안 되겠는지 비무에 들어가기 전에 아버지인 팽덕호로부터 사용하지 말라고 신신당부를 받았던 가문의 비전 도법을 시전하였다.

콰르르르르! 쾅! 콰콰쾅!

맹룡도가 시퍼런 불길과 함께 뇌전을 뿜으며 묘현의 가슴으로 파고들었다. 얼마나 강맹한 기운을 품고 있는지 도가 지나오는 공간이 모두 이글거리는 불꽃으로 까맣게 퇴색되어 버린 것처럼 보일 정도였다.

“무량수불……! 태청일검! 신문십삼검!”

묘현은 대기를 압박하면서 그동안 자신이 만들어놓은 기의 그물들을 하나둘씩 끊으며 다가오는 맹룡도를 향해 검을 가져갔다. 처음엔 태청검법으로 막으려 했으나 태청강기가 가미된 태청검이 힘 한번 써 보지 못하고 구멍이 나자 신문십삼검을 연속적으로 시전하며 검극을 도의 극점으로 뻗은 것이다. 이것은 힘과 힘이 서로 부딪치는 형국으로 서로 잘 아는 사이에선 잘 발생하지 않는 일이기도 했다.

“이런, 저 녀석이! 그것만은 사용하지 말라고 그렇게 신신당부했건만!”

쾅! 콰콰콰쾅! 쾅!

드디어 검극과 도극이 부딪쳤다. 모두가 우려하던 일이 발생한 것이다.

팽만웅이 혼신의 힘을 다한 일도(一刀)여서 그런지 사방을 가득 메
우고 있던 천둥 소리가 멎은 지 오래되었는데도 아직 단상엔 그 여파
가 남아 자욱한 먼지를 피우고 있었다.

"우욱! 우엑! 우엑! 음……."

"으으음……."

단상을 자욱하게 덮고 있던 먼지가 가라앉자 단상 위에서 비무를 벌
였던 묘현과 팽만웅의 모습이 군웅들의 시야에 들어왔다.

이미 승패는 판가름나 있었다. 한쪽 무릎을 꺾은 상태로 도에 몸을
의지하며 한 움큼의 피를 토하는 팽만웅, 그에 반하여 휘청휘청하지만
꿋꿋하게 자신의 의지대로 서 있는 묘현의 모습이 모두의 시야에 들어
온 것이다.

각원은 먼지가 가라앉기 무섭게 단상으로 몸을 날렸다. 자파의 제자
가 힘겨워하고 있지만 아직 각원에 의해 승패가 확실하게 공표되지 않
았기에 아무도 각원처럼 단상으로 몸을 날릴 수가 없는 것이다.

단상에 도착한 각원은 우선 두 사람의 상태를 먼저 살펴본 후 크게
무리가 없다는 것을 확인했는지 한숨을 쉬고는 천천히 단상의 중앙으
로 자리를 옮겼다.

"음… 이번 비무의 승자는 무당의 양의현검 묘현 도장입니다!"

"와~"

이미 자신들의 눈으로 확인했기에 누가 승자인지 알고 있었지만 각
원의 확실한 공표가 없었기에 숨 죽여 지켜만 보던 군웅들은 소림이
떠나갈 정도로 함성을 질렀다. 그러나 군웅들이 질러대는 함성엔 의미
가 있었다. 지금까지 구파일방과 오대세가가 보여주었던 허술하기 그
지없었던 형식적인 비무가 아니라 진정한 실력을 보여주는 비무였기에

마음에서 우러 나오는 함성인 것이다.

승자인 묘현과 패자인 팽만웅은 군웅들의 함성이 멎기 전에 소림 승려들의 부축을 받으며 단상을 내려와 의약당으로 옮겨졌다. 묘현의 상태는 비교적 성한 편이었지만 팽만웅은 마지막 초식에 의한 내상이 깊었던 것이다.

"모두 진정들 하시고 제 말을 들어주십시오. 음… 다행히 팽 소협의 상태는 심하지 않다고 합니다. 그럼 이제 두 번째 비무를 하겠습니다. 이번엔 화산의 구궁신검 사공무영 소협과 유운검선 정운영 대협입니다. 두 분은 어서 단상으로 오르십시오."

"와~ 정 대협의 시합이다!"

"이번에도 이길 수 있을까? 화산의 사공무영은 점창파하고는 다른데?"

"글쎄… 하지만 가능성이 없는 것도 아니지."

"이 사람아! 가능성이 없는 것이 아니라 오히려 정 대협의 실력이 우위에 있다는 것을 왜 몰라! 이기어검을 완벽하게 시전할 수 있는 고수가 몇 사람이나 된다고. 안 그래?"

"음… 하긴, 그건 자네의 말이 맞네. 하지만 구파일방 중 수위를 차지하고 있는 화산파는 좀……."

군웅들의 마음속엔 구파일방에 대한 공포심 비슷한 경외감이 깊게 자리 잡고 있었다. 그것은 어느 누구 한 사람이 아니라 대부분의 사람들이 그러한 생각들을 자신들도 모르게 간직하고 있는 것이다.

"화산의 사공무영이라 합니다."

"장백의 정운영이라 합니다. 무운을 빌겠습니다."

"예, 정 대협께서도요. 그럼."

사공무영은 이미 운영의 실력을 알고 있었기에 조심스럽게 검을 뽑았다. 이미 누가 선공해야만 한다는 것은 의미가 없어졌다고 생각한 것이다. 유운검선 정운영 하면 이미 만천하가 알 수 있을 정도로 유명인사가 되었기에 아무리 구파일방의 고수라 해도 선수를 양보할 정도로 낮은 위치에 있지 않았다.

사공무영은 자하신공(紫霞神功)을 운기하며 적하검(赤霞劍)과 자신을 하나로 묶어 나갔다. 검과 하나가 되지 않고는 도저히 운영과의 비무에서 승리를 장담할 수 없단 것을 직접 운영과 접해본 다음에서야 알게 된 것이다. 그에 아무런 망설임 없이 처음부터 최고의 신공으로 운영을 상대하려 마음먹었다.

'정말 놀랍구나. 그냥 서 있는 것만으로도 이런 압박을 가하다니……'

사공무영은 처음으로 적하검이 떨고 있는 것을 느낄 수 있었다. 주인에게 위기 상황이 닥치면 그것을 알리기 위해 자신의 몸을 떤다는 신물(神物). 적하검은 가히 신물이라 불릴 정도로 보검 중의 보검이었다.

'제길, 이 녀석이 떠는 것은 처음이군. 사부의 말대로 보검은 보검이구나. 그래, 내가 이 정도에서 주저앉을 수는 없지. 해보자.'

적하검을 가슴 언저리까지 들어 올린 사공무영은 구궁보(九宮步)를 밟으며 천천히 오른쪽으로 몸을 움직였다. 아직 운영과 거리가 벌어져 있기에 구궁보를 밟아가며 허점을 노리며 다가서는 것이다. 마치 맹수가 먹잇감을 사냥하기 위해 잔뜩 몸을 움츠린 것처럼 사공무영은 운영을 향해 천천히 다가섰다.

'음… 이번엔 화산인가? 장문인의 말에 따르면 화산은 무당과 함께 이름이 오르내릴 정도로 검법이 날카롭고 강하다 했는데……'

“하앗! 백팔식광풍쾌검(百八式狂風快劍)!”

운영이 잠깐 딴생각을 하고 있을 때 사공무영은 잠시나마 운영의 허점을 찾아낼 수 있었다. 그어 망설이지 않고 신행백변(神行百變)을 밟으며 화산파에서 가장 빠른 쾌검으로 운영을 향해 돌진했다.

“엇! 이런! 유운검망!”

운영은 사공무영의 빠른 반응에 혀를 내두르며 방어 자세를 취할 수밖에 없었다. 아직 대련 경험이 부족한 것인지 상대를 지척에 두고 딴생각을 한 자신의 부주의를 탓하며 쓰디쓴 약을 먹은 것마냥 마음이 좋지 않았다.

따따다땅! 땅! 땅땅따따땅! 땅!

사공무영의 쾌검은 빠르며 날카롭기 그지없었다. 얼마나 빠른지 순식간에 백팔식에 달하는 백팔식광풍쾌검이 모두 펼쳐진 것이다. 하지만 아직 사공무영의 공격이 끝난 것은 아니었다. 한 초식이 끝나면 바로 다음 초식으로 운영의 검망을 두들기고 있는 것이다.

‘이것 참! 정말 검망을 뚫을 수 없단 것인가? 아무리 두터운 검망이라도 이 정도면 틈이 보일 단도 한데……’

“이십사수매화검(二十四手梅花劍)! 매화삼십육신검형(梅花三十六神劍形)! 육합신검(六合神劍)!”

땅! 따따따따땅! 땅땅!

운영이 숨 돌릴 틈도 없이 사공무영의 파상적인 공격은 끊이지 않고 연속해서 이어졌다. 도저히 검망을 풀고 맞부딪칠 수 없을 정도로 운영에게 시간적 여유를 주지 않기 위해 사공무영은 안간힘을 쓰고 있었다.

‘이런, 한순간의 방심이 이턴 결과를 가져오다니……. 역시 장문인과 현검 사형의 말대로 먼저 공격해야 했는데……’

운영은 현운 장문인과 현검 도장의 충고를 따르지 않은 자신을 질책
했다. 하지만 이미 상황은 돌이킬 수 없을 정도로 점점 흘러가고 있었
다. 한 번 지나간 시간은 돌아오지 않는 것이기에 더욱더 운영의 마음
은 씁쓸하기만 했다.

"허, 저렇게 두들기는데도 검망은 뚫리지 않는구먼."

"그러게 말이야. 정말 대단한 방어망이야."

하나의 우윳빛 옥구슬을 가운데 두고 사공무영이 발하는 자욱한 자
줏빛 안개덩어리가 전후좌우를 완전히 에워싸며 한순간도 운영에게 틈
을 주지 않는 공격이 이어지고 있었다. 단상에서 벌어지는 현란한 비
무는 관전하고 있는 군웅들의 눈을 고정시키기에 충분하고도 남았다.

"낙영검(落英劍)! 탈명연환삼선검(奪命連環三仙劍)! 구궁검(九宮劍)!"

"이런, 음······."

사공무영의 파상적인 공세를 모두 방어하고 있는 운영. 아무리 검망
이 훌륭한 방어 수단이라 하더라도 장시간 시전하면 무리가 오는 것은
당연한 결과였다.

벌써 천삼백여 초가 지나고 있었다. 미시경부터 시작된 비무에 지금
은 해가 서산으로 붉은 노을을 뿌리며 지기 시작하고 있었다. 그에 따
라 단상의 비무도 환상적인 아름다움을 자아냈다. 멀리 서산을 통해
보이는 붉은 노을과 자색의 물결, 그 위에 둥둥 떠 있는 옥빛은 가히
환상적이지 않을 수 없었다. 거기다 검과 검이 부딪치는 소리는 군웅
들이 조금만 달리 생각하면 아름다운 운율로 들리기에 충분했다.

'이러다간 안 되겠다. 검망만으로는 더 이상 버티기에 무리가 있는
것 같다. 어떻게든 조금이라도 시간을 벌어야······.'

'정말 대단하다. 이 정도면 조금이라도 엷어지는 곳이 있어야 하건

만, 정 대협의 내공이 얼마나 되기에……. 어쩔 수 없다는 것인가? 이
건 도대체…….'

　이제 사공무영이 시전할 수 있는 것은 두 가지밖에 없었다. 아직 완
성하지 못한 독고구검(獨孤九劍)과 사부인 매화검선 호영검의 자하검
법(紫霞劍法). 하지만 독고구검은 지금 사용할 수가 없었다. 상대의 검
과 자신의 검이 맞부딪칠 때에야 독고구검이 완벽한 위력을 발휘할 수
있는데 지금과 같이 검망으로 보호하고 있는 한은 독고구검도 소용없
었던 것이다. 그렇다고 완벽하게 시전할 수 없는 자하검 또한 운영의
검망을 깰 수 있다고는 생각되지 않았다.

　'어쩔 수 없지 않은가? 아직 미완성일지라도 해보는 데까지 해보는
수밖에…….'

　"하앗! 자하성검강(紫霞聖劍罡)!"

　운영이 쉴 수 있는 여유를 주지 않고 몰아붙이던 사공무영. 한순간
결심하고는 신행백변을 사용하여 오 장을 뒤로 물러난 후 바로 자하성
검강을 시전하기 시작했다. 자하성검강은 자하검법 중에 가장 파괴력
이 강한 것으로 어검술을 이용한 검강이었다. 그러나 일반적인 검강이
아니라 오로지 파괴를 목적으로 만들어진 것이기 때문에 그 파괴력은
상상을 초월할 정도로 막강했다.

　'헛! 저것은?'

　"허허, 저 아이가 무리를 하면서까지 이번에 승부를 가리려는 것 같
습니다."

　"그러게 말입니다. 아직 무리가 따를 텐데……."

　호영검은 자신의 제자가 왜 무리를 하면서까지 자하성검강을 시전
하려는지 알고 있었다. 그러나 마음 놓을 수가 없었다. 마지막까지 최

선을 다하는 것도 좋지만 만약 이번에도 소용이 없다면, 그렇게 된다면 화산의 명예는 큰 타격을 받을 것이기 때문이다. 비록 미완성일지라도 자타가 공인하는 최강의 파괴력이 담긴 검강이 막힌다는 것은 최강이 아니라는 말이나 진배없기 때문이었다.

슈오와아앙! 콰콰콰콰앙!

자하성검강은 그 이름에 걸맞을 정도로 무서운 압력을 동반한 상태로 운영을 향해 돌진했다. 마치 주변의 기운들이 점점 자하성검강의 중심으로 모아지는 것처럼 정면에서 검극을 바라보는 운영은 태풍의 눈을 보는 착각이 들 정도였다.

'음… 그래, 이렇게 되면 막을 수 있는 데까지 막아보자. 지금은 그것이 최선일 것 같다. 부디 형님, 제게 힘을 주십시오. 아버지, 어머니…….'

"하앗! 유운검망!"

운영은 자신의 모든 내공을 검망에 쏟아 부었다. 되든 안 되든 막을 수 있는 데까지 최선을 다해보고자 한 것이다. 그래야 후회가 없을 것 같았기에, 공격 한번 해보지 못하고 단상을 내려가야만 한다는 것이 마음에 걸렸던 것이다.

슈우우우우! 콰콰콰쾅쾅!

"윽! 이, 이게 뭐야?"

"우웩! 우엑! 으…….."

"으으음……."

군웅들은 지켜보는 것만으로도 고막이 찢어지는 고통과 함께 내장이 흔들리는 압력으로 한 사발이나 되는 핏덩어리를 토하는 사람들이 속출했다. 검망과 검강이 부딪친 후 발생된 압력이 사방으로 퍼지며 발생된 현상이었다.

아직 대결이 끝난 것은 아니었다. 아직까지 검망과 검강이 부딪치며 요란한 소음이 발생되고 있었다. 하나의 거대한 기둥을 연상시킬 정도로 막강한 검강이 밀어붙이는데도 검망은 깨지지 않고 단상에 자욱한 자취만을 남기며 조금씩 뒤로 밀리고 있었다.

'이, 이런……. 이래도 깨지지 않는단 말인가? 이래도……!'

'음… 정말 강맹하기 그지없구나. 내가 조금만 방심했어도 검망은 여지없이 깨졌을 것이다. 이, 이걸, 이걸 튕겨내야 하는데…….'

콰콰콰르르르르! 콰코쾅! 지지지직! 쾅쾅!

사공무영의 검강이 지속 회전하면서 파고들어 왔다. 주변의 기운을 흡수하면서 점점 더 강갱한 기운으로 성장하고 있는 것이다. 그에 반하여 운영의 검망은 조금씩 한계점에 다다르고 있었다.

'으… 그래, 이거다. 이거였어! 이제, 이제는 깰 수 있다. 제발, 제발 좀 깨져라!'

"하얏! 제발!"

"으……."

'이, 이러면 안 되는데… 이러면…….'

"이, 이야압!"

"헛! 저, 저것은……?"

'저 아이가 벌써……?'

호영검은 순간적으로 사공무영의 변화된 검강을 느낄 수 있었다. 너무나 친숙하고 익숙한 느낌이 들었기에 가능한 일이었다. 그러나 호영검은 도저히 이해할 수가 없었다. 도저히.

운영과 사공무영의 비무는 이미 생사대전의 양상으로 바뀌어 버린

지 오래였다. 누구 하나 쉽게 손을 놓을 수 없는 상황이 되어버린 것이다. 양쪽 모두 다 한 순간만이라도 실수를 한다면 그것은 곧바로 목숨과 연결되는 상황으로 비약적인 발전을 한 것이다.

'으… 이, 이러다가는 안 되겠다. 이제는… 이제 더 이상은…….'

"형님, 제게 힘을 주세요! 제게 힘을……!"

운영은 안간힘을 쓰며 검망에 마지막 젖 먹던 힘까지 쏟아 부었다. 그러나 좀처럼 사공무영의 검강을 받아내기가 힘겨웠다.

'으… 이러다간… 그, 그래, 금단선공… 금단선공을 써보자. 그 방법밖에는…….'

"이얍! 금! 단! 선! 공! 받아라!"

운영은 순간적으로 금단선공을 떠올렸다. 위기 상황에서 극적으로 금단선공과 유운심법의 접목을 생각해 낸 것이다. 내공의 운용에 있어 불필요한 힘의 낭비가 많은 유운심법의 단점을 보완하기 위해 금단선공을 배웠지만 좀처럼 현운 장문인의 말대로 둘을 접목시킬 수가 없었다. 그러나 극적으로 둘이 한데 어우러지면서 검망에 새로운 기운이 쏟아져 들어가기 시작한 것이다.

'그, 그래, 이거야! 바로 이거였어! 이얍!'

"받아라!"

쩌쩌저쩡! 콰르르르쾅! 쾅쾅쾅!

"헉! 이, 이건 말도 안 돼! 어, 어떻게……?"

사공무영의 자하성검강은 운영과의 비무를 통해 십이성까지 완성되는 기변(奇變)을 이루어냈다. 미완성으로 시전하면서 조금은 무리하는 것처럼 보였으나 점점 상황이 심각하게 변하면서 사공무영도 극적인 깨달음이 있었던 것이다. 자하검법 중 가장 깨닫기 힘들다고 하는 자하성검강을 완벽히 깨달으며 사공무영의 경지는 가히 초고수에 들어섰다 할 수 있을 정도가 된 것이다. 사부인 호영검도 초고수의 경지에 오른 지 얼마 되지 않았는데 제자인 사공무영이 극적인 깨달음을 통해 그 경지에 오른 것이다.

그런데 지금 자하성검강이 조금씩 뒤로 밀리고 있었다. 운영의 검망이 앞쪽으로 확대되면서 그에 덩달아 검강이 후퇴하고 있는 것이다.

'아, 안 돼! 안… 돼……!'

"안 돼……!"

쩌쩌쩌쩡! 저쩡! 쩌쩌쩡! 콰! 콰르르르르르르콰! 콰콰! 슈와아아아아앙!

"헛, 이런!"

"피, 피해야……!"

"이얍!"

콰! 콰콰콰콰! 콰!

"으아아아!"

"으윽! 음…….

"헛! 으으음…….

"으으으… 무량수불……!'

"음… 아미타불……!'

사위는 한순간에 적막이 찾아왔다. 자신의 귀를 틀어막으며 쓰러지는 사람들이 대부분이었고, 단상은 이미 반 이상이 부서졌다. 또한 나머지 반도 이곳저곳 심하게 패어 있었다. 앞으로의 비무에 지장을 줄 정도로 심각하게 파괴된 것이다.

그러나 주변을 감싸던 먼지가 가라앉은 후 군웅들이 하나들씩 정신을 차리면서 누구 하나 쉽게 입을 열 수 없을 정도로 깜짝 놀라지 않는 사람이 없었다. 단상엔 소림의 담현 방장과 무당의 연정 장문인, 그리고 화산의 호영검 장문인이 운영과 대치하고 있었던 것이다. 또한 운영과 상대하던 사공무영은 이미 정신을 잃어버린 지 오래되었는지 단상 저 너머의 멀찌감치 떨어진 곳에 쓰러져 있었다. 상황이 어떻게 진행된 것인지 갈피를 잡을 수 없는 군웅들은 숨 죽여 돌아가는 상황을 지켜볼 수밖에 없었다.

"이… 네가, 네가 감히……!"

"호 시주, 잠시만! 음… 아미타불, 정 대협께선 어찌하여 사공무영에게 살수를 쓰셨습니까? 이미 상황은 끝났다고 볼 수 있는데 말입니다."

"음… 저는 살수를 쓰지 않았습니다. 그것은 방장께서도 잘 아시지 않습니까?"

"아미타불……!"

"뭐라고? 이……!"

"무량수불, 그것은 정 대협의 말씀이 맞습니다. 불가피하게 상황이 이렇게 되었다고 볼 수 있겠지요. 그러나 정 대협께서 사공무영에게 무리한 수를 사용한 것은 사실이 아닌가 생각되는군요."

"그럴 수도 있겠지요. 하지만 저로서는 이 방법이 최선이었습니다. 세 분, 제게 더 하실 말씀이 있으십니까? 더 이상 없으시다면 저는 그만 내려갔으면 합니다만……."

"음… 아미타불, 그렇게 하십시오."

"그럼 저는 이만……."

운영은 뒤도 돌아보지 않고 현운 장문인을 비롯해 아직까지 단상에 눈을 떼지 못하고 있는 군중들 사이로 천천히 걸음을 옮겼다. 그에 군웅들은 누가 뭐라고 하기도 전에 운영이 지나갈 수 있도록 길을 열어

주었다. 그에 운영은 미미하게 고개를 끄덕여 감사를 표하며 자신이 묵고 있었던 지객당 쪽으로 방향을 틀었다. 그렇게 많은 의문을 남기고 운영은 자신의 모습을 군웅들의 시야에서 감추어 버린 것이다.

호영검은 운영의 모습이 사라지자마자 뒤쪽의 사공무영이 쓰러져 있는 곳으로 신형을 날렸다. 상황이 어찌 된 것인지 직접 알아보기 위함이었다. 담현 방장과 연정 장문인은 호영검과 사공무영의 모습을 지켜보면서 고개를 가로저어 보았다.

'아… 이제 구파일방의 명성도 세상의 뒤안길로 사라지는 것인가? 아미타불……'

"무량수불……."

무엇에 화들짝 놀랐는지 호영검은 쓰러져 있는 사공무영을 등에 업고는 부랴부랴 의약당을 향해 몸을 날렸다. 얼마나 빠르게 질주하는지 군웅들의 시야에서 순식간에 사라져 버렸다. 바로 화산파의 비전 신법인 십단금(十段錦)으로 하늘의 구름을 밟으며 간다는 청운신법(靑雲身法)과 더불어 화산의 이대신법 중 하나가 시전된 것이다.

그러한 모습을 지켜보던 담현과 연정도 호영검의 뒤를 따라 빠르게 신형을 날렸다. 하지만 담현 방장의 지시를 받았는지 세 사람이 단상에서 사라지자마자 각원이 빠르게 올라와서는 비무의 종결을 고하였다. 예기치 못한 상황으로 오늘로 예정되었던 비무가 연기된 것이다. 하지만 그 누구도 각원의 말에 이의를 제기하지 않았다. 상황의 심각성 때문인지 조금만 생각하면 비무가 계속 진행될 수 없다는 것을 짐작할 수 있었기 때문이었다.

제 7 장

먼저 공격을 헤아렸지? 음…

 먼저 공격을 해야겠지? 음…


　며칠 전에 벌어진 사공무영과 운영의 비무 영향이 컸는지 구파일방과 오대세가를 비롯해 다른 문파들의 제자들은 만날 때마다 그때의 얘기를 꺼내기에 여념이 없었다. 그것은 그날 벌어진 비무로 인해 하나밖에 없었던 단상이 파괴되어 다시 세우느라 비무가 연기되었기 때문에 이야깃거리가 없어서이기도 했지만 무엇보다도 그날 보여준 호영검 장문인의 반응과 담현 방장과 연정 장문인의 행동이 군웅들의 입에 오르내리기 때문이었다.

　당시엔 상황이 어떻게 된 것인지 분별하지 못했으나 하루 이틀이 지나면서 호기심 많은 사람들에 의해 속속들이 상황이 분석되고 그로 인해 정확한 추리가 가능해지면서 군웅들에게 전파된 것이다.

　그날의 상황은 이러했다. 자하성검강으로도 운영의 검망을 뚫지 못하고 있는 상황에서 운영이 자하성검강을 힘으로 맞부딪치면서 사공무영이 위험해지자 세 장문인이 나서서 구해줬다는 것이다.

처음엔 이러한 소문을 믿는 사람들이 없었다. 정당한 비무에서 세 명이나 되는 고수가 불쑥 끼어들어 한 명을 핍박했다는 말과 다름없었기 때문이다. 하지만 이러한 소문에 의구심을 가진 군웅들이 하나둘씩 무리 지어 단상 주변을 수색하며 단서를 찾게 되었고 그에 이젠 누구나 아는 사실이 되어버렸다.

구파일방과 오대세가의 명예는 땅에 떨어지기 일보 직전으로 상황이 악화되었다. 아무리 비무가 생사대전으로 변질되었다고 해도 비무는 엄연히 비무인 것이다. 그런데 그러한 강호의 불문율을 무시하고 무림을 영도하는 세 명이 동시에 한 사람을 공격했다는 것은 있을 수도 없는 일이라 생각한 것이다.

하지만 다행인 것은 사공무영의 내상이 심하지 않다는 것이었다. 운영의 말대로 사공무영에게 살수를 쓰지 않았다는 것이 입증된 것이다. 그에 자칫 구파일방과 장백검문이 등을 돌릴 수도 있는 상황으로 전개되지 않을까 걱정하는 군웅들이 많았는데 이러한 사실이 각원의 입을 통해 공표가 되자 너도나도 한숨을 내쉬며 반기는 사람들이 많았다. 그만큼 장백검파의 입지가 이번의 군웅대회를 통해 확고하게 자리 잡았다는 것이다. 바로 현운 장문인이 바라던 것이 이루어진 것이다.

"장문인, 드디어 내일 남궁세가와 곤륜파의 제자들이 비무를 한다고 합니다. 소림에서 단상을 새로이 만드는 데 많은 시간이 걸리지 않아서 다행입니다."

"글쎄, 현검 사제는 그렇게 생각하는가? 내 생각으로는 군웅들의 생각을 다른 곳으로 돌리기 위해 최선을 다하지 않았는가 생각되는데……."

"아… 하긴 장문인의 판단이 정확할지도 모르겠습니다. 지금 군웅들 중 구파일방과 오대세가에 대해 불만을 토하는 사람들이 많으니까요. 그날의 비무 이후 군웅들 중에 우리 장백검파를 옹호하는 사람들이 많이 생겼습니다. 정말 정 사제가 큰일을 해냈습니다."

"아닙니다. 이 모든 것이 사형과 장문인의 은덕입니다. 그리고 그날의 비무… 사실 저도 굳이 그렇거까지 하고 싶지는 않았습니다. 하지만 워낙 상황이 어려워서……."

"아니네. 잘했어. 안 그렇습니까, 장문인?"

"허허, 글쎄… 난 정 사제가 우려하는 것이 무엇인지 잘 아네. 하지만 너무 걱정하지 말게나. 우리가 떳떳하면 되는 것 아닌가? 정 사제가 스스로 떳떳하다고 느끼고 행동해야 우리도 당당해질 수 있는 것이네. 내가 무엇을 말하려고 하는지 잘 알겠는가?"

"음… 예, 알겠습니다. 장문인의 말씀대로 떳떳하게 행동하겠습니다."

"허허, 그래야지. 암."

현운 장문인은 운영의 힘있는 말에 절로 웃음이 나왔다. 더구나 이미 장백산에 있는 문중으로부터 북경의 분타가 확실하게 자리를 잡았다는 연락이 왔다. 이제 이곳에서 장백의 이름을 드높여 북경에 입성한 분타가 제대로 활동할 수 있도록 길을 열어주는 역할만 남은 것이다.


남궁세가의 소가주 창궁무검 남궁호와 곤륜파의 옥심도룡 이마 도장과의 비무는 너무나 어이없게 끝나 버렸다. 사전에 미리 언약되었는지 옥심도룡 이마 도장이 비무에 참가하지 않고 포기한 것이다. 더 이상 무림의 친선 도모를 위해 마련된 비무가 생사대전으로 변질되는 것을 볼 수가 없다는 이유였다.

하지만 군웅들은 다른 견해를 보이고 있었다. 구파일방 중 이미 무당이 오른 상태인 데 반하여 오대세가에선 아무도 오르지 못하고 있는 데 대한 배려가 아닐까 하는 추측이 나온 것이다. 또한 남궁호나 이마 도장 중 누가 승리를 하더라도 다음의 비무에서 승리를 장담할 수 없기에 도가 문파인 곤륜에서 남궁세가에 양보하는 식으로 보기 좋은 결말을 유도한 것이 아닌가 하는 추측인 것이다. 거기다 바로 다음 비무가 유운검선 정운영과의 비무였기에 더욱 억측이 난무하는지도 몰랐다. 파괴력만으로는 최강이라는 자하선검강도 뚫지 못하는 검망을 해결하지 않고는 도저히 승산이 없었기 때문이다.

하지만 이마 도장은 합장한 상태로 아무런 말 없이 단상을 내려갔다. 조금은 불편한 심기를 겉으로 드러낸 것이다. 그것이 억측이 난무하고 있는 군웅들을 향해선지, 아니면 그 누구를 향해선지는 모르지만 다른 것은 몰라도 이번의 비무에 대해 불만이 있다는 것만은 확실했다.

"자자, 모두 조용히해 주십시오. 음… 감사합니다. 하하, 이제 본선 팔차전의 마지막 비무를 시작하겠습니다. 이번에 비무하실 분들은 개방의 후개인 홍무규지검 도연명 소협과 장백검파의 장백일검 정호 도장입니다. 두 분께서는 단상으로 올라오십시오. 아미타불……."

"하앗!"

"와~"

도연명이 선풍신법(旋風身法)을 시전하며 새롭게 단장된 단상에 멋있는 모습으로 나타났다. 천천히 걸어서 단상에 오른 운영에 비해 확연한 자신감을 표명한 것이다.

"이거 이번에도 장백일검이 이길 수 있을까? 그렇게 되면 장백검파에서 두 명이나 올려 보내는 것이 아닌가?"

“그러게. 하지만 쉽지는 않을걸. 개방의 도연명도 실력이 여느 다른 제자들과 비슷하던데…….”

“그건 자네의 말이 맞네. 일전에 창궁무영 남궁호와의 비무에서 조금도 밀리지 않았다고 하더구먼…….”

“자네도 그 소문 들었는가? 나도 얼마 전에 들어 알고 있었지만, 그것의 진위가 의심스러워 함구하고 있었는데… 뭐, 우리야 재미있게 구경할 수 있으니 좋은 것 아닌가? 개방의 자랑인 취팔선보(醉八仙步)와 강룡십팔장(降龍十八掌)도 볼 수 있고 말이야.”

“글쎄… 소문으론 도연명의 성격이 괴팍해서 후개에게 전수되는 타구봉법(打狗棒法)을 배우지 않고 규지검법(叫枝劍法)을 배웠다고 하던데……. 그래서 속 넓고 후하기로 소문난 궁여상 방주도 여간 애를 먹고 있는 것이 아니라고 하네. 속이 말도 못하게 탔겠지.”

군웅들이 수군거리는 것을 듣지 않으려 해도 어쩔 수 없이 듣게 된 도연명은 입을 삐쭉거리며 실룩거렸다. 확실히 수군거리는 소리가 사실이기는 하지만 속이 타는 것은 사부인 궁여상이 아니라 자신이라 생각하고 있었기에 신경질이 난 것이다. 아무것도 모르는 군웅들에게 자신의 속마음을 확 털어놓고 싶다는 생각까지 들 정도였다.

사실 도연명은 타구봉법엔 관심없었다. 또한 별로 신통치 않다고 생각하고 있었기에 궁여상의 노발대발에도 꿋꿋하게 버티며 자신이 배우고자 하는 것을 찾아서 익혔던 것이다. 그것이 바로 규지검법이었다.

도연명은 이미 개방의 모든 무공을 완성 직전까지 연마했다. 하지만 딱 하나, 바로 타구봉법만은 아예 손도 대지 않고 있었다. 원러 타구봉법은 개방에서 전해지는 가장 강한 무공으로 강맹하기 그지없는 강룡십팔장과 더불어 개방의 이대무공으로 불린다. 하지만 세상 사람들이 모르는 개방의 비밀이 있었는데 바로 타구봉법을 익히려면 가장 중요한 것이 있어야 한다는 것이다. 그것은 바로 살아 있는 개들이다.

견(犬).

개방과 떼려고 해도 뗄 수 없는 것이 바로 개였다. 서로 친하게 지내기도 하고 앙숙인 관계이기도 한 개방과 개들, 하지만 타구봉법을 익혀야만 하는 후개에게는 무공을 익히기 위해 꼭 필요한 존재였다. 바로 살아 있는 개를 때려잡기 위한 방법이 바로 타구봉법이기 때문이었다. 하지만 도연명은 개들이 싫었다. 아니, 싫은 것이 아니라 개들을 너무나 좋아했다. 다만 싫다고 표현한 것은 개들을 자신의 손으로 잡아야 한다는 것이었다.

오죽하면 도연명의 구역에 있는 개들은 살이 포동포동해서 그중 한 마리만 잡으면 그 구역에 있는 개방인들이 배불리 먹을 수 있을 정도라는 말이 나올 정도였다. 개방인으로서 개를 좋아하는 것은 당연한 것이지만 그래도 도연명처럼 아예 다른 방식으로 좋아하는 것에 대해서는 문제가 있다는 것이 현재 개방의 태도였다. 후개의 신분으로 개방을 부정하는 태도를 취하는 것과 같기 때문이다. 하지만 방주이자 사부인 궁여상도 도연명의 애틋한 개 사랑은 어찌할 수 없었다.

"잘 부탁드립니다. 정호라 합니다."

"응? 잘 알고 있습니다. 대단하시더군요. 음… 그나저나 개를 좋아하십니까?"

"……?"

'개를 좋아하냐고? 무슨 의도지, 비무를 앞에 두고?'

정호는 갑자기 질문을 던진 도연명의 행동에 대해 고민하지 않을 수 없었다. 그냥 단순하게 받아들이기에는 앞으로 일어날 상황하고는 맞

지 않다고 판단한 것이다. 이제 바로 비무가 시작될 순간인데 구파일
방 중 개방의 후계자가 장난으로 질문을 던지지는 않았을 것이라 생각
한 것이다.

"글쎄요, 원시천존."

"아니… 난 그냥 정호 도장께서 개를 좋아하는지, 아니면 싫어하는
지 물어본 것뿐인데……?"

"옛? 음… 저는 개고기를 먹지 않습니다. 어찌 도인이 개고기를 먹
겠습니까?"

"응? 아, 이런……. 하하하! 뭐, 그것도 답이라면 답이네. 개고기를
안 먹는다는 것은 개를 좋아한다는 말이기도 하니까. 좋아, 그럼 정호
도장의 솜씨를 보겠습니다."

"음……."

정호는 자신감 넘치는 도연명의 말에 눈살을 찌푸렸다. 아무리 자신
감이 넘쳐도 상대에 대한 예의가 있어야 하는데 도연명은 그러한 것이
아예 없었다. 비록 자신의 므공이 모든 것을 대신한다는 말이 일반화
된 강호의 정설이지만 그래도 도연명은 연장자에 대한 예의가 없어도
너무 없었다.

'허, 아무리 개방이라고 하지만 이건 너무하는 것이 아닌가?
음…….'

정호는 순간 오기가 일었다. 하지만 그렇다고 정심한 마음까지 흔들
린 것은 아니었다. 비무에 앞서 마음이 흔들린다는 것은 있을 수 없는
일이었기 때문이다.

"하하, 그럼 제가 먼저 들어가지요, 원시천존."

"그렇게 하시지요."

"그럼, 하앗! 자허일섬(紫虛一閃)! 자허성원(紫虛星元)!"

정호는 도연명이 쉽게 반격할 수 없을 정도로 몰아붙이겠다는 생각으로 처음부터 장백검결을 시전했다. 운영의 비무를 통해 정호는 선수가 얼마나 중요한지 깨닫게 되었다. 쉴 수 있는 여유도 없이 몰아붙였던 사공무영의 검세가 많은 도움을 준 것이다. 또한 어디에서나 쉽게 구할 수 있는 청명검(淸明劍)이었지만 그 청명검에 자허진기(紫虛眞氣)가 곁들여지자 보검보다 더욱 날카롭게 변했다. 비록 보검이 아니라고 하더라도 장백검결을 시전하는 데는 아무런 문제가 없었다.

"헛! 취팔선보! 연화락(蓮花落)!"

"자허만봉(紫虛灣鳳)! 자허환변(紫虛幻變)!"

"이런, 연쌍비(燕雙飛)! 취리건곤보(醉鯉乾坤步)!"

도연명은 정호의 공세를 피하느라 여념이 없었다. 수중의 연검을 뽑을 시간조차 없었던 것이다. 아무리 간격을 벌리려고 노력해도 정호가 그것을 용납하지 않고 있었다.

'제길, 내가 너무 자신만만했나? 유운검선에 비해 몇 수 이상 떨어진다 생각하고 있었는데 이건 오히려 더욱 날카롭지 않은가! 어떻게 한 문파에 이리도 상이한 인물들이 나올 수 있다는 말인가? 이건 도대체……'

도연명은 정호의 날카로운 검결을 대하자마자 자신의 실수를 실감할 수 있었다. 소극적인 자세를 취하며 힘으로 밀어붙이는 운영과 날카로움과 빠른 검결을 구사하는 정호는 달라도 너무 달랐다.

한 사람은 공격을 취하고 또 한 사람은 그것을 피하며 순식간에 오백여 초가 지나갔다. 공격하는 사람도 힘들지만 그것을 모두 피하기 위해 몸을 이리저리 움직여야 하는 사람은 더욱 힘들었다.

'제길, 이러다가는 죽도 밥도 안 되겠다. 비무면 어떻고 생사 대결이

면 어떠냐. 우선은 내가 이기고 볼 일이지.'

"이거나 받아라! 강룡십팔장! 백결신장(百結神掌)!"

쾅! 쾅쾅쾅!

도연명이 필살의 마음을 먹고 내뻗은 강룡십팔장은 확실히 강맹하기가 이루 말할 수 없을 정도였다. 아직 수중의 검을 뽑지도 못한 상황이었기 때문에 어쩔 수 없이 장법을 사용하기는 했지만 오히려 그러한 것이 먹혀들었다.

공격을 펼치던 정호는 깜짝 놀랐다. 설마 도연명이 장법을 사용하리라고는 생각하지도 못했었기에 예기치 않던 공격을 받게 된 것이다. 거기다 가까운 곳에서 도연명의 장법을 몸으로 막아야 했기 때문에 타격은 더욱 컸다.

그러나 정호가 도연명의 기습 같은 장법을 피할 수 없었던 것은 아니었다. 비록 피할 수도 있었지만, 그렇게 하면 도연명에게 시간을 벌어주는 것이 되기에 위험을 감수하면서 온몸으로 장력의 기운을 흩트러 놓은 것이다.

그렇게…….

정호는 가슴의 통증에도 굴하지 않고, 숨 한번 고른 후 계속해서 다시 밀어붙였다. 아직 도연명이 검을 뽑지 않았기 때문에 정호로서는 지체할 시간이 없었던 것이다.

개방의 제자답지 않게 강룡십팔장이나 타구봉법과 같은 위력적인 무공이 있는데도, 도연명은 오로지 검법만을 구사하며 상대와의 비무를 즐겼었다. 지금까지 검법만으로도 충분했기 때문에 별다른 아쉬움이 없었던 것이다. 그러나 오늘은 그러한 것이 통하지 않고 있었다.

'제길, 뭐 이런 시러배 같은 자식이 다 있어? 비무란 모름지기 상대가 검을 뽑아야 성사되는 것 아닌가? 그런데 이놈의 녀석은 나이만 처먹었지 아예 나를 생각지도 않는구나. 지가 도인은 무슨……. 이건 완전히 시정잡배 건달이지 뭐야!'

도연명은 화가 머리끝까지 치솟는 더러운 기분을 느꼈다. 그에 자칫 자제력을 잃어버려 속으로 생각하던 것이 입 밖으로 튀어나올 뻔한 것이 한두 번이 아니었다. 하지만 아무리 그래도 도연명은 개방의 후개였다. 앞으로 구파일방의 하나인 대개방을 이끌어 나가야 하는 막중한 임무가 있는 것이다. 그러기에 속으로는 형편없는 생각을 해도 그것을 밖으로 끄집어내기란 여간 어려운 일이 아니었다. 속마음을 참아야 한다는 것은 아직 어린 나이의 혈기로는 힘에 부치는 일이었다.

'제길! 떨어져라, 떨어져!'

"파옥신장(破玉神掌)! 철추퇴(鐵抽腿)!"

"음……."

'그래, 됐어!'

"받아라! 홍무자염강기(洪武紫焰罡氣)! 규지산화(叫枝散花)! 규지홍혈(叫枝紅血)! 규지강봉(叫枝剛峯)! 규지일원(叫枝一元)!"

도연명의 철퇴추에 의해 장백검결이 가로막혀 앞으로 나아가지 못하자 도연명은 순간의 기회를 놓치지 않고 허리에 차고 있던 연검을 뽑아 들고는 바로 공격에 들어갔다. 마치 그동안의 고통에 대한 앙갚음인 듯 자신의 독문심공인 홍무자염신공(洪武紫焰神功)을 이용해 강기를 만들고는 규지검법을 시전한 것이다. 한순간의 기회도 놓치지 않겠다는 의지가 강해서인지 도연명은 자신의 안위도 생각하지 않고 규지검에 온 힘을 기울였다.

"헛! 이러면… 안 되겠다. 자허심경(紫虛心竟)!"

정호는 도연명의 검세가 예사롭지 않자 온 신경이 곤두서는 기분을 느꼈다. 자칫 생명도 보존할 수 없을지 모른다는 불안감이 든 것이다. 그에 아직 완벽하게 익히지 못한 자허심경을 쓸 수밖에 없었다. 아직 장백검파엔 자신이 할 일이 많으니 이번에 꼭 살아남아야만 한다고. 그래야 한다고…….

콰르르르르쾅! 쾅! 콰르르르쾅!

"우웩! 우엑! 으……."

"헉! 우엑! 으……."

"헉! 제길! 또야? 또 이렇기 끝나는 거야?"

우레와 같은 소음에 군웅들은 하나둘 짜증을 내면서 자신의 고막을 외부의 소음으로부터 차단하려 노력했다. 그러나 내공이 약한 대부분의 사람들은 손으로 고막을 가려도 쉽게 외부의 압력으로부터 벗어날 수 없었다. 그러나 다행인 것은 앞에 벌어졌던 운영과 사공무영의 비무에 비해서는 그리 큰 압력이 아니었기에 오늘은 그때와 같이 땅바닥을 구르는 군웅들의 모습은 찾아볼 수 없었다.

"이런, 뭐 하고 있느냐! 빨리 단상으로 올라오라!"

"옛? 아, 알겠습니다!"

"응……?"

"뭐야? 이게 어찌 된 거지?"

"글쎄… 음……."

각원의 호령에 깜짝 놀라 부랴부랴 단상으로 올라온 승려들은 행여나 각원이 다시 눈을 부라리지 않을까 눈치를 보며 부산하게 움직였다. 단상 위에 정호와 도연명이 쓰러져 있었기 때문이다. 마지막 충돌. 그 충격으로 누가 졌는지 이겼는지 분간할 수 없을 정도로 둘의 상태는 심각한 상황이었다.

두 사람은 삽시간에 승려들에 의해 의약당으로 옮겨졌다.

각원은 어떻게 결과를 공표해야 하는지 분간이 서지 않았는지 구파 일방과 오대세가의 영수들이 자리하고 있는 곳으로 신형을 날리려고 했다. 그러나 무슨 이유 때문인지 엉거주춤한 자세로 한참을 서 있더니 알았다는 듯이 고개를 끄덕여 보였다.

"흠흠, 여러분, 많이 놀라셨으리라 봅니다. 하지만 너무 심려하지 마십시오. 지금 의약당에서 연락이 왔는데 두 소협 모두 목숨엔 지장이 없다고 합니다. 다만 충격으로 내상을 입어 다음 비무엔 두 소협 모두 참가할 수 없다 합니다. 그래서 저는 이번 비무에 대한 결론을 말씀드리겠습니다. 이번 비무는 두 분 소협 모두 심한 내상을 입었기에 누가 우위에 있다고 말씀드릴 수가 없어 무승부로 결론을 짓습니다. 그에 이번 비무의 승자와 겨루게 되어 있던 무당의 묘현 도장은 창궁무검 남궁호 소협과 유운검선 정운영 대협의 비무 승자와 내일 마지막으로 겨루게 될 것입니다. 하하, 모두 짐작하고 계시겠지만 내일이 바로 군웅대회가 끝나는 날이기도 합니다."

"아……!"

"자, 그럼 오늘의 마지막 비무를 시작하겠습니다. 두 분께서는 어서 단상으로 나오십시오."

각원은 처음으로 두 사람의 이름을 호명하지 않았다. 이미 모든 사람들이 누구라는 것을 알고 있었기도 하지만 앞에 벌어진 비무의 영향 때문에 정신이 없었던 것이다.

"남궁호라 합니다. 정 대협의 놀라운 무위에 감명을 받았습니다. 많은 지도 부탁드리겠습니다."

"아닙니다. 오히려 제가……."

"하하하! 너무 겸손하신 것도 미덕이 아니라고 했습니다. 그럼!"

"음……."

남궁호의 의미심장한 말이 마음에 걸린 운영은 더 이상 반론을 제기하지 않고 고개를 끄덕여 보였다. 이제 비무를 시작하자는 의지를 행동으로 보인 것이기도 했다. 그에 남궁호도 기다리고 있었는지 운영이 고개를 끄덕이자마자 망설이지 않고 자신의 애검인 창궁검(蒼穹劍)을 꺼내 들고는 가슴을 지나 하늘로 들어 올리며 천천히 기수식을 취했다.

'확실히 다르다. 오대세가 중 검세가 가장 강하다고는 들었으나 구대문파와는 수준이 다를 거라 생각하고 있었는데… 오히려 기세가 더욱 강하지 않은가?'

운영은 남궁호의 검세를 브고는 고개를 가로저었다. 사공무영이 보여주었던 검세하고는 질적으로 다른, 어찌 보면 세속적인 느낌이 강한 실용 위주의 검세를 느낄 수 있었던 것이다.

'먼저 공격을 해야겠지? 음… 후후, 내가 지금 무슨 생각을 하고 있는 것인가? 언제 내가 남에게 선수를 양보해야만 한다고 생각했었지? 내가 그만큼 성장했다는 것인가? 이것 참.'

운영은 남궁호의 검세에도 별반 반응을 보이지 않는 자신을 느끼고는 실없는 웃음을 지어 보였다. 딱히 자신감이라고는 할 수 없겠지만 운영은 자신도 모르게 상대의 허와 실을 분별할 수 있게 된 것이 마냥 신기할 따름이었다.

"하얏! 섬전십삼검뢰(閃電十三劍雷)!"

"좋았어! 유운섬전!"

챙! 챙! 차차차창! 챙!

"윽! 음……."

'제길, 정말 세긴 세구나. 내가 쾌검으로 공격하면 그 잘난 검망으로 막을 줄 알았는데 같은 쾌검으로 응수하다니……. 좋아, 그럼 어디 이 것도 받아봐라.'

"천풍검법(天風劍法)! 고혼일검(孤魂一劍)!"

땅! 따따따땅! 따땅!

처음 검과 검이 교차될 때 났던 맑은 소리와는 달리 이번에 교차하면서 난 소리는 조금 달랐다. 검에 더욱더 많은 내공이 실리면서 압력 차가 생겼기 때문인지, 아니면 초식에 따른 중압감이 다른 때문인지 검 자체 무게에 상당한 차이가 있었다.

점점 초식의 수가 많아질수록 남궁호는 무한보(無限步)와 천풍신법(天風身法)을 적절히 곁들이면서 운영의 주위를 분산시키기 위해 많은 노력을 기울였다. 하지만 남궁호에 비해 신법과 보법 방면에서 뒤지는 운영은 이리저리 움직이는 남궁호가 검극을 내밀 때를 기다렸다가 맞받아치면서 타격 주는 형식으로 비무를 이끌어갔다.

"창궁무애검(蒼穹無涯劍)! 제왕무적검강(帝王無敵劍罡)!"

"음… 유수낙뇌!"

지금까지 빠름과 변화를 위주로 한 형(形)에 치우친 검법을 구사하던 남궁호는 생각처럼 운영이 타격을 받지 않자 자신의 독문무공이라 할 수 있는 창궁무애검과 제왕무적검강을 시전하기 시작했다.

남궁세가의 삼대검법은 고혼일검과 창궁무애검법, 그리고 바로 제왕무적검법이었다. 이 중 가장 강한 것이 바로 제왕무적검법인데 이 제왕무적검법이 무서운 것은 바로 남궁세가의 독문심공인 천뢰제왕신공(天雷帝王神功)에서 발하는 기운을 검강으로 활용한다는 것이었다.

다시 말해 지금 남궁호가 발악조으로 시전하고 있는 제왕무적검강이 바로 제왕무적검법의 마지막 초식이었다. 하지만 이 검강의 마지막 모습은 일반적인 검강이 아니었다.

검을 사용하는 최고의 경지인 이기어검, 그러나 가장 강한 파괴력을 지닌 것은 검강이라 할 수 있다. 하지만 제왕무적검법이 무서운 점은 이기어검과 검강을 한데 아울렀다는 것이다. 바로 이기어검강, 제왕무적검법의 최고 경지는 바로 꿈의 경지라 할 수 있는 이기어검강을 실현시킨 제왕검형(帝王劍形)이었다.

하지만 육백 년 전 남궁세가의 초대 가주였던 무적검왕(無敵劍王) 남궁민(南宮悶) 이후로 제왕검형이 세상에 출현한 적이 없었기에 아직까지 무림의 신비로 남아 있어 강호인 그 누구도 실체가 정확히 어떠한 것인지 알고 있는 사람은 없었다. 현 남궁세가의 가주인 제왕검 남궁무연이 가장 근접했다 전해지고 있지만 그것은 어디까지나 소문에 불과하다 여기는 사람들이 대부분이었다. 그만큼 무공의 새로운 경지를 본다는 것은 여간 어려운 일이 아니었다.

쾅! 쾅쾅쾅! 콰르르르쾅!

"헉! 으… 으웩! 이런, 제길……!"

"음……."

'확실히 무리였던가? 맞받아치지 말고 검망으로 몸을 보호했어야 옳았던 것을…….'

운영은 목구멍을 헤집고 넘어오려는 핏덩어리를 꾹 참아 밑으로 내려 보냈다. 만약 이번에도 강한 모습을 보이지 않는다면 언제 결론이 날지 몰랐기에 일부러 내상을 무릅쓰는 무리를 하면서까지 겉으로 편안한 모습을 보이려 노력한 것이다. 그러나 운영의 얼굴엔 평소와 달리 핏기가 없어 보였다. 다만 다른 사람들의 눈에 비치지 않을 정도여서 다행이었다.

"음… 정 대협, 제… 제가 졌소이다. 우엑! 으……."

"음……."

아직 정식으로 각원의 공표가 없었지만 남궁호는 언제 단상으로 올라왔는지 모를 소림 승려들의 부축을 받으며 힘겹게 단상을 내려갔다. 의약당으로 옮겨지는 것이다.

군웅들은 남궁호의 모습을 보면서 비무가 점점 격해지고 있다는 것을 실감했다. 실력 차이가 많이 나면 날수록 부장자가 나오지 않았는데 점점 고수끼리의 대결 양상으로 바뀌자 의약당으로 옮겨지는 사람들이 빈번하게 발생하고 있는 것이다.

"이제 내일 있을 비무가 마지막이구면."

"그러게. 정말 평생토록 기억에 남을 만한 비무가 많았네."

"그건 동감이야. 특히 정 대협과 화산의 사공무영이 접전을 펼쳤을 때가 가장 기억에 남을 것 같구면."

"하하하… 하긴……."

지지대에 의지해 단상을 내려가는 남궁호를 보며 이번 비무는 생각보다 시시하게 마무리되었다는 생각이 지배적인지 군웅들은 남궁호의 안위엔 신경 쓰지 않고 내일 있을 마지막 비무가 어찌 될 것인지에 더 관심이 집중되고 있었다.

이렇게… 중원무림을 뒤흔들어 놓았던 군웅대회가 서서히 그 장막을 내리려 하고 있었다. 풍운의 무림이 시작되려 하는 것이다. 서서히.

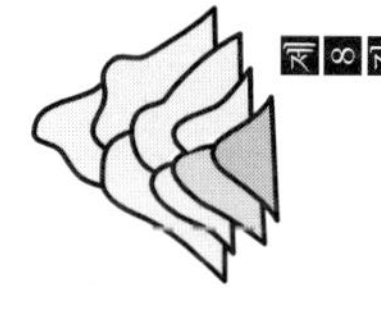

제 8 장

으… 제가 만약 태극혜검(太極慧劍)이나 십단금(十段錦)을 익혔다면…

# 으… 제가 만약 태극혜검(太極慧劍)이나 십단금(十段錦)을 익혔다면…

험하디험한 산세를 어우르듯 우윳빛 안개의 물결이 새벽의 소림을 어루만지고 있었다. 그동안의 여정이 힘들었는지 숭산의 한 봉우리인 소실봉의 나무들도 울긋불긋한 잎사귀가 지기 시작하는 모습이 보는 이로 하여금 심금을 울리기에 부족함이 없었다.

드디어 군웅대회 마지막 날이 밝았다. 그러나 평상시와는 달리 날씨가 그리 화창하지는 않았다. 산에 안개가 끼는 것은 당연할지 모르지만 안개가 낀 날은 날씨가 제법 화창해야 하는 것이 일반적이라 할 수 있다. 그러나 이제 겨울이 임박해서 그러는 것인지, 아니면 산세가 깊어 햇빛이 들어오지 못해서 그런지 아침 날씨치고는 싸늘한 기운이 소림을 감싸고 있는 것이다.

군웅들은 각자 자신들의 짐을 챙기기에 여념이 없어 보였다. 대부분 무림인들이라 그런지 아침잠이 없었다. 항상 주변을 경계하는 것인지는 모르겠지만 그렇게 소림의 아침은 정적만이 감도는 안개 속에서 활발하게 움직이는 사람들로 부산스러웠다.

"아~ 이제 오늘로서 마지막이구나."

"하하, 이제 우리들도 제 살길을 찾아야 하지 않겠는가? 이곳에 계속 있으면 밥이라도 먹여주겠지만 그래도 난 절밥은 도저히……."

"후후, 하긴… 그나저나 이제 어디로 가야 하는지……. 참, 자네는 어디로 갈 예정인가?"

"나 말인가? 음, 글쎄……. 그렇지! 하하하! 예전에 내가 잘 아는 녀석이 있는데 강남의 만리표국(萬里鏢局)에서 보표(保鏢)로 있다고 하더구먼."

"그래서?"

"그래서는 무슨. 일전에 한번 찾아오라고 해서 이 참에 가보려고 그러네. 혹시 아는가, 일자리 하나 생길지? 하하하!"

"하긴 아무리 표국의 말단직인 보표라도 그만한 자리 얻기가 쉽지 않지."

"그렇지. 아무리 적어도 다달이 은화 몇 잎 만질 수 있는 자리 구하기가 어디 쉬운가? 아, 이보게, 자네도 나와 같이 가지 않겠는가? 자네도 검술엔 나름대로 일가견이 있다고 했으니 그렇게 하세."

"글쎄… 뭐, 그렇게 하지. 나도 딱히 갈 만한 곳이 없으니 자네와 동행하는 것도 좋겠지. 그래, 그렇게 하세나. 하하하!"

"좋아! 좋았어!"

막상 군웅대회가 끝나면 어찌해야 하는지 막막했던 전웅(全雄)은 겉으로 내색하지는 않았지만 이번에 만난 친우가 고마울 따름이었다. 또한 가장 고마운 것은 비록 일류고수 소리는 못 들어도 이곳저곳 떠돌

며 생활하는 데 이력이 났기에 물건을 운반하는 표국이라면 자신의 적
성에 맞을 것도 같았기 때문이다.

이번 군웅대회를 관람하기 위해 어려운 상황에서도 모여든 군웅들.
그들에게 군림대회가 보답한 것들 중 가장 큰 것은 바로 여러 사람들
과 친교를 형성하게 해준 것이었다. 아무리 고수들의 뛰어난 무공을
견식할 수 있었다고 해도 아직 그러한 경지를 이해하기엔 요원한 사람
들이 대부분이라 정작 실용적인 도움이 되지는 않았다. 하지만 친구를
사귄다는 것은 추후 어려운 상황에 처할 때 도움을 청할 수 있는 요긴
한 인맥을 얻는 것이기에 그 의미가 남다르다 할 수 있는 것이다.

중원은 대부분 모든 일이 인맥에 의해 좌지우지되는 예가 허다했다.
그것은 중앙에서 근무하는 관리들이나 황궁의 고관대작들도 그렇고 강
호무림도 마찬가지였다. 오죽하던 중원에서 인맥이 없는 사람은 살아
갈 수 없다고 할 정도로 사람과 사람이 만나 친교를 가지고 이어가는
것을 너무나 소중하게 생각하고 있었다.

그러나 친우를 사귐에 있어 사람들은 나름대로 하나의 틀을 정해놓
고 형성하는 사람들이 대부분이었다. 이러한 사람들 중 친교를 쌓으매
가장 흔한 유형은 유유상종(類類相從)이라는 것이었다.

유유상종. 이 말은 작금의 무림 형세를 가장 정확히 반영하는 말일
지도 모른다. 비록 예전부터 정도와 흑도, 아니면 정마사(正魔邪)라 하
는 말들이 많았지만 지금처럼 무림을 세분화하지는 않았었다. 또한 예
전엔 정도와 흑도로 나뉘어 불리는 것도 나름대로 정당한 이유를 가지
고 있었다. 요즘처럼 정도무림이라 불리는 무가의 제자를 정도인, 흑
도의 세력에 편승하며 자신의 이익을 챙기는 자들을 흑도인이라 하지
않은 것이다.

정도와 흑도, 또한 사도(邪道)라 하는 것은 어떻게 해야 무도의 극점에 이를 수 있는가 하는 방법적인 차이에서 나온 말이다. 사실 모든 사물의 이치가 그러하듯이 무(無)에서 하나가 생겨나고 또 그 하나가 둘이 되는 것처럼 세상에 무예라는 것이 출현할 때는 모든 것이 하나였었다. 다시 말해 정도와 흑도라는 말 자체가 없었다는 것이다.

그러나 세상의 모든 것은 변화하기 마련이다. 당연히 기존의 방법보다 더 좋은 것이 개발되고 또한 그러한 것을 따르는 무리가 생겨나게 되면서 무림은 서서히 양분되었다. 바로 불가(佛家)나 도가(道家) 사상이 깃든 방법이나 세속적인 틀에서 크게 벗어나지 않는 전통적인 방법을 이어 나간 곳이 정도이고 자신의 신체에 무리를 하더라도 좀 더 빠른 방법으로 최대한의 성과를 올리고자 편법을 도입한 곳이 바로 흑도라 할 수 있는 것이다.

이러한 것이 점차적으로 세월이 지나면서 골이 깊어진 것이고 그에 지금에 와서는 완전히 갈라져 정도와 흑도가 아니라 선인과 악인이라는 하나의 틀로 자리를 잡은 것이다. 선대가 정도이면 후대의 사람들은 정도의 길을 걷는 것이고 선대가 흑도의 길을 걸었다면 후대는 싫어도 그렇게 낙인찍히는 것이다. 그것이 작금의 무림 현실이고 사실이었다. 즉 정도인은 정도인과 친교를 맺게 되어 있고 흑도인은 흑도인들과 스스럼없이 친교가 형성되는 것이다.

그러나 선인과 악인은 무엇이 다른가? 선인은 행동이 단정하고 상서로워 잠자는 것까지도 부드러움을 잃지 않는 반면 악한 사람은 행동이 사나울 뿐만 아니라 목소리와 하는 말에도 살기를 띠기 마련이다. 이러한 것이 선인과 악인의 차이점이다. 그러나 작금의 무림 현실을 볼 때 세상의 진리와는 너무나도 맞지 않는 것이 허다했다. 그것이 바로 무림이라는 세계고 사람들이 사는 세상이라 할 수 있다.

　그러나 이러한 흑백 논리에 반기를 들며 자신만의 생각으로 친교를 형성하는 사람들도 몇몇 있었다. 항상 모든 사람이 옳다 하면 그에 따르고 순응하는 사람이 있는 반면 전부가 옳다고 하더라도 자신이 싫으면 하지 않는 특이한 사람도 있는 것이 세상이다. 이러한 사람들의 친교 형성은 중용(中庸)이란 형식을 나름대로 고수하며 인맥을 형성해 나간다.

　중용이란 말은 어느 한쪽어 치우침이 없이 꼭 알맞은 상태를 뜻한다. 아니면 지나치게 미치지 못하거나 어느 한쪽으로 기울어짐없이 중도에서 떳떳이 자신만의 길을 가는 것을 말한다고 할 수 있다. 하지만 무림에서 중도를 표방하며 친교를 형성하는 사람들이 말하는 것은 이것이 아니었다. 굳이 이들이 중용의 길을 걷겠다는 것은 극단(極端)을 피하겠다는 의지의 표명이다. 흑도 아니면 정도, 이렇게 극단적으로 친교를 형성하다 보면 언젠가는 큰 사고가 일어난다는 것을 잘 아는 것이다.

　이렇듯 대개 중용을 주장하며 인맥을 형성하는 사람들은 상인들이나 하오문(下午門)과 같은 무림에서는 별반 그 위치가 불분명한 곳에 몸담고 있는 사람들이 대부분이었다. 그러나 그들에게 손가락질하는 사람들은 아무도 없었다. 언젠가는 자신들도 그들과 함께 술자리를 같이할 날이 있을 것이기 때문이었다. 상인들이나 하오문, 아니면 또 다른 단체이든 강호엔 알게 모르게 중용의 뜻에 따라 중도 노선을 걷는 무림 단체가 많았다.

　거기다 더욱 무시할 수 없는 건 정도와 흑도를 표방하는 세가들이 이들과 매우 친밀한 관계를 형성하고 있는 것이다. 또한 지금까지 정도와 흑도가 크게 대립하지 않고 자신만의 영역에 머물러 있는 것은 바로 이들의 숨은 중재 노력이 있었기 때문이기도 했다.

군웅대회의 마지막 비무가 있어서 그런지 오늘은 생활고에 하루하루가 고단한 등봉현의 마을 사람들도 소림으로 나들이를 나왔다. 평생에 한 번 있을까 말까 하는 비무대회를 직접 자신들의 두 눈으로 보고 싶다고 온 것이다. 비록 그 수는 적었지만 소림은 그들을 배려하는 차원에서 군웅들의 후면에 자리를 마련해 주었다.

군웅들은 무림인이 아닌 일반 백성들이 군웅대회를 참관하기 위해 왔다는 것에 불만을 토하는 사람들이 많았지만 담현 방장은 등봉현의 마을 사람들이 있기에 소림이 지금까지 흔들리지 않고 굳게 자리를 지키고 있는 것이라 하여 그들을 설득시키는 노력을 보였다.

"자, 여러분! 정말 많이 기다리셨습니다! 하지만 소승은 오늘 이 단상에 오르면서 여간 섭섭한 마음이 들어 발걸음이 옮겨지지 않았습니다! 바로 오늘이 군웅대회 마지막 날이기 때문입니다! 그건 여러분들도 아시겠지요?"

"하하, 잘 알고 있습니다, 각원 대사."

"우리도 섭섭하외다. 소림의 청산유수 각원 대사를 보지 못한다고 하니 어찌 섭섭한 마음이 들지 않겠소이까?"

"하하하! 그렇습니다. 아마 여기 계신 모든 분들이 그 말에 동감할 것입니다."

"아미타불! 여러분의 성의에 이 몸, 정말 몸 둘 바를 모르겠소이다. 하하하!"

군웅대회의 마지막 연회는 소림 숭산에서 하지 않았다. 바로 등봉현을 다스리는 현감(縣監)이 관청에 따로 자리를 마련한다 하여 이번에 치러질 운영과 무당의 묘현 도장의 비무가 끝나는 즉시 모든 사람들이 등봉현으로 내려가기로 예정되어 있었던 것이다.

"자, 이제 비무를 시작하겠습니다. 그럼 이번 비무에……."

"각원 대사, 잠시 할 말이 있습니다."

"응? 하하! 소승에게 할 말씀이 있으시다니, 어서 해 보십시오. 그러나 너무 끌어서는 안 될 것입니다. 지금 많은 분들께서 제가 목청을 높여 호명하기를 바라고 있을 테니 말입니다."

"하하하! 여부가 있겠습니까? 그것은 소인도 마찬가지입니다."

"아미타불! 하하! 그럼 어서 말씀해 보십시오!"

"예, 다름이 아니라… 일전에 군웅대회가 시작되기 전에 소림에서 걸어놓으셨던 공고문을 보았습니다. 아마 그것을 보지 못하신 분들은 여기 아무도 없을 것입니다. 그래서 말씀인데… 정말 이번 비무의 최종 승자에게 소림의 대환단(大還丹)과 천수검(天水劍)이라는 보검을 부상으로 주시는 것입니까? 저는 그것이 알고 싶어서 이렇게 나서게 되었습니다."

"옛? 저… 예, 그렇습니다. 이미 여러분들께서 아시는 대로 그것들은 승자 분께 돌아갈 것입니다. 사실 대환단은 우리 소림에서 가장 귀중한 영단(靈丹) 중 하나이고 천수검은 무당의 진산보검입니다. 가히 두 가지 모두 무가지보라 할 수 있지요. 그러나 담현 방장과 연정 장문인께서 이번의 군웅대회가 성대하게 치러지기 위해선 그러한 것들이 필요하다는 판단 하에 여러분께 공고한 것이었습니다. 그러니 여러분들은 그 점에 대해 걱정하지 않으셔도 될 것입니다."

"음… 하하, 알겠습니다."

각원은 처음 보는 사람이 불쑥 나타나 소림과 무당이 군림대회에 공고한 약조를 지킬 것인가에 대한 의문을 제기하자 자신도 모르게 속에서 불끈하고 무언가 솟구치는 것을 느꼈다. 하지만 담현 방장의 전음을 듣고는 부글부글 솟아오르던 노기(怒氣)를 간신히 가라앉힐 수 있었다.

"아미타불! 그럼 이제 시작하겠습니다. 군웅대회 마지막 비무에 나오실 분은 무당의 양의현검 묘현 도장과 장백검파의 유운검선 정운영 대협입니다."

각원의 호명에 운영과 묘현은 서로 고개를 숙여 보이며 천천히 단상으로 걸음을 옮겼다. 이미 서로에 대해 알고 있었기에 더 이상의 말이 필요하지 않은 것이다.

"와~ 정 대협, 오늘도 무운을 빌겠습니다!"

"오늘도 화끈하게 해보자고! 와~"

"감사합니다, 감사합니다."

운영은 자신을 열렬히 응원해 주는 군웅들을 향해 크게 읍해 보이고는 그것도 양이 차지 않았는지 두 손을 번쩍 하늘로 치켜 올려 화답해 주었다. 비록 비무가 코앞에 있고 상대가 옆에 있었지만 자신을 바라보는 군웅들을 향해 최소한의 예의를 지키기 위함이었다. 사실 이러한 일련의 행동은 모두 사전에 현운 장문인이 언질을 주어 행해졌다. 평소 숫기가 없는 운영의 독단적인 행동이 아닌 것이었다.

현운 장문인의 생각은 이러했다. 이제 장백검파에 대한 얘기는 군웅대회가 끝나면 중원 구만 리에 널리 퍼질 것이고 그에 따라 운영과 정호에 대한 무용담도 함께 많은 사람들의 입에 오르내리게 될 것이라 판단했다. 그에 현재 장백검파를 대변한다고 할 수 있는 운영이 군웅들에게 자신의 입지를 확실하게 심어준다면 그것은 바로 장백검파의 입지를 높여주는 것이라 생각한 것이었다.

"그럼 두 분의 무운을 빌며 스승은 단상을 내려가겠습니다. 아미타불!"

'이것 참, 과연 묘현 도장이 유운검선을 이길 수 있을까? 만약 그렇지 못하면 장차 적이 될지도 모르는 장백검파에 천금을 주고도 사지 못하는 무가지보 두 가지를 상납하는 것이 아닌가? 음… 도대체 방장과 연정 장문인께서는 무슨 생각을 하고 계시는 것인지……'

각원은 단상을 내려오면서 멀리 담소를 나누고 있는 담현 방장과 연정 장문인을 바라보며 고개를 가로저었다. 도저히 자신의 짧은 소견으로는 두 현자의 행동을 이해하기 어려웠다.

"허허, 이번 비무의 승패가 어찌 될 것 같습니까?"

"무량수불……. 아마 묘현이 패하겠지요. 유운검선의 검세는 빈도가 상대하기에도 벅찰 정도로 뛰어나니 그것은 당연한 귀결일 것입니다."

"그렇지요. 그것은 저도 마찬가지입니다. 정말 젊은 나이어 놀라운 성취를 이루었습니다. 장백검파에서 저러한 인물이 나왔다는 것이 정도무림엔 큰 충격으로 다가왔다 할 수 있겠지요. 하지만 중원무림 전체의 앞날을 볼 때는 큰 축복이 아닐까 합니다."

"맞는 말씀입니다. 그래서 제갈 맹주의 말씀에 따라 장백검파가 북경에 들어서는 것을 용인해 주기로 한 것 아닙니까? 앞으로 북경은 황궁이 들어설 자리입니다. 다시 말해 중원의 심장부라 할 수 있는 곳이지요. 그러한 곳을 장백에게 넘겨준다고 했을 때는… 허허, 하지만 제갈 맹주의 안목에 지금은 감탄할 뿐입니다."

“아미타불……”

어제 있었던 남궁호와의 비무를 통해 구파일방과 오대세가의 영수들은 운영의 실력이 얼마나 되는지 어느 정도 파악할 수 있었다. 또한 그에 따라 열다섯 명 모두 놀라지 않는 사람이 없었다. 아무리 자신들이라 할지라도 운영과 직접 자웅을 겨루어 승리를 장담할 수 있다고 선뜻 나설 수 있는 사람이 없었기 때문이다.

그렇다면 이번 군웅대회의 승자는 이미 정해진 것이나 진배없다 할 수 있었다. 무림의 최고 영수들도 장담하지 못하는데 그 누가 운영과의 비무에서 승리를 장담하겠는가?

하지만 문제가 있었다. 바로 군웅대회의 승자에게 주어질 무가지보였다. 한순간 내공을 일 갑자 반이나 끌어올릴 수 있는 대환단은 두말할 필요 없고 무당의 연정 장문인의 애검인 태극천무검(太極天武劍)과 남궁세가의 제왕검, 그리고 화산의 적하검과 함께 천수검은 무림의 팔대보검(八代寶劍) 중 하나였기 때문이다.

그러나 제갈현은 단호한 결단을 내렸다. 이미 공표한 것인만큼 깨끗하게 주어 새로운 강자로 등장한 장백검파와 군웅들의 인심을 얻자는 것이었다. 제갈현이 처음 이러한 의견을 제시했을 때 다른 사람들은 무슨 소리냐는 반응을 보였었다. 하지만 제갈현의 끈질긴 설득으로 인해 지금은 모든 사람들이 그에 순응한 것이다.

“무량수불. 정 대협, 본도(本道)는 이번에 최선을 다할 것입니다. 비록 최선을 다한다고 하더라도 이번 정 대협과의 비무에 승산이 없다는 것은 잘 알고 있습니다.”

“……”

“하지만 저는 무당인입니다. 정 대협께서 장백검파의 명예를 걸고 지금 이 자리에 올라오셨듯이 저도 그러한 목적으로 이곳까지 오른 것이니까요. 무량수불."

"음… 잘 알겠습니다. 묘현 도장께서 그와 같은 말씀을 하시니 소생도 이번 비무에 후회가 없도록 최선을 다하겠습니다."

"감사합니다. 그럼."

"……."

운영은 묘현 도장의 남다른 각오를 새삼 느낄 수 있었다. 묘현은 이미 비무의 승패에 집착하던 세속적인 마음을 버리고 무당의 진정한 도인으로서 검과 마음이 하나가 되는 무인의 자세로 운영과의 비무를 원하고 있었던 것이다.

운영은 묘현의 마음을 충분히 이해할 수 있었다. 자신 또한 예전에 그러한 마음가짐으로 살아보고자 노력했었기 때문이다.

완벽한 인간이 된다는 것은 어찌 보면 불가능할지도 모른다. 그러나 최선을 다하는 인간은 누구라도 마음만 먹으면 될 수 있다. 모름지기 사람은 자신에게 맡겨진 일에 몰두하여 최선을 다할 때, 그때가 가장 아름다운 법이다. 바로 지금 묘현의 모습이 그러했다. 다른 사람은 그렇게 보지 않는다고 해도 운영은 그러한 것을 볼 수 있었고 느낄 수 있었다.

"그럼 소도가 먼저 선공하겠습니다. 너무 염치없다 생각지 마시길……."

"아닙니다. 들어오십시오."

"하앗! 태청십삼세(太淸十三勢)! 신문십삼검!"

묘현은 처음부터 검강을 시전하며 운영을 밀어붙였다. 태청검법의 절초라 할 수 있는 태청십삼세와 강맹하기 그지없는 신문십삼검이 함께 조화를 이루며 어우러지자 운영의 앞에는 어느새 백팔 개가 넘는 검형이 그려졌다. 어느 것이 실이고 허인지 구분이 안 될 정도로 완벽한 조화가 이루어지며 운영을 압박하고 있는 것이다.

"얍! 유수섬전! 유수낙뇌!"

깡! 까까까깡! 깡! 크르르르! 쾅! 쾅!

"헛! 태극검강(太極劍罡)!"

"유운천망! 파(破)!"

운영은 묘현의 검강을 검망으로 방어함과 동시에 일전에 사공무영의 자하성검강을 맞받아쳤던 방법을 되새기며 태극검강의 중심으로 유운천망을 집중해서 밀어붙였다. 방어만 할 수 있다고 여겨지던 검망이 하나의 면이나 점으로 함축되면서 검강도 밀어버릴 정도로 막강한 검세가 형성된 것이다.

퍽! 파파파팡! 팡! 쾅!

"으윽! 으… 으엑! 으음……."

"음……."

유운천망의 파결(破訣)에 의해 한쪽 귀퉁이로 밀려나 간신히 멈추어선 묘현은 검으로 몸을 지탱하며 다른 한 손으로는 자신의 가슴을 부여잡은 상태였다. 보기에 안쓰러울 정도로 서 있기조차 위태위태해 보였다.

"역시… 제 생각대로 태극검강으로도 정 대협의 검망을 뚫을 수가 없었소이다. 태극검강은 제가 알고 있는 최강의 검공인데 말입니다. 으엑! 그, 그런데 말입니다. 만약… 으… 제가 만약 태극혜검(太極慧劍)이나 십단금(十段錦)을 익혔다면… 그, 그렇다면 오늘같이 허무하게 패하지는 않았을 것 같습니다. 음… 정 대협, 만약 태극검강보다 강한 무공이 있다면 그렇다면 어떠했겠습니까? 으…헉! 음…….”

“묘현 도장, 곧 저희들이 의약당으로 모시겠습니다.”

“무리하지 마십시오. 빨리 의약당으로 가셔야 합니다..”

“아닙니다. 아직 전, 으엑! 으… 저, 저는 정 대협의 답을 듣지 못했습니다. 음…….”

의약당의 승려들이 묘현을 양 옆에서 부축하기 위해 빠른 속도로 단상에 오른 후 각원의 동의도 없이 양쪽에서 묘현을 부축하며 단상을 내려가려고 했다. 그러나 묘현의 거부로 두 승려는 엉거주춤한 자세로 운영이 서 있는 방향으로 고개를 돌려야만 했다.

“묘현 도장, 도장이 시전한 태극검강과 지금 말하고 있는 태극혜검은 서로 다른 것입니까?”

“태극혜검……?”

“십단금……? 지금 무슨 말을 하고 있는 거지?”

“그러게? 무당에 그러한 무공이 있었나?”

“글쎄……?”

“십단금? 그건 화산의 절세신법이 아닌가?”

“그러게? 뭐, 둘 다 도가의 문파니 유운검법과 같이 비슷한 이름이 많겠지.”

“하하, 하긴…….”

화산의 십단금, 그리고 지금 묘현이 말하고 있는 십단금.

하나는 절세신법이고, 다른 하나는 장법이었다. 하지만 이미 화산파의 십단금이 어떠한지 잘 알고 있는 군웅들은 묘현의 입에서 나온 무당의 십단금이 어떠한 위력이 있는지 대강은 짐작할 수 있었다.

운영은 묘현의 말을 들으며 고개를 갸웃거리는 군웅들의 반응엔 신경 쓰지 않았다. 다만 묘현의 눈을 직시할 뿐이었다.

"음… 그럼 한 가지만 더 묻겠습니다. 오늘 도장이 보여준 태극검강은 극강의 무공이었습니다. 그렇다면 지금 도장이 말한 두 가지는 어떠한 성격의 무공입니까?"

"후후, 그렇지요. 제가 아직… 우엑! 음, 아직 말씀드리지 않았군요. 그 두 가지는 태극신공(太極神功)과 함께 무당의 보물입니다. 극강을 넘어 극유에 이른 것이지요."

'극강을 넘어 극유에 이르렀다? 무슨 의미인가? 극유에 이르렀다니……? 음… 호, 혹시 이유제강을 의미하는 것인가? 내가 새로운 경지로 여기고 있는 유운천망의 파결과 같은……? 음…….'

"후후, 아마 모르실 것입니다, 제가 무엇을 말하는지……. 제가 말씀드리려고 하는 것의 전말은……."

무당파의 최고 검법 중에는 태극검법과 태극혜검이 있었다. 그러나 묘현의 힘겨운 설명에도 불구하고 아무도 태극검법과 태극혜검의 차이점에 대해 알고 있는 사람은 없었다. 사실 태극검법이 무엇인지 모르는 사람은 무림인이 아니라고 할 정도로 강호엔 모르는 사람이 없었다. 태극검법이 바로 무림삼성 중 한 명인 삼풍진인 장삼봉의 독문무공이고 거기다 태극검강은 태극검법상의 최고 무공이었기 때문이었다.

그러나 묘현의 힘겨운 얘기가 진행될수록 군웅들을 숨을 죽이며 경청해야만 했다. 지금까지 전혀 알려지지 않은 강호의 숨겨진 비사(秘事)가 밝혀지고 있었기 때문이다.

묘현이 말한 비사의 전말은 이러했다. 언젠가 세상이 어떻게 변했는지 보고 싶다는 이유를 대며 제자들의 만류에도 불구하고 무당 밖으로 나갔다가 돌아온 삼풍진인. 어디서 무슨 일이 있었는지 모르지만 육

개월 만에 돌아온 삼풍진인은 심하지는 않았지만 내상을 입고 돌아왔다는 것이다. 그러나 묘현의 얘기는 여기서 끝나지 않았다.

내상에서 회복한 삼풍진인은 다음날부터 자신이 만들었던 무공들을 다시 검토하고 연구하였다. 삼풍진인은 그렇게 십 년이 걸리도록 비급에서 눈을 떼지 않았으며 그 어떠한 말도 제자들에게 하지 않았다.

그러나 어느 날 삼풍진인은 두당산이 흔들릴 정도로 크게 웃음을 지어 보인 후 무당산에서 가장 높은 봉우리에 올라 세상에 나오지 않고 있다는 것이었다. 다만 삼풍진인이 산에 오르기 전 지금까지와는 다른 관점에서 자신의 비급을 바라보면서 새롭게 창조한 것이 있었는데 바로 묘현이 말한 태극혜검과 십단금이었다. 부드러운 가운데 파괴력이 강한 무당의 심법과 태극검법의 극강이 한데 어우러지며 완전히 새로운 이론이 정립되었고 그에 따라 새로운 검법이 창조된 것이다.

정지해 있는 것보다 움직이는 것이 우위에 있으며 그냥 움직이는 것보다는 보다 빠르고 정확하게 움직일 수 있는 것이 상위에 있다는 것이다. 그러나 빠름은 어느 경지에 이르면 다시 느려지고 그것은 빠르지도 않으면서 느리지도 않은, 하지만 극강의 힘을 지닌다는 것이다. 움직임과 정지라는 양면성을 동시에 수용하며 만들어진 것이 태극검강이었다. 하지만 극강이 최고의 경지에 이르면 도로 느려진다는 것을 삼풍진인은 깨달았다. 바로 극강과 극유가 하나가 된다는 것을 말이다.

그렇게…

태극혜검과 장법(掌法)인 십단금, 비록 그 실체가 세상에 확연히 드러난 것은 아니었지만, 묘현을 통해 그 두 가지 무공이 어떠한 위력을 가지고 있는지 짐작할 수 있었다. 아니, 아직 세상에 등장하지 않았기에 어떠한 모습으로 출현할지 모르지만, 묘현에 의해 무당파엔 태극검법 말고도 다른 것이 더 있다는 것이 밝혀진 것만으로도 군웅들뿐만 아니라 다른 구파일방의 장문인들에게 상당한 충격을 주었다.

무림최강일지 모른다는 태극검법보다 더욱 강하다는…….

"윽, 어떻습니까? 만약 제가 말한 것이 모두 사실이라면… 으… 그, 그렇다면 정 대협께서는……."

"묘현 도장, 당신의 말은 모두 진실일 것입니다. 사실 그러한 경지가 있다는 것을 알고 있으니까요."

"헉? 그, 그렇다면……?"

"예, 제가 마지막 초식으로 사용한 것이 바로 그런 유의 무공이라 할 수 있습니다. 아직 미비한 깨달음에 의해 그 위력을 모두 발휘하고 있지 못하지만 만약 묘현 도장께서 삼풍진인의 무공을 모두 완성한다면, 그렇다면 우린 좋은 승부를 겨룰 수 있을 것입니다."

"아… 고맙군요. 저를 그렇게 생각해 주시다니……. 윽! 우엑! 음… 감사합니다. 으… 이제, 이제 저를 의약당으로……."

"자, 빨리 옮깁시다."

"그렇게 하세. 어서어서!"

"무량수불! 잠깐 멈추시게! 음… 이런, 이 정도일 때까지 참았다니! 도대체 이 아이는……. 휴, 이것도 인연인가? 그래, 어차피 네게 주려고 마음먹고 있었으니 지금 주마. 음……."

힘겹게 운영에게 마지막 감사의 말을 전한 묘현은 간신히 잡고 있던 의식의 끈을 놓아버렸다. 내상을 장시간 방치해 두었기에 의식이 희미해진 것이다. 하지만 묘현 도장이 의식을 잃고 쓰러지자마자 달려온 연정 장문인의 응급조치가 효과를 보았는지 묘현의 맥박은 미미하게나

마 뛰고 있었다. 연정 장문인이 너무 급한 나머지 무당의 영약인 옥청원단(玉淸元丹)을 복용시킨 것이다.

"휴, 이제 되었습니다. 두 분께서는 어서 이 아이를 의약당으로 옮기시지요."

"아, 알겠습니다, 장문인. 자, 어서 갑시다, 어서."

"음……."

운영은 단상 뒤로 옮겨지는 묘현 도장의 모습이 시야에서 완전히 사라질 때까지 자리를 뜰 수가 없었다. 진정한 무인임을 느꼈기에 그의 안위가 걱정되었던 것이다.

"장문인, 묘현 도장의 상세는……?"

"허허… 정 대협, 묘현을 걱정해 주시다니 감사합니다. 무량수불… 그 아이는 걱정하지 않으셔도 될 것입니다. 다행히 응급조치가 늦지 않았습니다."

"아… 그렇군요. 정말 다행입니다."

"허허, 무량수불……."

운영을 향해 조용히 미소를 보인 연정 장문인. 어쩌면 제갈현의 판단이 후에 무한한 도움으로 다가올지 모른다는 생각이 들었다. 지금은 서로의 의견 차이에 의해 상황이 좋지 않지만 어쩌면 훗날 정도무림에 위기가 닥칠 때 함께해 줄 든든한 후원자가 생길 것 같은 묘한 기분이 들었던 것이다.

운영은 연정 장문인의 의미심장한 미소가 어떠한 의미를 담고 있는지 알지 못했다. 다만 묘현 도장을 걱정하는 마음을 좋게 보고 짓는 것이라 생각할 뿐이었다.

"자, 이제 군웅대회를 폐막하겠습니다! 근 이백년 만에 열린 이번 군웅대회의 최종 승자는 바로 장백검파의 유운검선 정운영 대협입니다!"

"와~ 만세~ 만세~"

"만세~ 정 대협 만세~"

"장백! 장백! 장백검파 만세!"

"아미타불! 모두 조용히해 주십시오!"

각원의 공표에 군웅들은 운영을 향해 함성을 질러댔다. 명실상부한 무림의 신성(新星)이 떠오른 것이다. 거기다 인품과 실력이 모두 갖추어진, 그러한 신진고수가 구파일방과 오대세가에서 배출된 것이 아니라는 것도 군웅들을 흥분시키기에 충분했다.

군웅들은 장백검파와 운영의 이름을 쉴 새 없이 불러댔다. 장백검파라는 변방의 작은 문파가 이제 강호의 모든 군웅들의 뇌리에 기억되기 시작한 것이다. 영광된 이름으로.

"음… 무더운 여름, 정말 힘들었던 군웅대회를 끝까지 참관해 주신 여러 동도 분들께 감사하는 마음을 금할 수 없습니다. 소림이 비록 이번 군웅대회를 앞장서 주관하게 되었지만 다음에 치러질 군웅대회는 여러분 모두가 함께 주관하여 치러졌으면 합니다."

"와~ 담현 방장 만세! 소림 만세!"

"허허, 감사합니다. 이제 여러분 앞에 공표했던 대로 유운검선 정운영 대협에게 소림의 대환단과 무당의 천수검을 수여하겠습니다. 정 대협, 이쪽으로 오시겠습니까?"

"예, 알겠습니다."

운영은 담현 방장의 말에 따라 천천히 발걸음을 옮긴 후 담현 방장과 연정 장문인의 일 장 앞에 섰다.

"정 대협, 군웅대회의 최종 승자가 된 것을 축하합니다. 이것은 소림의 보물인 대환단입니다. 받으시지요. 아미타불."

"허허, 이것은 무당의 이대 명검이자 무림팔대보검인 천수검이네. 앞으로 이 천수검으로 무림에 정의를 세우시기 바라네."

"두 분, 감사합니다. 고맙게 받겠습니다."

"허허허……."

"무량수불……."

"만세! 만세! 만세!"

"정 대협 만세! 담현 방장 만세! 연정 장문인 만세!"

"군웅대회 만세! 만세!"

성대하게 치러졌던 군웅대회는 이렇게 막을 내렸다. 이긴 사람보다 패배를 경험한 사람이 몇백 배가 더 많았던 군웅대회. 그러나 그 끝은 분열이 아닌 회합으로 흥겹게 끝마무리가 되었다. 비록 비무가 거듭될수록 부상자가 나오는 불상사도 있었지만 그러한 것은 군웅들의 생각 저편에 머물러 있을 뿐이었다. 오직 승자만을 생각하고 인정하는, 그러한 것이 강호였고 세상의 이치였다. 오직 승자만이 대접받는 세상…….

제 9 장

당신은 황국에서 이와 같은 일로 저희들의 발목을 잡지 않기를 바랄 뿐입니다

◆ 제9장　다시는 황궁에서 이와 같은 일로 저희들의
　　　　　　발목을 잡지 않기를 바랄 뿐입니다


　청명했던 가을 하늘은 북쪽에서 불어오는 쌀쌀한 바람에 밀려나 멀리 사라졌는지 금릉이 바라다보이는 장강의 물결도 평소와는 다르게 자신의 위상을 마음껏 뽐내고 있었다. 이미 북쪽 지방은 초겨울에 접어든 지 오래되었지만 남방은 아직까지 따스한 바람이 제자리를 지키며 머물러 있는 듯했다. 그러나 북쪽에서 불어오는 바람만은 서늘한 기운을 담고 있었다. 그만큼 중원의 여름 중 가장 무더운 무한(武漢)과 중경(重慶), 그리고 마지막 하나인 금릉에도 서서히 겨울이 한 발짝 다가서고 있는 것이다.

　"우리가 제대로 찾아가고 있는지 모르겠구려. 어찌 황도로 오게 되었는지……."

　"진인, 그 기운을 진인께서도 느끼셨고 빈승도 느끼고 있지 않습니까? 누구인지는 잘 모르겠지만 악의 씨앗이 황궁에서 자라나고 있는 것만은 분명합니다. 아미타불."

"허허… 정말 괴이한 일이 아닐 수 없소이다. 이 정도의 기운을 낼 수 있는 자가 어찌 강호에 있지 않고 황궁에 있는 것인지……."

"빈승도 그것을 모르겠습니다. 이 정도의 기운이라면 이미 피바람을 일으켰어도 몇 번을 일으켰을 텐데 말입니다. 음……."

멀리 금릉의 황도가 바라다 보이는 산봉우리. 호북성 무당산에서 희미하게 느껴졌던 기운을 찾아 금릉까지 온 두 명의 노인이 있었다. 하늘색을 닮은 청아한 도복을 걸치고 있는 흰 수염의 노인과 빛 바랜 승복을 걸치고 있는 노인이었다.

"음… 진인, 아무래도 황궁에 변고가 일어나고 있는 것이 아닌가 생각됩니다. 아니면 누군가 황궁에서 시기를 기다리고 있는 것인지도 모르고 말입니다. 빈승은 그 기운에 다가가면 다가갈수록 불안한 마음을 어찌하지 못하겠습니다. 제가 아직 수행이 부족하나 봅니다. 아미타불."

"그럴 리가 있습니까? 제가 대사를 알고 지낸 것이 몇 해인데요. 허허허……."

"아미타불, 세월이 무슨 소용이 있겠습니까? 허허, 그러고 보니 혜능 대사(慧能大師)께서 남기신 말씀이 떠오르는군요. 꼭 빈승을 가리키며 말씀하신 것 같습니다."

"……?"

"도유심오(道由心悟) 기재좌야(豈在坐也)라……. 도(道)라는 것은 마음에서 깨닫는 법인데 어찌 앉아 있는다고 깨달아지겠는가……. 정말 진리 중에 진리입니다. 허허허."

"허허, 무량수불."

삼풍진인은 혜정 대사의 말에 고개를 끄덕였다. 혜능 대사가 사간(耐簡)에게 도가 무엇인지 설명할 때 했었던 말이란 것을 기억해 낸 것이다.

"허허, 혜정 대사의 말씀을 들어보니 아마 이러한 내용이 뒤에 나오겠군요."

살아 있을 때는 누워 있지 못하니 앉아 있고,
죽으면 앉아 있지 못하니 누워 있다.
원래 냄새 나는 뼈다귀의 습성에 불과한데,
습성적으로 앉아 있는 것이 어찌 수행인가.

"이런, 진인께서도 알고 계셨군요. 그렇습니다. 빈승은 요 며칠 전부터 그러한 것을 통감하고 있습니다. 음… 그랬었지요. 정말 그랬었습니다. 빈승은 한때 아이들에게 깨달음을 얻고 싶으면 좌선을 하라고 했었습니다. 그것이 최선이라고 말입니다. 하지만… 허허… 그렇지 않더군요. 빈승의 말에 따라 좌선을 해도 그것은 그들 스스로 한 것도 아니고 자신이 원하는 것이 무엇인지도 몰랐기에 깨달음도 없었습니다. 혜능 대사께서 하셨던 말씀, 앉은뱅이 시늉만 한다고 해서 깨달음이 나올 수 없다는 것을 이제야 알게 된 것입니다. 아미타불……."

혜정 대사는 몇 달 전 삼풍진인의 깨달음을 직접 알게 되면서 자신은 지금껏 무엇을 하며 세월을 보냈는가 하는 회의를 품고 있었다. 자신이 지금까지 주장했었던 좌선, 그 좌선이 오히려 허송세월을 보내게 된 원인으로 생각되어 세월이 지난 지금에 와서는 좌선으로 세월을 보낸 자신에 대해 한숨만 나오는 것이었다.

"허허, 그건 그렇지 않습니다. 혜정 대사께선 지금까지 꾸준한 노력을 하셨습니다. 하지만 아직 시기가 찾아오지 않은 것뿐입니다. 깨달음은 한순간에 찾아옵니다. 자신이 찾으려고 해도 그것은 마치 보이지 않는 신기루를 찾는 것과 같지요. 어찌 인간이 보이지도 않는 신기루를 찾을 수 있겠습니까? 대사, 깨달음을 얻으시려면 인간의 마음을 버리셔야만 합니다. 마음이 없어야 정신이 맑아지고 그래야 대사께서 평생을 찾아 헤매시던 도를 얻을 수 있을 것입니다. 무량수불."

"음… 허허, 진인께선 빈승에게 너무 무리한 요구를 하시는군요. 그것은 이상입니다. 누구나 알고 있으면서도 실천할 수 없는 이상이지요. 마음을 비운다는 것, 어찌 그러고 싶은 마음이 없겠습니까? 하지만 그것이 진인의 말씀처럼 쉽지만은 않더군요. 아미타불."

"허허……."

삼풍진인은 혜정 대사의 솔직한 말에 절로 고개가 끄덕여졌다. 사실 삼풍진인 또한 혜정 대사가 찾아오던 그날, 그때서야 진정으로 속세의 모든 때를 씻어내고 마음을 비울 수 있었기 때문이다.

명예와 복수, 쾌락과 절망, 인연과 집착…….

삼풍진인은 인간이 지니는 마음에 대해 진정으로 눈을 뜨게 된 것이다. 자신의 마음을 비운다는 것은, 그것은 아무런 사심 없이 스스로를 바라본다는 말과 같다.

"이거 제가 괜한 말을 했나 봅니다. 진인, 어서 가시지요. 벌써 해가 떠오르려 하고 있습니다."

"허허, 그렇군요. 사람들이 깨어나기 전에 장강을 건너야 될 것 같습니다."

"예, 그럼 가시지요. 아미타불."

혜정 대사와 삼풍진인은 산봉우리를 미끄러지듯 내달렸다. 하지만 내달렸다는 말조차 쓰지 못할 정도로 하나의 빛줄기로 화하는가 싶더니 그 빛은 순식간에 장강이 바라다보이는 강변에 도달했다. 그러나 빛줄기는 거기서 멈추지 않았다. 바로 앞에 장강이 보이는데도 그것을 무시하고 강물로 뛰어들었다. 마치 아직 생명을 다하지 않고 있는 달빛이 장강에 빛무리를 뿌려주는 것처럼 두 빛은 장강에 빛을 뿌려주며 수평으로 건너편 강변을 향해 치달렸다. 물 위를 수평으로 움직이는 불빛이 어찌나 자연스러운지 꼬불꼬불한 산세가 아닌 잘 닦여진 들판을 내달리는 것보다 더욱 평화스러워 보였다.

삼풍진인과 혜정 대사가 시전하고 있는 신법. 그것은 무당이 자랑하는 제운종이나 등평도수(登萍渡水)도 아니었고 소림의 일위도강(一葦渡江)이나 불광어기류(佛光於氣流)도 아니었다. 그렇다고 마음이 일면 마음이 이는 대로 간다는 대나이신법(大那移身法)도 아니었고 하늘을 마음대로 날아다닐 수 있다는 전설의 신법인 능공천상제(凌空天上梯)도 아니었다. 그것은 다만 자연을 마음에 담고서 자연과 함께 동화되는 두 줄기 달빛이었을 뿐이다. 자연을 거스르지 않으려는 빛…….

*　　　　*　　　　*

몇 달 동안 철혈금부는 많은 것이 변했다. 새로운 변화를 맞이한 것이다. 철혈패왕군이나 철혈근왕군이 더 이상 연무장을 도는 일도 없었고 반나절 이상을 검 하나 들고 마보를 취하는 일도 일어나지 않았다. 소속된 인원은 그대로였지만 세월이 흐르는 만큼 그들의 능력도 조금씩 성장하고 있는 것이다. 이제 철혈금부 안에선 교관들의 구령에 맞

추어 검을 휘두르는 세찬 바람 소리와 씩씩한 병사들의 함성 소리만이
울려 퍼질 뿐이었다.

황제는 이와 같은 현상에 매우 흡족해했고 지금까지 상황을 지켜보
던 대신들도 만족해하는 표정들이 역력했다. 그와 더불어 철혈금부에
대한 황궁의 지원도 예전보다 더욱 풍족해질 수 있었다. 황제가 흡족
해하는 만큼 철혈금부의 위상도 다른 군부에서 함부로 무시할 수 없을
정도로 탄탄해진 것이다.

그러나 세상에 쉬운 것이 없는 만큼 철혈금부로 보면 골치가 아픈
일도 생겼다. 아니, 철혈금부의 최고 지도자인 호열에게 더욱 골치가
아픈 일일지도 몰랐다. 바로 철혈금부에 경쟁 상대가 생긴 것이다.

금위등룡부(禁衛騰龍府).

선혜 공주가 제독으로 취임했고 황궁을 수호하던 환관들이 주축이
되어 탄생한 군부였다. 비록 동창이 환관들로 이루어진 군부였지만 실
제 전투에 투입되는 것은 휘하 세력이라 할 수 있는 금의위뿐이었다.
그만큼 동창은 전투를 위해 만들어진 군대가 아닌 황제와 황실을 위한
정보 수집 집단이었던 것이다.

동창은 두 부류로 나뉘어져 있었다. 하나는 초 제독이 이끌고 있는
환관들로 황실 근친들과 중원 전역의 정보 수집을 목적으로 한 군부였
고 다른 하나는 손 도독이 이끌고 있는 금의위였다. 그러나 금의위는
환관들로 구성된 군부가 아니라 오군도독부와 지방 군부에서 차출된
병사들이었다. 그만큼 동창은 안에서부터 내분을 보이는 상황들이 종
종 나타났다.

전투병과 비전투병. 비록 환관들이 중요한 정보를 수집하고 분류하
는 등 황실과 황제에게 많은 도움을 주고 있었지만 같은 소속인 금의

위를 만나면 고개 한번 들지 못하고 피해야만 했었다. 그러한 상황을 황제도 알고 초 제독도 알고 있었다. 성적(性的)으로 남자 구실을 하지 못하는 환관들은 항상 기죽어 있었고 그것이 황궁 제일의 군부와 접하면서 불거져 나온 것이다.

환관들은 자신들이 할 일을 다 하면서도 황궁 안에서까지 사람 대접을 받지 못한다는 것이 억울하고 분통스러웠지만 그러한 것을 밖으로 표출할 수가 없었다. 자신들도 환관이 무엇인지, 또한 무엇을 해야만 하는지 잘 알고 있었기 때문이다. 억압받지 않고 사람 대접을 받으려면 무엇보다 삼보태감 정화나 초 제독처럼 출세해야 한다는 것을 말이다.

하지만 이젠 상황이 많이 달라졌다. 선혜 공주가 직접 환관들을 교육시키고 단련시켜 전투병으로 변모시키기 시작한 것이다. 바로 철혈 금부를 모태로 해서.

선혜 공주는 호열이 취했던 방식대로 환관들을 철저히 교육시켰다. 또한 환관들도 선혜 공주의 경련에 목숨을 바쳐 충성으로 훈련에 임했다. 비록 환관이라 천대를 받고 있지만 금위등룡부의 훈련을 받으며 전투병으로서 거듭난다는 것, 그것이 바로 명예와 출세를 함께 보장받을 수 있는 유일한 길이었기 때문이다.

"도독님, 구파일방과 오대세가에서 비급에 도착했다 합니다. 당초 예상했던 것보다 일찍 도착한 것이라 황제께서 흡족해하신다 합니다."

"정말이냐, 추 총관? 지금 비급이 도착했다고 했느냐?"

오랜만에 밀려 있는 집무를 보고 있던 호열은 추 총관의 말에 깜짝 놀랐다. 머리가 다 멍해질 정도로 충격을 받은 것이다. 이미 비급이 올 것이란 사실은 알고 있었지만 닥상 기다리던 비급이 도착했다는 소식을 듣자 심장이 멎는 듯한 흥분을 느낀 것이다.

"그래, 지금 비급들은 어디에 있느냐? 그것도 알고 있느냐?"

"하하, 알고 말고요. 그것들은 지금 금의위의 호위를 받으며 황궁 서고로 옮겨지고 있다 합니다. 구파일방과 오대세가에서 보내온 비급은 총 이백삼십팔 권이라 합니다. 아직 어떠한 것이 보내져 왔는지는 알 수 없지만 그 정도의 양이 왔다는 것은 절정급에 이르는 것들도 몇 권 보내온 것이 아닌가 생각됩니다.

"하하, 그렇겠지. 그렇지 않고서야 그 많은 비급이 어떻게 왔겠느냐? 좋았어! 그럼 이제 우리들도 녀석들을 가르칠 준비를 해야겠구먼."

"예, 그렇습니다. 이제 정식으로 무공을 가르칠 수 있게 되었습니다."

"하하, 알았다. 그럼 추 총관은 그에 따르는 사항들을 교관들과 상의해서 보고하라. 아니, 보고할 것도 없지. 이미 그에 대해서 충분한 얘기가 오고 갔으니 추 총관은 앞으로의 계획에 차질이 없도록 만반의 준비를 하라."

"옛, 알겠습니다."

호열의 명령을 들은 추 총관은 만면에 웃음을 보이며 집무실을 나갔다.

이제 군부가 아닌 무림 세력으로 변화하는 과정을 거쳐야 하기 때문에 추 총관이나 교관들이 해야 할 일들이 많아졌다. 하지만 추 총관은 그런 것들이 싫기는커녕 오히려 반기고 있었다. 이제야 철혈금부가 제 모습을 찾아갈 수 있다는 생각이 들었기 때문이다.

'그래, 이제부터 시작이라 할 수 있겠구나. 비급이 왔다, 비급이……'

호열은 창밖으로 고개를 돌렸다. 그곳에는 아직도 대원들의 함성 소리가 요란하게 메아리치고 있었다. 위에서 아래로 검을 내리긋는 대원들의 모습에서, 그들의 땀방울에서 호열은 자신의 목표를 보고 있는 것이다.

황궁 후원에 위치한 황궁 서고.

유구한 역사와 더불어 아픔까지 간직하고 있는 곳에 오랜만에 활기가 넘쳐 나고 있었다. 이백삼십 명에 달하는 구파일방과 오대세가의 제자들, 그리고 천 명의 금의위 위사들이 철통같이 호위하며 비급들을 하나하나 정리하고 있었다.

손 도독은 이백삼십팔 권의 비급들을 한 권 한 권 살펴보면서 목록을 작성하고 분류하는 작업을 진행하고 있었다.

"도독님, 다음은 공동파에서 보내온 것입니다."

"음……."

손 도독은 부관의 설명에 고개를 끄덕이며 탁자 앞에 올려진 한 권의 비급을 살펴보았다.

'허, 혼원일기공(混元一氣功)도 왔다는 말인가? 이건 도대체…….'

이젠 더 이상 놀랄 가슴도 없을 것이라 생각하고 있던 손 도독. 그러나 공동파의 비급을 손에 올려놓으면서 그런 생각은 또 깨지고 말았다.

평소 무공에 관심이 많았던 손 도독은 지금 까무러치기 일보 직전이었다. 처음 손 도독은 부관의 호명에 따라 탁자에 올려진 오대세가의 비급을 접했을 때 자신의 눈을 의심했었다. 급조된 듯 새로 만들어진 비급. 한눈에 보아도 비급은 원본이 아닌 사본이라는 것을 알 수가 있었다. 그러나 문제는 그런 것이 아니었다. 비급 첫 장에 적혀 있는 이름, 그것을 처음 본 순간 소 도독의 심장은 한순간 그 기능을 다했다는 듯 쉬고 싶다는 의지를 표명할 정도로 큰 충격을 가져다주었다.

장로가 되어야만 익힐 수 있다고 전해지는 무공들. 하지만 이런 것은 충격도 아니었다. 어찌 된 것이 각 세가의 가주들이 익히는 무공들도 함께 온 것이다. 남궁세가의 전설적인 심공인 천뢰제왕신공(天雷帝王神功)을 비롯해서 제왕검법(帝王劍法)까지 있었다. 그러한 것은 다른 세가도 마찬가지였다. 오대세가의 진산비급들이 모두 모였다. 비록 그것이 진본인지 확실히 알 수는 없었지만 간략하게나마 책의 내용을 살펴본 손 도독은 시원한 바람이 부는 날씨에도 불구하고 등줄기가 식은 땀으로 흠뻑 젖어드는 것만은 사실이었다.

'그렇다면 화산이나 무당, 소림의 절정비급들도 모두 왔다는 말인가? 허, 그들이 정녕 그러한 것들을 넘겨주었을까? 음……'

손 도독은 고개를 저였다. 혹시나 하는 자신의 생각을 애써 부정하고 싶었다.

무림에 적을 두고 있는 사람이라면 모두 알고 있는 사실이다. 그 누가 있어 목숨보다 더 소중하게 생각하고 있는 비급을 쉽게 넘겨주겠는가? 죽으면 죽었지 그러한 행동을 취하는 무림인은 없을 것이기 때문이다.

더욱이 유구한 역사와 전통을 간직하고 있는 무림세가는 더욱 그러한 사상이 깊게 자리하고 있었기에 손 도독은 자신의 눈을 의심하지 않을 수 없었다. 그렇기에 비급의 내용이 진본인지 아닌지 가려내기 위해 몇 번을 살펴볼 수밖에 없었다. 자신의 결정에 따라 비급의 진위 여부가 매듭 지어지기 때문이다. 이 순간만 넘어가면 앞으로 더 이상 무림세가에 비급을 요구할 수가 없다는 것을 잘 알기에 손 도독에게 이 순간은 너무도 큰 짐으로 다가왔다.

　금의위의 수장으로서 세상의 모든 추한 일들을 다 겪은 손 도독. 그는 애써 흥분된 마음을 진정시키고 천천히 구파일방과 오대세가에서 온 장로들의 면면을 살펴보았다. 비급의 내용을 아무리 살펴보아도 스스로의 능력이 안 되어 진위 여부를 확인할 수가 없었다. 그렇기에 손 도독은 자신의 부족한 능력을 한탄하며 모든 것은 원점으로 다시 돌아가서 비급이 아닌 사람들을 살펴보고 확인하려 했다.

　그러나 손 도독이 아무리 살펴보아도 손 도독은 장로들의 당당한 모습을 보면서 더 이상 비급의 진위에 대하여 의심할 수가 없었다. 너무나 담담한 모습, 아니면 무가지브인 비급을 황궁에 그냥 넘겨준다는 것에 속이 쓰린지 인상을 쓰고 있는 장로들을 보면서 더 이상 의심을 가진다는 것은 그들에 대한 모독과 무림세가에 대한 명예 훼손으로 여겨졌기 때문이다.

　"무슨 이상이라도 있습니까? 안색이 별로 좋지 않으신 것 같군요."

　"아닙니다. 어찌 이런 귀한 것을 보고 좋지 않겠습니까? 다만… 제가 알기로 이 비급들은 무림의 보물인데 선뜻 내주시는 의도를 모르겠기에……."

　"허허, 그건 그럴 것입니다. 솔직히 저희들도 장문인들의 의중을 모르고 있으니까요. 하지만 저희들이 알고 있는 바로는 다시는 황궁에서 이와 같은 일로 저희들의 발목을 잡지 않기를 바랄 뿐입니다."

　"음… 알겠습니다. 정말 장둔인들께서 어려운 결정을 하셨습니다."

　"……."

　"그럼 저는 보던 일을 계속하겠습니다. 얼른 마무리 짓고 황제 폐하께 보고를 올려야 어렵게 여기까지 오신 여러분들의 귀중한 시간을 뺏지 않을 것이기 때문입니다."

"허허, 그렇게 하십시오. 아미타불."

손 도독은 더 이상 다른 곳에 신경 쓰지 않기로 했다. 어서 빨리 목록을 작성해서 황제에게 무림의 성의가 어떠한지 자세히 설명해 줘야 했다.

'그래, 저렇게 말을 하는데 다른 의도가 무엇이 있겠는가? 이젠 빨리 내 일이나 해야겠구나. 그것이 저들에 대한 성의가 아니겠는가! 음……'

그렇게 한 시진이 지나갔다. 손 도독은 마지막으로 소림의 초연물외신법(超燃物外身法)을 살펴보는 것으로 모든 비급을 정리할 수 있었다.

'허, 정말 놀랍구나. 이런 신법이 세상에 존재하고 있었다니……. 그러나 이것은 정말 부처가 아닌 다음엔 시전할 수 있을지 그 여부가 의심되는구나. 어찌 인간이 자연과 완전히 동화될 수 있다는 말인가? 음……'

손 도독은 비급들을 살펴보면서 어느 정도 장문인들의 의도를 간파할 수 있었다. 솔직히 자신의 느낌이 맞는지는 모르겠지만 그러나 나름대로 혼란한 마음을 정리해 보기 위해 결론을 낸 것이 있었다. 바로 구파일방과 오대세가의 자존심이었다.

자존심. 무림을 영도하는 거대 문파들의 자존심이 비급에 고스란히 담겨 있는 듯했다. 그런 만큼 손 도독은 구파일방과 오대세가에서 자파의 최고 무공까지 선뜻 내놓은 의도를 어느 정도 짐작할 수 있었다. 어디 익히고 싶으면 익혀보라는…….

유구한 역사를 자랑하며 오랜 세월 동안 꾸준한 연구와 발전으로도 세상에 모습을 드러내지 못한 무공들, 그런 무공들이기에 배우고 싶다면 배우고 알고 싶다면 알아보라는 의도가 다분히 들어 있는 듯했다.

“휴~ 이제 다 되었습니다. 정말 이러한 비급들을 볼 수 있었다는 것이 제게 있어 다시없는 영광이라 생각합니다.”

“허허, 아미타불.”

“무량수불.”

“그럼 오늘은 황궁에서 머무시지요. 아마 황제 폐하께서 무림에서 보여주신 성의에 보답하는 의미에서 저녁에 만찬을 여실 것입니다.”

“허허, 아닙니다. 저희들은 아직 할 일이 남아 있어 더 이상은 이곳에 머무를 수 없습니다. 거기다 황궁에 무림인이 너무 오래 머문다면 세간에서 이상하게 여길 것입니다. 그것은 황궁이나 저희들에게도 별반 도움이 되지 못하니 저희들은 이만 황궁을 떠나는 것이 나을 듯합니다.”

“음… 하긴 그건 장로님의 말씀이 맞는 것 같습니다. 그럼 지금 곧 황제 폐하께 여쭐 것이니 잠시만 기다리십시오.”

“알겠습니다. 어서 다녀오십시오. 무량수불.”

장로들을 뒤로하고 손 도독은 몇 명의 금의위 위사들을 대동하고 영락제가 있는 집정천으로 빠르게 발걸음을 옮겼다.

무엇을 어디부터 어디까지 설명해야 할지 감을 잡지 못하였지만 손 도독은 자신이 느낀 그대로를 황제에게 고할 의무가 있었다. 그에 손 도독은 더하지도 말고 빼지도 않으면서 무림의 성의를 황제에게 그대로 보고하기로 했다.

*　　　　*　　　　*

금릉에 자리 잡고 있는 황성. 그 황성은 중원을 관장하는 황제가 기거하는 곳이다. 바로 철혈의 황제라는 영락제, 그가 있는 곳이 황궁이었다.

전통적으로 나무를 활용한 중원의 건축. 그 건축물 중 형태면에서 가장 두드러진 특징을 뽑으라면 당연히 커다란 지붕이다. 대개 목재로 이루어진 지붕은 건물 전체에 비추어 상대적으로 약간 크게 보이며 건물의 넓이가 넓을수록 지붕 또한 높고 크다. 거기다 중원의 건물들은 지붕이 대단히 클 뿐만 아니라 모양도 곡면의 형태를 취한다. 하지만 건물에 비해 지붕이 크다고 해도 무겁거나 둔탁해 보이지 않는다. 바로 거대한 지붕이 곡선의 형식을 취하고 약간의 장식을 더하면서 상쇄도 되기 때문이다.

황궁으로 진입하기 위해선 꼭 거쳐야만 하는 시가진. 황성이 자리 잡고 있어서 그런지 금릉은 온통 사람들로 꽉 차서 쉽게 움직일 수가 없을 정도였다.

"허허, 오랜만에 금릉에 와서 그런지 적응할 수가 없습니다. 육십 년도 더 되었나? 그때도 사람들이 많기는 했지만 이 정도는 아니었던 것 같은데……."

"무량수불, 허허허……."

두 사람은 사람들을 헤집고 가야 할지 말아야 할지 고민에 싸여 있었다. 아직 시가지에 들어서지 않고 있었던 것이다.

"정말 이 정도일 줄은 몰랐습니다. 진인이나 저나, 허허… 아마 이런 모습으로 저곳을 지나간다면……."

"하긴, 허허허……."

"진인, 어쩔 수 없을 것 같습니다. 오늘 밤까지 이곳에서 기다렸다가 황궁 후원 쪽으로 들어가는 것이 좋을 것 같습니다. 그곳이라면 조용히 얘기를 나눌 수 있지 않겠습니까?"

"좋으실 대로. 혜정 대사께서 그렇게 생각하셨다면 오늘 밤에 황궁으로 들어가는 것이 좋겠지요. 무량수불……."

"허허, 고맙습니다. 이렇게 저를 믿고 따라와 주셔서……. 응? 저, 저건……?"

"왜 그러십니까? 응? 저 아이들이 왜……?"

삼풍진인과 혜정 대사는 밤이 오기를 기다리며 담소를 나누다가 굳게 닫혀 있던 황궁의 성문이 열리는 것을 목격했다. 하지만 거기에 놀란 것이 아니라 황궁을 부랴부랴 빠져나오고 있는 오십여 대의 긴 마차 행렬 때문이었다. 마차 안에 타고 있는 사람들을 직접 눈으로 볼 수는 없었지만 삼풍진인과 혜정 대사는 느낄 수 있었다. 어느 문파의 제자들이 타고 있는지, 또한 어느 정도의 실력을 갖춘 고수가 대동하고 있는지 파악할 수 있었던 것이다.

"이럇! 이럇!"

"핫! 어서 가자!"

황궁을 빠져나온 마차는 대로 주변에 서 있는 사람들을 헤집고 빠르게 앞으로 나아갔다. 그와 더불어 대로변에 서 있던 상인들과 사람들은 긴 마차 행렬에 의해 일어난 먼지를 뒤집어쓸 수밖에 없었다.

"이런, 어떤 미친놈이 몰기에 사람이 많은 대로변을 저렇게 달려?"

"에이, 제기랄! 오늘 처음 입은 옷인데 벌써 먼지가 묻었잖아!"

"이봐! 조용히 하라고! 저 마차가 어디서 나온 건지 모르는가? 황궁이야! 저 정도의 마차 행렬이 움직이려면 황제의 근친이나 그에 상주하는 고관대작이 아니겠는가? 입 조심하라고, 오래 살고 싶으면."

"음… 하긴 자네의 말에도 일리가 있네. 하지만 너무하지 않은가?

아무리 황제라도 그렇지."

중년인은 친구가 무엇을 말하는지 알고 있었지만 도저히 분통이 터져 험한 말을 입 밖으로 내뱉지 않고는 견딜 수가 없었다. 비록 그렇게 하면 안 된다는 것을 알고 있었지만 그래도 워낙 성격 자체가 그래서인지 조절이 잘 되지 않았다.

"허허, 이 사람 하고는……. 자넨 아직도 분위기 파악이 안 되는가? 정말 그 성질머리 좀 고치게. 그래야 오래 살 수 있을 거야."

"알았네, 알았어. 하지만 아무리 황제라 해도 자신의 뒤에서 욕하는 것을 어떻게 듣겠나? 다 내가 알아서 할 테니 자네는 걱정하지 말게."

"이것 참, 정말 아무것도 모르고 있구먼. 자네 일전에 동창의 초 제독이 벌인 사단에 대해서 들어보지 못했단 말인가?"

"……?"

중년인은 친우가 하는 말에 고개를 갸웃거렸다. 동창의 초 제독이 누구인지 너무나도 잘 알고 있었지만 그가 무엇을 했다는 것은 아직 모르고 있었기 때문이다.

"허, 이것 참, 완전 깜깜무소식이구먼. 알았네. 그럼 잘 들어보게. 자네도 만금산장(萬金山莊)에 대해 알고 있지?"

"알고 있지. 그곳을 모르는 금릉 사람이 있겠는가? 그런데 그건 왜……?"

"그래, 자네도 알고 있는 만금산장의 황대근(黃大抾) 장주에게 만금전(萬金殿)의 일을 보고 있는 두 아들 말고도 천금을 주고도 바꾸지 않을 여식이 셋 있지 않은가?"

"그렇지. 얼마나 예쁘고 귀여우면 그런 소문이 났겠는가? 사실 나도 먼발치에서나마 한 번 보았으면 원이 없겠네. 하하, 그런데 그건 왜 그런가?"

"사실 얼마 전 초 제독이 만금산장을 방문한 일이 있었다네. 무슨 좋지 않은 일이 있었는지 초 제독이 만금산장을 나온 후 황 장주가 험한 욕을 했다는구먼. 그런데 초 제독이 어떻게 알았는지 다시 찾아와서는 셋째 딸을 잡아갔다고 하네."

"뭐야? 정말 그 말이 사실인가? 셋째 딸이라면 황 장주의 여식 중 가장 총명하고 예쁘다는 천상무화(天上無花) 황수영(黃秀煐) 낭자가 아닌가?"

만금산장은 강남 상권을 대표한다 할 수 있을 정도로 거대한 상인들의 집합체였다. 그런 만큼 금릉의 상인들은 만금산장의 하급 하인이라도 대면하게 되면 허리 숙여 예를 표할 정도였다. 그런데 그런 만금산장 장주의 귀하기 그지없는 여식을 잡아갔다는 것은…….

"그렇지. 바로 황수영 낭자 말이네. 아무리 만금산장이라 해도 초 제독의 눈과 귀가 있는데 하물며 황제에게 그런 휘하가 없겠는가?"

"아… 그, 그렇겠구먼. 알았네. 내 다시는 오늘과 같은 일은 하지 않겠네. 암, 다시는 하지 말아야지."

"그래, 그래야지. 음……."

중년인은 만금산장과 같이 어마어마한 금력이 있는 곳에서 여식을 빼앗겼다는 것이 실감나지 않았다. 하지만 자신에게 얘기를 하고 있는 친우는 좀처럼 거짓을 말하지 않기에 믿지 않을 수가 없었다.

"자, 이제 가세나. 우리도 빨리 일을 끝마치고 쉬어야 할 것이 아닌가?"

"그, 그렇지. 어서 가세나."

두 사람은 자신들의 몸에 묻은 먼지를 털고는 빠른 걸음으로 대로를 벗어났다. 혹시라도 누가 따라오지 않을까 연신 뒤를 두리번거리며 걸음을 재촉했다. 그만큼 두 사람에게는 황제의 눈과 귀가 두렵고도 무서웠다. 한순간의 실수로 자신은 물론 대대로 가문에 악영향을 끼칠 수도 있기 때문이다. 아니, 어쩌면 이 순간이 가문의 마지막이 될 수도 있다는 생각에 모골(毛骨)이 삐죽삐죽 솟을 정도로 동창의 무서움은 중원의 백성들에게 널리 그 악명을 깊게 뿌리 내리고 있었다.

## 제10장

허, 아직도 마음을 비우지 못하고 있었던가? 무량수불……

부산했던 하루가 저물었다. 이미 어둠은 세상의 모든 것을 삼켜 버렸고 그로 인해 금릉도 한 치 앞이 보이지 않을 정도로 암흑 세계가 되어버린 지 오래되었다.

황궁에 있는 성도인만큼 금릉은 제남이나 항주와는 달리 향락이 크게 성하지 않고 있었기에 밤이 다른 곳보다 빨리 찾아왔다. 다만 술과 음식을 파는 몇몇 객점이나 밤늦게까지 영업을 하고 있을 뿐이었다. 그러나 객점들도 자시가 넘어가면서 하나둘 불이 꺼지기 시작하더니 축시(丑時) 이후로는 금릉에 있는 모든 객점들이 문을 닫았다. 완전히 암흑 천지로 변했다. 대자연과 인간만이 만들어낼 수 있는 불, 하지만 그 불빛은 이제 금릉엔 보이지 않았다.

황궁 깊숙한 곳에 의치한 후원.

주변이 빽빽한 나무들로 이루어진 숲은 낮의 열기가 식으면서 생성

된 안개로 인해 한 치 앞의 사물은 고사하고 자신의 두 손마저 볼 수 없을 정도로 음산한 기운을 뿜어내고 있었다. 어둠과 안개, 이 두 음산한 기운이 한데 어우러지며 후원엔 고요한 가운데 적막함마저 들 정도였다.

"음… 이곳이 적당할 것 같습니다. 이곳엔 경비를 서는 군병들이 없는 것 같습니다."

"허허, 그렇군요. 구중천(九重天)이란 황궁에도 이런 곳이 있었다니 정말 황궁이 넓기는 넓은가 봅니다. 무량수불."

"허허, 황궁이 넓은들 어찌 진인의 마음보다 넓겠습니까? 아무리 황제가 세상을 지배한다고 해도 그것은 백성들이지 자연이 아니지 않습니까? 진인께서는 자연을 벗삼아 살아가는 분이신데 어찌 진인을 앞에 두고 세상에 넓고 깊음을 말하겠습니까? 아미타불."

"허허, 대사께서 제 얼굴에 금칠을 하시는군요. 이거 잘못하다가는 제 몸이 금붙이가 되겠습니다."

"허허허, 아미타불."

높고 높은 성벽으로 인해 완전히 세상과 단절된 공간인 황궁. 그 황궁의 깊은 후원까지 안전하게 잠입한 삼풍진인과 혜정 대사는 느긋하게 농담을 주고받을 정도로 한가롭게 보였다.

"음… 그나저나 이리로 오겠습니까? 그런 기운을 지닌 자가 황궁에 있다면 낮은 신분이 아닐 텐데 말입니다."

"허허, 그거야 그렇겠지요."

"음… 하지만 황제가 아닌 이상 그리 염려할 필요는 없을 것 같습니다. 우선 그 사람을 이곳으로 불러내서 얘기를 해보는 것이 좋겠습니다."

"그렇게 하십시오. 무량수불……."

삼풍진인은 아직까지 세상과의 인연에 미련을 버리지 못하고 있는 혜정 대사를 보며 미소를 지어 보였다. 또한 자신도 그 범주를 벗어나지 못하고 있다는 생각에 씁쓸함마저 느끼고 있었다.

예전 혜정 대사가 찾아오던 날,

삼풍진인은 그날 선계로 우화등선할 수도 있었다. 아니, 이미 황금색 빛의 기둥을 보았다는 것은 선계로부터 허락을 받았다는 것이기에 삼풍진인이 그날 마음먹기에 따라서 충분히 선계로 오를 수 있었던 것이다. 하지만 그렇게 하지 않았다. 아무리 예전에 잘 알고 지내던 혜정 대사가 오는 것을 알고 있었다 해도 그것은 그리 큰 문제가 될 수 없었다.

자신을 오랜 시간 동안 면벽 수련하게 만들었던 한 인물, 삼풍진인은 그 인물과 인연이 다 되지 않았다고 생각했기에 중도에 마음을 고쳐먹었다. 다시 말해 혜정 대사처럼 아직 세상에 미련을 버리지 못하고 있는 것이다.

'허… 내가 과연 그날 잘한 것일까? 아직 내가 세상에 남아 할 일이 있는 것일까? 음… 있다면 혁 도우를 만나 예전의 일을 다시 논하는 것뿐이지 않은가? 그러나 그것은 요원한 내 바람일 뿐이다. 그날 혁 도우는 자신의 생각을 실천에 옮겼고 또한 우리들에게 그것을 충분히 입증해 주었다. 정도와 마도, 그것이 모두 하나로 귀결된다고…….'

삼풍진인은 바위를 알맞은 크기로 절단하고 있는 혜정 대사를 바라보며 다시 상념에 빠져들었다. 예전에 천마 혁무량과의 일을 되새기고 있는 것이다.

'나는 얼마 전에야 알았다. 이 세상엔 정도도 없고 사도도 없으며 마도도 없었다. 다만 그 시작이 다를 뿐이었다. 시냇물이 강물이 되고 바다로 흘러가서 서로 합쳐지듯 그렇게 세상엔 이것도 없고 저것도 없는 것이었다. 그러한 것을 혁 도우는 그때 이미 알고 있었던 것이다. 그래서 그때 그러한 말을 남긴 것이고……. 왜 미처 그러한 것을 생각하지 못했던 것일까? 그것은 나도 알고 대사도 알고 있었으며 또한 그들도 알고 있던 것이었는데…….'

기억에도 희미한 먼 옛날.

강산도 십 년이면 바뀐다고 하는데 그날은 강산이 열 번 정도 변할 세월을 거슬러 올라가야 했다.

사천성에 위치한 공산(貢山). 산이 높고 험해서 일 년 내내 하얀 눈으로 덮여 있는 곳이었다. 그래서인지 사천성의 공산은 아무도 오르는 사람이 없었고 또 올랐었다는 사람도 없을 정도로 험하다는 말로 표현할 수 없을 정도의 산이었다.

그런데 그러한 공산 정상에 다섯 명의 사람들이 함께 자리하고 있었다. 한 명도 올랐다는 말을 들을 수 없었던 공산에 한 명도 아닌 다섯 명이 정상에 서서 하늘을 바라다보고 있는 것이다. 아직도 더 올라갈 곳이 있는지 하늘을 바라보며 자신들이 서 있는 곳이 어디인지 생각지도 않는 모습들이었다.

"허허, 오랜만에 만나뵙습니다. 진인께서도 그동안 무량하셨습니까?"

창기(娼妓)와 배우(俳優) 등의 천한 일에 종사하는 사람들만 입는다고 해서 중원인들은 청색 옷을 천색(賤色)이라 부르며 잘 입지 않는다. 하지만 그러한 옷을 입고도 세상에 부러울 것이 없는 것처럼 아무렇지 않게 바람에 날리는 옷맵시를 정리하던 도인에게 귀색인 황금 옷을 걸치고 있는 중년인이 말을 걸어왔다.

"예, 현원 도우의 신수를 보니 그동안 좋은 일이 있었는가 봅니다. 무량수불."

"허허, 그러고 보니 정말 그렇습니다. 몸에 좋은 영약이라도 드신 것입니까?"

"무슨 말씀을……. 집안어 경사가 있었기는 했습니다. 제가 변변하지 못해서인지 이 나이가 뜨도록 자식 하나 두지 못하고 있었는데 이곳에 오기 며칠 전에야 아들놈 하나 얻을 수 있었습니다. 하하하……."

생각지도 않게 회색 빛 승복을 걸치고 있는 승려가 중간에 끼어들자 중년인은 멋쩍은 표정을 하고는 하지 않아도 될 집안의 일을 말하며 한껏 호탕한 웃음을 토해냈다.

"이런, 그거 정말 축하할 일이군요. 하지만 제겐 축하보다는 안타까움이 먼저 드는군요. 현원 도우께선 이 늙은이의 수행에 도음을 주고자 세속의 아픔을 표현해 주기 위해 얼굴에 항상 그늘을 지어 보이셨는데 이젠 그러한 얼굴을 보지 못할 것 같군요. 아미타불."

"옛? 아, 하하하! 혜정 대사께선 늘 저를 놀리기만 하십니다. 그러다가 제게 크게 망신을 당하시면 어떻게 하려고 그러십니까? 아니지. 장차 제 아들놈에게 혜정 대사의 파계 행각을 일러주어 나중에 크게 꾸짖어라 해야 할 것 같습니다. 하하하!"

"허허, 아미타불."

"흠, 현원 형은 좋겠습니다. 이제 대가 끊김을 염려하지 않으셔도 되니 말입니다. 그래, 이름은 뭐라 지으셨습니까?"

"고맙습니다. 독고 형도 자식을 늦게 두었으니 남다른 제 심정을 충

분히 알겠군요. 사실 이곳까지 오면서도 한시도 그 아이의 눈망울을
잊을 수가 없었습니다. 어찌나 눈망울이 청명한지 이제야 아비가 되었
구나 하고 실감했습니다. 하하하!"

　황금색의 비단옷을 걸치고 있는 중년인, 바로 천하제일검가의 가주
인 천승검 현원덕호였다. 또한 다른 네 사람도 현원덕호와 명성과 실
력을 겨루어 우위를 점할 수 없을 정도로 위명이 쟁쟁한 사람들이었다.

　청색 도복을 입고 있는 인물은 바로 무당파를 창건한 삼풍진인 장삼
봉이었고, 회색의 승복을 걸치고 있는 인물은 소림의 활불이라 불리우
는 성불 혜정 대사였다. 또한 정상에 서 있는 사람들 중 가장 나이가
어리면서도 붉은색 망토를 걸치고 패도적인 기질을 유감없이 몸 밖으
로 표출하고 있는 인물은 혈마 독고신검이었고, 지금까지 아무런 말 없
이 현원덕호의 얘기를 듣고만 있는 흑색 무복의 중년인은 전 중원을
떨게 만들었던 마교의 교주 천마 혁무량이었다. 하지만 이때까지 혁무
량이 마교의 교주였다는 것을 알고 있는 사람은 없었다. 그 누구도.

　무림의 삼성과 이마, 이들이 어찌 된 일인지 함께 자리한 것이다. 아
무도 믿지 못할 일, 그것이 지금 만년한설(萬年寒雪)로 뒤덮인 공산의
정상에서 일어나고 있었다.

　정도와 흑도를 대표하는 다섯 명의 거인들. 그러나 이때까지 삼성에
비해 이마의 입지는 독불장군식으로 휘하에 세력을 두고 있지 않았다.
아니, 혁무량은 몰라도 독고신검은 강남 일대를 돌며 조금씩 자신만의
세력을 구축하고 있었다. 전통적으로 정파의 근거지가 많은 강북 쪽보
다는 녹림이나 장강 일대를 주름잡는 수적들이 대부분이라 편안하게
자신의 근거지를 만들어 나갈 수 있었다.

　"그나저나 혁 시주, 오늘은 어찌 안색이 좋지 않습니다. 무슨 근심이

라도 있는 것입니까? 아니면 혹시… 몸이 좋지 않은 것인지……."

"아닙니다. 제 몸을 생각해 주시는 것은 고맙지만 아직 천 리를 거뜬히 오갈 정도로 건강합니다. 다만 전 오늘 여러분께 제가 지금까지 말하지 않고 있던 것을 얘기할까 합니다. 사실 많은 고민을 했었습니다. 그러나 이제는 말씀드리는 것이 좋을 것 같기에……."

"하하, 무슨 비밀이 있기에 평소의 형님답지 않게 고민을 하십니까? 이 독고 아우가 형님의 고민을 시원하게 풀어드리겠으니 어서 말씀해 보십시오."

같은 이마의 한 사람으로 혁무량과 의형제를 맺은 독고신검이 가슴까지 내려와 앞섶을 가리고 있던 붉은색 망토를 힘차게 걷어붙이고는 자신의 가슴을 두드리며 혁무량의 앞에 섰다.

"음… 아우의 말은 고맙네. 하지만 이것은 자네 혼자만으론 해결될 문제가 아니라네."

"……?"

"혁 시주, 도대체 무슨 말씀을 하려고 그러시는지 모르겠습니다. 그렇게 고민하지 마시고 속 시원히 얘기해 주십시오."

"그렇습니다. 다른 사람이라견 모르겠지만 우리가 허물없이 만난 것이 얼마나 됩니까? 그 많은 세월이 저는 허송세월로 보낸 것이 아니라 믿습니다."

천승검 현원덕호의 진심이 담겨 있는 말에 그동안 많은 고민에도 결론을 내지 못하고 있던 혁무량은 미미하게 고개를 끄덕였다.

'그렇지. 우리가 서로 알고 지낸 것이 벌써 이십오 년이 넘어가는데 비록 내 출신이 그곳이라고 이해해 주지 못하겠는가? 그래, 또한 이해해 주지 않으면 또 어떤가! 어차피 무공으로 도를 알아가는 것이 무림

인인데……. 지금은 모르더라도 나중엔 하나의 이상을 추구한다는 것을 나는 알고 있지 않은가…….'

"……?"

혁무량은 그동안 갈피를 잡지 못하고 있던 생각을 정리할 수 있었다. 이제 아무런 망설임 없이 자신의 비밀을 공개할 수 있을 정도로 자신의 마음가짐을 단단히 한 것이다.

정과 사를 떠나 세인들에게 어떻게 비춰지든 상관하지 않고 오랜 우정을 맺어오던 다섯 명의 고수들. 그러나 한 명의 심상치 않은 행동과 의미심장한 말에서 네 명은 동시에 무언가 자신의 가슴을 죄여오는 불안감을 느끼고 있었다.

비록 혁무량이 무엇을 하는지 자세히 알고 있지는 않았지만 진정한 무인의 기상을 지니고 있는 혁무량은 네 사람이 지니지 못한 정심한 마음을 지니고 있었다. 그래서 더욱 불안한 것인지도 몰랐다.

"오늘 난 여러 친우들에게 내가 지금까지 말하지 못한 한 가지 비밀을 말하려고 합니다. 사실 처음 만났을 때 공개했어야 했는데, 후후… 그것이 쉽지가 않았습니다. 굳이 비밀로 하지 않아도 되었을 것인데 내가 그렇게 하지 못한 것은 소심해서인지, 아니면 나 자신에 대한 믿음이 없어서 그랬는지도 모르지만……."

"음……."

"……?"

"그러나 이젠 말해야만 할 것 같습니다. 이젠 더 이상 여러분들을 속이고 싶지 않으니까 말입니다. 음… 여러분들도 사백년 전 마교에 대해서 알고 계실 겁니다. 마교, 마교 말입니다."

"응? 형님, 마교는 왜……?"

"아니, 혁 시주, 마교는 무엇 때문에 들먹이는가? 마교는 이미 사백 년 전에 정사연합맹에 의해 붕괴되지 않았는가? 그런데 왜……?"

"허, 무량수불……!"

"그, 그럼… 혁 형께서……?"

"혀, 형님! 설, 설마… 설가 형님께서 마교는 아니겠지요? 그렇지요?"

"음……."

독고신검의 마지막 말, 그에 따라 고개를 힘없이 끄덕이는 혁무량.

네 사람은 깜짝 놀랐다. 지금까지 한 번도 생각하지 못했던 사실을 알게 되었다는 것에 더욱 놀라움을 감출 수가 없었던 것이다.

혁무량의 말을 들으면서 설마 하는 마음은 있었지만 그래도 아닐 것 이란 일말의 믿음을 가지고 있었다. 하지만 그러한 독고신검의 믿음이 혁무량의 시인으로 한순간에 무너진 것이다. 이제 모든 것이 명확해진 것이다.

"혀, 혁 시주, 정말 시주가 마교인이란 말인가? 마교는 이미 멸망한 것으로 알고 있는데 어찌……?"

"그건 말도 안 되는 소리입니다. 형님께서 잔악하기 그지없는 마교 인일 수 없습니다. 그건 제가 압니다. 어서 사실을 말씀해 주십시오."

"혁 형, 어서 사실을 말씀해 주십시오. 제가 아는 혁 형은 광명정대(光明正大)한 분입니다. 그런데 어찌 마교인일 수가 있다는 말씀입니까? 어서요, 어서!"

"무량수불……!"

네 사람은 도저히 믿을 수가 없었다. 그에 재차 확인해 보아도 혁무량의 반응은 매번 똑같았다. 네 사람의 성의를 보아서라도 고개를 가

로저을 수도 있으련만 혁무량은 그들의 성의를 무참히 짓밟으면서 고
개를 끄덕일 뿐이었다.

"독고 아우, 아우에겐 정말 미안하네. 하지만 이 형은 마교인일세.
그것도 마교의 일반 무인이 아니라 교주라네. 미안하이."

"그, 그럴 리가……?"

독고신검은 정신이 멍해지면서 현기증이 나 도저히 서 있을 수가 없
었다. 그에 자신이 서 있던 바닥에 털퍼덕 주저앉았다. 그러한 것은 나
머지 세 사람도 비슷했다. 도저히 다리에 힘이 빠져 제대로 서 있을 수
가 없었던 것이다.

무공을 익힌 무림인으로서 다리에 힘이 빠져 서 있을 수 없다는 것
은 있을 수도 없는 일이었다. 하물며 중원 최고의 고수라는 삼성과 이
마, 지금 그들의 모습은 무림인의 모습이 아니었다. 일반적인 범인의
모습인 것이다. 그 정도로 네 사람에게 혁무량의 발언은 충격으로 받
아들여지고 있었다.

"음… 아미타불……. 혁 시주, 빈승은 도저히 믿지 못하겠네. 빈승
이 알고 있는 마교의 교주는 무공을 익힐 수가 없다고 들었네. 마교의
정신적 지주가 바로 교주이고 힘을 상징하는 것은 대종사가 아니던가?
그런데 혁 시주는 무공을 지니고 있네. 그것도 초상승의 무공을 말이
야. 이것을 해명해 보게. 그렇지 않고서는 도저히 그 말을 믿을 수가
없네."

"그, 그렇습니다, 형님. 어서 해명해 보십시오."

"대사의 말씀이 맞습니다. 삼백오십 년 전까지는 그랬습니다. 하지
만 지금은 아닙니다. 현재 모든 마교인들은 남녀노소를 불문하고 무공
을 배우고 있습니다. 그러한 것은 교주 또한 마찬가지입니다."

"허… 아미타불……!'

"무량수불……!"

"그, 그럴 리가……?

"음…….'

이제 혁무량의 말을 믿지 않을 수 없게 되었다. 아무리 네 사람이 사실이 아니라고 우겨도 혁무량의 말은 사실인 것이다. 명백한 사실!

"무량수불! 혁 도우, 혁 도우는 왜 지금에서야 그러한 사실을 우리들에게 알리는 것입니까? 오늘 우리에게 말하지 않았다면 모르고 지나쳤을 수도 있지 않습니까?'

"그렇습니다. 어찌 지금에서야 그러한 말을 한 것입니까?'

"…….'

네 사람은 혁무량의 얼굴을 타라보았다. 고민에 휩싸여 있는 혁무량의 모습. 차마 네 사람이 보기 안쓰러울 정도로 일그러져 있었다. 평소에 볼 수 없는 모습이었다.

"사실 저는 얼마 전에 하나의 깨달음을 얻었습니다. 아마 그것이 크게 작용하지 않았나 합니다."

"……?'

"여러분들도 마교의 무공에 대해 알고 계실 것입니다. 마교의 무공, 확실히 정도를 추구하는 무공은 아닙니다. 그렇다고 좌도방문은 결코 아닙니다. 그러나 한 번 시전되면 피를 마셔야만 한다는 것은 사실입니다. 마도인으로서 한 번 검을 뽑은 이상 그에 합당한 대가를 상대에게 받아야 한다는 규정이 있기에 그리된 것이지만 말입니다. 그러나 정도든 흑도든 무공을 배우며 추구하는 것은 모두 마찬가지였습니다. 그 극의는 똑같다는 말입니다. 저는 그것을 깨달았습니다. 그에 사백

년 전의 혈사(血事)가 있었다고 해도 그것은 선조들의 몫이고 현재는
모든 것이 제자리를 찾을 수도 있을 것이라 생각한 것입니다. 그래서
여러분께 말씀드리게 된 것입니다. 이제 더 이상은 그런 일이 일어나
지 않게 말입니다.”

“음…….”

“…….”

혁무량의 말에 네 사람은 수심에 빠져들었다. 혁무량이 무슨 의도를
가지고 지금에서야 말을 하게 된 것인지 짐작할 수 있기 때문이다. 그
러나 있을 수 없는 일이었다. 다른 것이라면 몰라도 강호에 몸담고 있
는 무림인으로서 마교나 마교와 관계된 것에 대한 것은 도저히 용납할
수 없는 죄악이었다.

“그건 있을 수 없는 일이네, 혁 시주. 혁 시주가 말하려는 것이 무엇
인지 알겠지만 그것은 받아들이기 힘든 일이라네. 마교는… 마교는 아
니라네. 아미타불.”

“…….”

“어째서입니까? 어째서지요? 사백 년 전, 그 악몽(惡夢) 같은 혈사가
벌어진 그때부터 지금까지 가장 많은 피해를 입은 것은 마교입니다.
그런 마교가 모든 것을 잊겠다고 하는데 왜 안 된다는 것입니까? 왜입
니까?”

“음… 무량수불……!”

“혁 시주, 그날의 혈사로 인해 피해를 본 것은 마교뿐만이 아닙니다.
모든 무림인이 함께 피해를 입었습니다. 그러니 그 원한이 오죽하겠습
니까? 비록 원한이 몇백 년을 계승되는 것은 빈승도 원하는 것이 아니
지만 무림이란 것이, 강호라는 것이 그것을 용납하고 있습니다. 무림

인으로서 원한이란 대대로 이어져 내려오는 것입니다. 혁 시주께서도 그러한 것을 잘 알고 계시지 않습니까? 아미타불……."

"음……."

"……."

혜정 대사를 제외한 세 사람, 그들은 혁무량과 혜정 대사 간의 대화에 끼어들 수가 없었다. 당시 가장 큰 피해를 본 곳이 마교와 소림이었기 때문이다. 그런데 소림을 대표하는 혜정 대사가 원한을 끊을 수 없다고 하는데 당사자가 아닌 세 사람이 무슨 말을 하겠는가? 세 사람은 조용히 두 사람의 대화를 경청할 뿐이었다.

"원한이라……. 대사, 그렇다면 그 원한은 영원히 끊기지 않을 것입니다. 앞으로도 수많은 피를 더 흘리게 될 것이란 말입니다. 마교의 무사들은 제가 충분히 설득할 수 있습니다. 원한의 종지부를 찍고 새롭게 시작하자고 말입니다. 그러니……."

"허허, 혁 시주께선 빈승을 너무 높게 보시고 계십니다. 혁 시주께서도 아시겠지만 빈승에겐 전 무림인을 설득할 힘이 없습니다. 하다못해 빈승이 기거하는 소림도 어찌하지 못하는데 어찌 전 무림인을 상대로 혁 시주의 말을 증명하겠습니까? 음……."

"허……."

혁무량은 혜정 대사의 말에 힘없이 고개를 끄덕일 수밖에 없었다.

아무리 소림이 무림을 영도하는 대문파라고 하지만 그것은 어디까지나 유구한 역사와 백성들과 무림인들의 불심으로 만들어진 것이었다. 소림 스스로의 능력도 능력이지만 그것을 믿고 따라주는 무림인들이 있었기에 가능한 일이었던 것이다.

혜정 대사의 의지가 아니더라도 소림은 다른 무림세가들을 외면할 수가 없는 입장이었다. 그것이 마교에 관한 일이라면 더욱더 그러했다. 그것은 마교나 무림, 그 둘 중 하나가 영원히 사라지지 않고서는 벗어날 수 없는 업보의 수레바퀴 같은 것이었다.

"그렇다면 묻겠습니다. 과연 무공이란 무엇입니까? 무공의 극의란 무엇입니까? 그리고 무공을 익히는 무림인이란 도대체 어떤 자들이란 말입니까?"

"허허, 그건 혁 시주께서 빈승보다 더 잘 알고 계시지 않습니까?"

"그렇습니다. 제가 알고 있는 무공은 도를 이루기 위한 길이고 방법입니다. 또한 무림인들은 무공을 익히며 도를 추구하고 그러한 과정에서 현세의 고난과 역경을 이겨내는 것을 목표로 삼고 살아가는 사람들입니다. 하지만 무공은 극의에 다다를수록 정과 사가 없습니다. 모두 하나를 향해 이르는 것이란 말입니다."

"음……."

혜정 대사는 혁무량의 말에 반박할 수가 없었다. 그것은 자신뿐만 아니라 다른 세 사람도 알고 있는 것이기 때문이었다. 하지만 그 극의에 이르는 방법이 문제였다. 정도를 걷느냐, 아니면 사도의 길을 걷느냐에 따라 불거진 분쟁이 끝내는 참혹한 혈사를 불러일으켰던 것이다.

"대사, 어차피 원인이 불분명한 세력 다툼이었는데 군이 그 끝을 보길 원하시는 것입니까? 그 결과가 어떠한지 잘 알고 계시면서 말입니다."

"음……."

혜정 대사는 혁무량의 말에 깊은 침음을 토해냈다.

혁무량은 고수였다. 그것도 어쩌면 혜정 대사 혼자서는 감당할 수 없을 정도로 엄청난 고수일지 모른다. 하물며 대외적으로 마교엔 교주

보다 더 우위에 있는 고수가 자리하고 있다. 바로 대종사였다. 마교에 있어서 대종사는 힘의 상징이요 표상인 것이다. 혁무량과 같은 초극의 고수를 배출한 마교라면 틀림없이 악의 상징인 대종사도 존재할 것이다. 그러한 것을 혜정 대사는 잘 알고 있었다. 영원히 베일어 싸인 존재, 하지만 현존하고 있다는 것을 믿어 의심할 수 없는 존재, 그것이 마교의 대종사인 것이다.

"혁 시주, 혁 시주가 빈승에게 말하고자 하는 것이 무엇인지 잘 알겠습니다. 혁 시주의 말을 들어보니 지금의 마교는 그 언젠가를 위해서 사백 년 동안 힘을 비축하고 있었군요. 당시 마교의 무공을 기록해 놓은 비급을 한 권도 찾을 수 없었다고 전해지니 아마 당시의 구공이 지금의 마교인들에게 고스란히 전수되었을 것입니다. 당시엔 마교가 전멸을 당하였다 하여 비급들도 모두 파괴되거나 사장되었다고 기록되어 있었는데 사실은 그것이 아니었군요."

공산의 정상엔 싸늘한 바람이 불어왔다. 한낮인데도 다섯 사람의 착잡한 심정을 대변해 주듯 서서히 눈보라가 날리기 시작한 것이다.

"그렇습니다. 어찌 보면 지금의 마교는 전성기를 구가하고 있습니다. 그만큼 무공도 변화를 했고 말입니다. 전 지금의 무림을 너무나도 잘 알고 있습니다. 지금의 무림은 송나라가 멸망하고 원나라가 들어서면서 혼란을 맞이하고 있습니다. 무공도 예전과 비교해 볼 때 어느 정도 격차가 나고 있습니다. 만약 이러한 시점에 우리 마교가 활동을 개시한다면, 그렇게 되면 무림은 다시 한 번 피로 얼룩지게 될 것입니다."

"음……."

"허, 무량수불……!"

“…….”

“저는 그러한 것을 원하지 않습니다. 제가 무림에서 활동한 삼십오 년, 그리고 독고 아우와 여러분들을 만난 이십오 년, 전 강호를 사랑하게 되었습니다. 강호가 피로 얼룩지는 것은 차마 두고 볼 수가 없습니다. 제발… 대사, 마교를 인정해 주십시오. 무림이… 아니, 소림이 마교를 하나의 무림 문파로 인정만 해주시면 우리 마교는 더 이상 피를 보지 않을 것입니다. 그것은 제가 그렇게 할 것이니 제발……!”

“음…….”

혜정 대사는 혁무량의 간절한 절규를 들으면서 회색으로 물들기 시작하는 하늘을 바라보았다.

‘아… 어찌해야 한단 말인가? 석사세존이시여, 이 불쌍한 중생은 어찌해야만 한단 말입니까? 아미타불…….’

혜정 대사는 고뇌에 휩싸여 쉽게 헤어나지 못하고 있었다. 자신의 말 한마디에 소림이 무림에서 제명될 수도 있는 심각한 상황에 직면해 있었기 때문이다. 마교를 인정하고 받아들이는 것, 그것은 전 무림을 배신하는 것이며 소림이 영원히 제명되는 사태로까지 전개될 수도 있었기 때문이다.

“혁 시주, 빈승은 더 이상 드릴 말이 없습니다. 그것이 지금 빈승이 할 수 있는 최선이 답입니다. 아미타불…….”

“음… 대사, 세상엔 이러한 말이 있습니다. 세상을 뒤엎을 만한 큰 공도 자랑한다면 긍(矜) 자 하나를 당해내지 못하고 하늘을 덮을 정도의 큰 죄를 지어도 회(悔) 자 하나를 당하지 못한다는 말입니다. 제가 마교인으로서 무림과 소림에 사죄하겠다는데도 그것이 정녕 받아들여지지 않는단 말입니까?”

“음…….”

혜정 대사는 혁무량의 비음을 들으면서 고개를 가로저었다. 아무리 생각해도 자신이 평생을 믿고 살아온 신념을 한순간의 정으로 저버릴 수가 없었던 것이다.

혜정 대사는 혁무량과의 우정보다 소림을 택한 것이다. 자신이 사물을 분별할 수 있을 때부터 몸담고 자라온 소림. 예전엔 미처 느끼지 못하고 지내왔지만 혜정 대사에게 소림은 너무나 큰 존재로 가슴 깊이 자리 잡고 있었던 것이다.

이제 모든 것이 정해졌다. 마교와 무림, 그 영원한 평행선은 한순간 교차점을 향해 질주하는 듯했지만 혜정 대사의 힘겨운 결정으로 인해 모든 것이 사백 년 전 분쟁의 씨앗이 잉태된 원점으로 다시 돌아간 것이다.

“크하하하하! 대사! 정녕 사백 년 전과 같이 피를 보려 하십니까? 정녕 그러한 것입니까?”

“음… 혁 시주…….”

“무량수불…….”

“혀, 형님! 그러시면 안됩니다! 제발! 제발 이성을 찾으십시오!”

“혁 형, 멈추십시오! 그러시면……!”

“크하하하! 혜정 대사! 소림의 그 알량한 명예로, 그 잘난 명예로 어디 이 천한 마교도의 겁을 받아보시지요!”

쉽지 않다는 것은 알고 있었지만 막상 믿고 있었던 혜정 대사로부터 통탄할 만한 충격을 받은 혁무량은 자신의 모든 내공을 끌어올려 천마검(天魔劍)에 주입하기 시작했다.

“하앗! 천마무상검(天魔無上劍)!”

혁무량은 천마무극심공(天魔無極心功)을 운용하며 마교가 자랑하는 삼대검공 중 수위를 차지하고 있는 천마무상검법을 혜정 대사를 향해 시전했다. 드디어 벌어지지 말아야만 할 상황이 일어난 것이다. 무림의 비사요 통탄할 만한 사건은 그렇게 발생한 것이다.

쾅! 콰르르르! 쾅! 쾅!

혁무량의 천마무상검은 무서운 굉음을 내며 혜정 대사를 향해 덮쳐들었다. 이미 사방은 눈보라를 동반한 매서운 폭풍으로 보통 범인이라면 서 있을 수조차 없을 정도로 기후가 급변한 상황이었다. 하지만 천마무상검이 발하는 천마신강(天魔神罡)은 주위의 기운을 공허하게 만들어놓으며 회색 빛 하늘을 암흑으로 몰아가고 있었다.

"헛! 대반야금강공(大般若金剛功)! 수미불면장(須彌佛面掌)!"

"하앗! 태극신강(太極神罡)! 태극검강(太極劍罡)!"

"이런, 천승무의신공(天乘無意神功)! 천승무의검강(天乘無意劍罡)!"

"혀, 형님! 안 돼! 안… 돼……!"

무섭게 회전하는 가운데 빠른 속도로 주변의 공기를 흡입하면서 혜정 대사를 향해 쇄도하는 혁무량의 검공.

혁무량의 가공할 만한 검공에 발악이라도 하듯 혜정 대사는 깜짝 놀란 가운데 검공을 막기 위해 혼신의 힘을 다한 일격을 가했다. 그리고 상황이 점점 심각해지는 것을 온몸으로 느끼고 있던 삼풍진인과 천승검 현원덕호가 혜정 대사를 보호하기 위해 혁무량과 검을 섞기 위해 합세했다.

콰르르르! 쾅! 쾅! 쾅!

하얀 설산(雪山)을 연상시키던 공산의 정상.

네 명의 초고수가 시전하는 천번지복(天飜地覆)할 만한 무공의 위력

앞에 자연의 위대함도 어찌하지 못하겠는지 하얀 설화(雪花)가 정상에
서부터 점점 허물어지고 있었다.

"으윽! 으웩!"

"으… 아, 아미타불!"

"헛! 음……."

"음, 무량수불…."

회색 빛 하늘을 검게 물들이던 혁무량의 검세가 하얀 눈보라에 깨끗
이 씻겨 나간 듯 무섭게 몰아치던 검공은 세 명의 고수가 펼친 무공 앞
에 그 자취를 찾아볼 수 없었다.

"크하하하! 이제야 그대들의 진심을 알게 되었다! 소위 정파라고 하
는 자들의 위선을 말이다! 하하하! 언제고 다시 돌아올 것이다! 그대들
이 살아 있는 향후 백 년 안에 꼭 돌아올 것이다! 그때를 잊어버리지
말아라! 기필코 돌아올 것이다! 크하하하!"

"혀, 형님! 형… 님……!"

"음……."

힘은 산을 뽑고 기운이 세상을 덮어도,
시운이 불리하니 추도 달리지 않는구나.
추가 달리지 않으니 어찌하리.
우야, 우야, 너는 어찌하리.

상황이 불리함을 알고 뛰어내렸는지, 아니면 더 이상 오래된 친우들
과 검을 섞고 싶지 않아서 그랬는지 혁무량은 허물어져 가는 눈보라와
함께 모습을 감추어 버렸다.

그러나 정상에 우뚝 서 있는 네 사람은 혁무량이 죽지 않았다는 것을 알고 있었다. 멀리 눈보라 속에서 옛 항우(項羽)의 시가 울려 퍼지고 있었기 때문이다.

'아, 형님께서 이 못난 아우를 걱정하고 계시구나, 이 못난 아우를……'

한 나라 병사는 이미 땅을 빼앗고,
들리느니 사방에 초나라 노래로다.
대왕의 의기가 다했거니,
천한 첩이 어찌 삶을 원하리요.

"형님, 이 독고신검, 형님이 오시는 그날을 손꼽아 기다리겠습니다. 부디… 부디 건강한 모습으로 이 아우를 찾아오십시오, 형님!"
"헛! 도, 독고 시주……!"
"음… 무량수불……!"
"……"
독고신검은 혁무량의 애틋한 심정이 담긴 시에 화답하면서 산 정상을 바람과 같이 내달렸다. 비록 지금은 혜정 대사를 미워하고 세상을 한탄하며 중원으로 돌아가는 것이지만 훗날 혁무량이 돌아오면 오늘의 일을 잊지 않겠다는 굳은 의지가 담긴 한마디를 남기고 산을 내려간 것이다.
세 사람은 씁쓸한 심정을 어찌할 수가 없었다. 이미 상황은 엎질러진 물과 같아 아무리 후회하며 안타까워해도 되돌릴 수가 없었기에 훗날이 더욱 불안했던 것이다.

심하다고 말할 수 없지만 혁무량이 세 명의 합공으로 인해 부상을 당했다는 것을 알고 있었다. 세 사람은 지금이라도 혁무량을 추격하여 목숨을 끊어놓을 수 있지만 그렇게 하지 않았다. 오랜 친우로서 마지막 배려를 하고 싶은 마음에 그 누구도 선뜻 추격에 나서는 사람이 없었던 것이다.

"무량수불… 대사, 이제 그만 내려가십시다."

"예, 진인의 말씀대로 따르지요. 비록 오늘의 일로 말미암아 오래된 지기를 잃기는 했지만 대사의 신념이 바르다면 저는 옳은 것이라 생각합니다. 그러니 그만 마음을 진정시키시지요."

"아… 석사세존이시여, 이 중생은 어찌하란 말씀이십니까? 아미타불……."

그렇게 세 사람은 공산의 정상을 떠나왔다.

사람의 발길이 닿지 않았던 곳, 그곳엔 다섯 사람을 제외하고는 그 누구도 알지 못하는 비사가 간직되어 있었다. 당시 그 자리에 있었던 다섯 명이 함구(緘口)하는 한 세상엔 그러한 일이 있었는지조차 모를 것이다. 영원히…….

하지만 그날의 회합 이후 강호엔 혁무량이 마교도였다는 소문이 파다하게 퍼졌다. 또한 마교가 어디에 위치하고 있는지도 세상에 알려진 것이다. 삼성과 이마, 그 어느 누구도 이러한 사실을 세상에 공표하지 않았는데 세상엔 이미 혁무량과 마교에 대한 소문이 꼬리에 꼬리를 물로 중원 전역으로 퍼진 것이다.

중원무림은 불안과 공포에 휩싸였다. 혁무량이 말한 백 년의 약속. 그것이 과연 진실인가에 대한 명확한 확답이 없었기에 세간의 관심이 집중된 것이다. 그러나 오십 년이 흐르고 한 세대가 바뀌면서 혁무량에 대한 소문도 잠잠해졌다. 언제 공포에 휩싸였는지 모를 정도로 중원무림엔 활기가 넘쳐 나기 시작한 것이다. 원나라의 탄압에 불복하며 일어난 거센 반원(反元) 세력으로……

'허허, 지금 생각해 보아도 모르겠구나. 어떻게 혁 도우에 대한 소문이 중원 전역으로 퍼졌을까? 음……'

잠시 옛 생각에 빠져 있던 삼풍진인은 자신이 머물고 있는 시간대로 간신히 사념을 옮겨올 수 있었다. 그러나 매번 그날의 일을 생각하면 씁쓸한 심정을 달랠 길이 없었다. 백팔십 성상을 살아오면서 그날처럼 기억에 남는 날도 없었고 혁무량처럼 다시 한 번 보고 싶은 얼굴도 없었기에 더욱 가슴이 아픈 것이다.

'허, 아직도 마음을 비우지 못하고 있었던가? 무량수불……'

"진인, 무엇을 그리 깊게 생각하고 계셨습니까? 제가 벌써 세 번을 불렀는데도 못 들으셨습니다."

"웅? 허허, 이거 몸이 늙으니 마음도 늙은 것 같습니다. 무량수불……"

삼풍진인은 혜정 대사의 농담에 이끌려 움직이며 그날의 기억들을 밤 공기와 함께 안개 속으로 흩어놓았다. 이젠 기억 속에서조차 희미해져 버린 미련이기에 삼풍진인은 애써 자연 속으로 그날의 기억들을 돌려보내는 것이다.

"진인, 자리가 마련되었느니 어서 앉으시지요. 저는 그 기운을 찾아 이곳으로 불러들이도록 하겠습니다."

삼풍진인이 옛 생각에 빠져 있을 때 혜정 대사는 주변에 있는 큼지막한 바위를 골라 관음청강수(觀音靑剛手)를 시전하여 세 개로 반듯하게 자랐다. 그런 후 세 경이 마주 보고 앉을 수 있도록 품 자 형으로 배치한 후 반선수(盤禪袖)를 사용하여 앉는 사람이 편한함을 느낄 수 있도록 깨끗하게 정리해 좋은 상태였다. 삼풍진인에 대한 성의를 조금이나마 표시한 것이다.

"허허, 그렇게 하십시오. 무량수불……."

"예, 이미 인시경이 다 되어가니 경비를 서고 있는 병사들도 지쳐 있을 것입니다. 그리고 이곳 경비는 황궁이라 생각할 수 없을 정도로 허술하니 오늘의 일은 잘될 것 같습니다. 허허, 아마 석사세존께서 보잘 것없는 중생을 보살펴 주시나 봅니다. 아미타불……."

"허허허……."

혜정 대사는 삼풍진인에게 고개를 한 번 끄덕이고는 자신의 자리에 앉아서는 합장했다. 세상을 뒤엎을 만한 암흑의 기운을 불러내기 위해 사념을 버리고 불심을 일으키기 위함이었다.

'이곳으로 오게 될 사람이 누굴까? 내가 생각하는 것처럼 력 시주일까? 아, 아닐 것이다. 력 시주의 기운은 이처럼 사악하지 않았다. 그렇다면 과연 누구란 말인가? 혹 마교의 대종사가 아닐까? 그래, 그럴지도…….'

만약 자신의 부름에 이끌려 이곳으로 오게 될 사람이 마교의 대종사라면 악의 씨를 제거한다는 일념으로 결전을 벌이겠다고 다짐한 혜정 대사는 조용히 눈을 감았다. 대반야금강공(大般若金剛功)과 무상대능력(無上大能力)을 함께 일으켜 마기가 반응하도록 하기 위함이었다.

혜정 대사의 몸에서 아지랑이 같은 금광이 서서히 일렁이기 시작했다. 마치 짙은 안개 속에서 항해하는 선박들을 안전하게 인도하는 등대마냥 혜정 대사의 몸은 안개 속에서 하나의 등불이 되어가고 있었다.

넓은 침상이 자리하고 있는 곳. 호열은 침상이 좁다 하고 이리 뒤척이고 저리 뒤척이며 오랜만에 단잠을 자고 있었다. 그토록 기다리던 비급이 도착했기에 아무리 늦어도 내일 오후부터는 황궁 서고에 들어 비급들을 볼 수 있었기 때문이다.

"음냐, 음냐… 비급… 내 비급……."

얼마나 비급을 보고 싶었으면 평생 하지 않던 잠꼬대까지 하고 있는 호열이었다. 그만큼 비급에 대한 간절한 마음이 자신도 모르게 잠꼬대로 표출되고 있는 것이다.

"음냐… 비급아, 왜 이제야 왔느냐? 음… 응? 어디를 가느냐? 비급아, 어디를 가느냐……? 이리 오너라, 이리… 헉!"

그리 좋지만은 않은 꿈을 꾸었는지 호열은 오랜만에 이마에 식은땀을 흘리며 잠에서 깨어났다.

"이건 도대체… 내가 무슨 꿈을 꾼 거지? 비급이 내 손을 벗어나다니? 악몽인가? 음……."

호열은 옆에 놓여져 있는 물병을 집어 들었다. 식은땀을 흘려서 그런지 목이 말랐던 것이다.

호열은 물잔에 물을 따르지도 않고 병째 들이마셨다. 그러나 그것도 양이 차지 않는지 호열은 침상에서 일어나 의자에 앉은 후 병의 물을 얼굴로 들이부었다. 심란해진 마음을 추스르고 정신을 맑게 하기 위해 취한 행동이었다.

"휴~ 살다 보니 별 해괴한 꿈을 다 꾸는구만. 내 몸이 허해졌나?"

―이리로 오라. 이쪽으로 오라. 그대를 기다리고 있으니 이리로 오라…….

"응? 뭐지? 누가 날 부르나……?"

―이리로 오라. 이쪽으로 오라……. 그대와 할 얘기가 있으니 어서 오라…….

"뭐야? 누가 날 부르그 있는 건가?"

호열은 정신이 하나도 없었다. 분명 자신을 부르고 있는 것 같은데 아무리 주변을 두리번거리고 살펴보아도 보이는 건 칠흑 같은 어둠뿐이었다.

"귀, 귀신인가? 그, 그렇지 않고선……."

―이리로 오라. 이쪽으로 오라……. 그대의 기운을 느낄 수 있다. 어서 밖으로 나오너라…….

"도대체 어느 안전이라고 이런 장난질을 치는 것이냐? 누구냐? 누가 있어, 윽! 으… 뭐, 뭐지? 이, 이건……?"

호열은 자신의 가슴을 쥐어짜며 자리에서 일어나기 위해 안간힘을 썼다. 무슨 일이 있었는지 그동안 잠잠했던 마기가 다시 요동 치기 시작한 것이다.

"어, 어떻게 된 일이지? 왜 갑자기……? 윽! 으… 도대체, 도대체 왜……?"

'헉! 헉! 이건 무언가 잘못되었다. 잘못돼도 한참 잘못되고 있어. 간신히 억눌러 놓은 것이 왜 이 밤중에 요동 친단 말인가? 그렇다면 그 환청도 이 녀석이 낸 것인가? 그, 그럴 리가……?

호열은 자신이 지금 무슨 생각을 하고 있는지, 얼마나 터무니없는 생각을 하고 있는지 새삼 깨달고는 자신의 머리를 주먹으로 쥐어박았다. 하지만 무언가 꺼림칙한 느낌을 지울 수가 없었다. 도무지 그 원인을 알 수 없는 환청이 어디서부터 비롯된 것인지 궁금증이 일었던 것이다.

하지만 금방 환청에 대한 궁금증을 접어버렸다. 자신이 들은 환청, 그것은 꿈을 꾸며 들었던 것이라 치부한 것이다. 꿈속에서 들은 것을 어찌 현세에서 알아볼 수 있겠는가?

"제길, 정말 오늘 하루 더러운 날이 되겠구나. 아직 해가 뜨려면 한참이나 남았는데, 오랜만에 잠 좀 편안하게 자려고 하는데 이런 꼭두새벽에 잠이 깨다니……. 제기랄!"

—이리로 오라. 이쪽으로 오라……. 그대의 기운을 느낄 수 있다. 어서 밖으로 나오너라…….

"헉! 저, 정말 뭐야? 어찌 이런 일이? 정말 귀신이란 말인가? 윽! 이… 저 소리였어! 맞아! 확실해! 으… 어떤 빌어먹을 귀신이 내게 이 따위 짓을 한단 말인가? 내게 무슨 억하심정이 있기에……."

—이리로 오라. 이쪽으로 오라……. 그대의 기운을 느낄 수 있다. 어서 밖으로 나오너라…….

"윽! 제길! 알았다, 이놈의 귀신! 도망가지 말고 있어라! 감히 내 성질을 건드리다니……!"

자색(紫色)의 무복으로 갈아입고 대강 머리를 손질한 호열은 그동안 한 번도 손대지 않았던 자신의 애검을 향해 천천히 손을 가져갔다.

철혈검(鐵血劍).

황제가 친히 하사한 검으로 이백여 번을 두드리고 재련(再鍊)하면 충분할 검을 오천 번을 넘게 두드린 것도 아닌 제련을 해서 만든 검이었다. 황궁에서도 쉽게 볼 수 없을 정도로 귀해서 그런지, 아니면 검을 만드는 철 자체의 재질이 달라서 그런지 모두 다섯 자루만이 세상에 그 빛을 내뿜었을 뿐이다. 한마디로 보검 중에서도 보검인 것이다.

우선 첫 번째 검은 벽혈검(碧血劍)으로 황제가 자신의 안위를 보살피기 위해 불철주야(不撤晝夜) 고생하는 금의위 손 도독에게 하사한 것이고 두 번째는 바로 호혈이 지니고 있는 철혈검이었다. 그리고 세 번째 금룡검(金龍劍)은 이번에 새롭게 창단한 금위금룡부의 제독 선혜 공주에게 주어졌다.

황궁에서 만들어진 총 다섯 자루의 검들 중 세 자루는 이미 그 주인을 찾아갔다. 그러나 나머지 두 자루는 황궁에서도 그 행방이 묘연했다. 아니, 두 자루 모두 누가 지니고 있는지 확실히 알고 있었다. 그러나 그것을 찾기란 거의 불가능했다.

하나는 바로 현 황제인 영락제의 조카이자 선황제였던 건문제 주윤문이 황궁에서 제일 처음 만들어졌다 알려진 제황검(帝皇劍)을 지니고 도피한 것이다. 비록 세간엔 불에 타서 죽은 것으로 되어 있지만 영락제를 비롯한 대신들은 그가 아직 살아 있다는 것을 알고 있었다. 건문제의 시체로 여겨졌던 것은 바로 건문제를 옆에서 끝까지 시중들던 환관이었기에…….

그리고 마지막 하나는 전란의 외중에 잃어버린 영락제의 둘째 황자 주고명, 그가 고혼검(孤魂劍)을 지닌 채 어디에 있는지 행방불명되었다. 이렇게 황궁오대보검은 황제가 직접 하사한 것으로 황실을 수호하는 군부의 최고 권력자이거나 아니면 그에 상응하는 권력을 지닌 종친들만이 지닐 수 있는 검이었기에 그 가치만도 무림팔대보검에 결코 뒤지지 않았다.

"제길, 이거라도 가지고 나가야겠다. 도대체 어떤 녀석이기에 겁도 없이 이 밤중에 황궁에서 날 불러? 아니지. 정말로 귀신이니까 이 밤중에 돌아다닐지도……."

　귀찮지만 만약을 위해 검을 쥐고는 그것을 허리에 붙들어 매기 위해 이리 대보고 저리 대보며 가장 편안하다고 생각되는 자세를 취해보았다.

　"제길, 이건 왜 이렇게 긴 거야? 오랜만에 허리에 차줄려고 했는데… 이거 이 녀석이 거부를 하는구먼. 뭐, 하는 수 없지. 이렇게라도 가지고 가야겠다. 후후."

　황궁의 누군가가 본다면 입에 게거품을 물고 난리를 쳤을 정도의 일을 아무렇지 않게 행하는 호열이었다.

　호열에게 있어 황제가 준 보검은 보검으로서 자신의 역할을 충실히 수행하고 싶어도 할 수 없었다. 보검으로 활용해야 할 호열이 철혈검을 보검으로 여기지 않고 있었기 때문이다. 이러한 일이 가능한 것은 가뜩이나 수중에 무언가를 가지고 다니기 싫어하는 호열의 성격이 가장 주요하게 작용했다.

　다른 검들보다 한 자 정도 긴 네 자 길이의 철혈검은 흑색 일변의 검집에 보석으로 장식된 적룡(赤龍)의 형상 때문인지 그 외형적 아름다움과 검신(劍身)지체의 특이함 때문에 호열에게 있어 지금까지 그저 장식품으로 치부되고 있었다.

　보통의 검은 세 자 정도의 길이를 지닌다. 그러나 실제로 세상에 나오는 것들은 보통의 검보다 좀 더 긴 것도 많았다. 사용자의 신체적 특성에 맞추어 주문, 제작되는 검들도 있었기 때문이다. 하지만 주문, 제작된 검의 길이가 아무리 길어도 세 자 반 이상을 넘어서는 것은 드물었다. 검이 아무리 찌르기 위주로 제작된 것이지만 그렇다고 해서 길이가 너무 길어지면 휘두르는 데 여간 불편한 것이 아니다.

　남들보다 검의 길이가 한 치가 길면 그만큼 효과는 배가 된다는 말도 있었고 사실로 받아들여지고 있었다. 길이가 긴 만큼 공격 범위가 넓어지기 때문이다. 그러나 그러한 것은 일반 군병들이나 삼류무사들에게나 통용되는 말이었다. 진정한 고수는 검의 길이에 따라 구분되는 것이 아니었다. 사실 두공이 높으면 높을수록 검의 길이 따위는 아무런 장애가 되지 않았다. 어쩌면 보통의 세 자 정도 되는 검이 더욱 손에 맞을 수도 있는 것이다.

드드드드드… 틱! 틱! 틱! 드드드…….

"오히려 이게 편하네. 앞으로 이렇게 가지고 다녀야겠다. 제길! 어떤 놈이 만들었는지 정말 길게도 만들었네."

철혈검을 허리에 차는 대신 호열은 그저 한 손으로 손잡이를 잡은 상태 그대로 땅바닥에 질질 끌며 철혈금부의 산문을 벗어나고 있었다. 철혈금부 자체에 경계병이 없었기 때문에 이러한 광경을 보는 사람이 없어 다행이지 만약 이러한 모습을 본다면 황제에 대한 불경죄로 충분히 대역죄에 해당되는 일이었다.

—이리로 오라. 이쪽으로 오라……. 그대의 기운을 느낄 수 있다. 어서 밖으로 나오너라……..

"알았다. 가고 있으니 그만 해라! 귀신이든 사람이든 내 단잠을 깨운 것이 어떤 놈인지 가만두지 않겠다. 많고 많은 날들 중에 왜 하필 오늘이냐? 제기랄……!'

호열은 자신의 머리 속으로 파고 들어오는 기분 나쁜 환청에 신경질을 부렸다. 하지만 정말로 화가 난 것은 오랜만에 깊은 잠에 빠져 있던 자신을 깨웠다는 것이다. 비록 나중에 악몽으로 깨어나게 되었지만 호열은 그 원인을 환청에 두고 있었던 것이다. 예전과 달리 쉽게 잠을 청할 수 없었던 호열이었기에 그러한 분노는 하늘을 찌를 듯한 기세로 활활 타올랐다.

'어라? 이쪽은 후원으로 가는 길인데? 그럼 황궁 서고인가? 그럴 리가? 그쪽에서 날 부를 만한 녀석이 없을 텐데? 그렇다면 혹시……? 음…….'

환청이 들려오는 곳으로 걸음을 옮기고 있던 호열은 잠시 멈칫하며 고개를 갸웃거렸다. 분명히 환청이 오라는 곳은 후원 방향이었다. 하지만 후원엔 자신을 밤늦게 부를 정도의 고수가 없었다. 아무리 호열이 귀신이 어쩌니 하면서 헛소리를 해댔지만 사실은 환청이 어떤 고수가 시전하고 있는 전음일 것이라 생각하고 있었다. 아직 전음이 어떤 것이지 잘은 모르지만 무림에선 절정의 고수들은 모두 전음이란 무공을 시전할 수 있다는 것을 익히 들어 알고 있었던 것이다.

"허, 그럼 그들 중에 몇 놈이 남아서 날 부르고 있는 것인가? 하긴… 그들도 열받았겠지. 자신들의 비급을 빼앗긴 것이나 진배없으니……. 그나저나 어떻게 알았을까? 하하, 황궁에서 누군가 말해 줬겠지. 아니, 그렇다고 해도 그렇지. 자신들이 힘이 없어서 황제에게 빼앗긴 것인데 왜 지금에 와서 나를 보자고 하는 거야? 이미 끝난 일인데……. 음……."

호열은 지금 자신을 겁도 없이 부르고 있는 자가 누구인지 나름대로 짐작하고 있었다. 아니, 자신의 생각이 분명하다 여겼다. 황궁의 인물들 중에는 이러한 짓을 서슴없이 저지를 사람이 없다는 것을 누구보다 잘 알고 있는 호열이었기 때문이다.

"그래, 어떤 녀석들인지 한번 만나보자. 자기들이 못나서 빼앗긴 것이니 난 크게 잘못한 것이 없잖아?"

드드드드드… 틱! 드드드… 틱! 틱! 드드드드드……

검이 땅바닥에 끌리는 소리와 어쩌다 한 번씩 튀어나온 돌에 걸리는 소리가 어둠과 안개에 자욱하게 휩싸여 있는 후원에 귀기(鬼氣)스러운 소음을 내며 울려 퍼졌다.

이렇게…

앞으로 어떠한 일이 일어날지 모르는 상황이 서서히 전개되고 있는 것이다. 비록 사건의 발단이 어떻게 해서 생긴 것인지 모르는 호열이었지만 그러한 것은 호열에게 그리 중요하지 않았다. 그저 걸어갈 뿐이다. 만나야만 할 사람이라면 만나면 그뿐이란 편리한 생각을 가지고.

그렇게… 호열은 자신의 불투명한 미래에 걸림돌로 작용할지도 모를 운명을 향해 걸어가고 있었다. 그 운명을 헤쳐 나가기 위해…….

『호열지도』 7권으로…

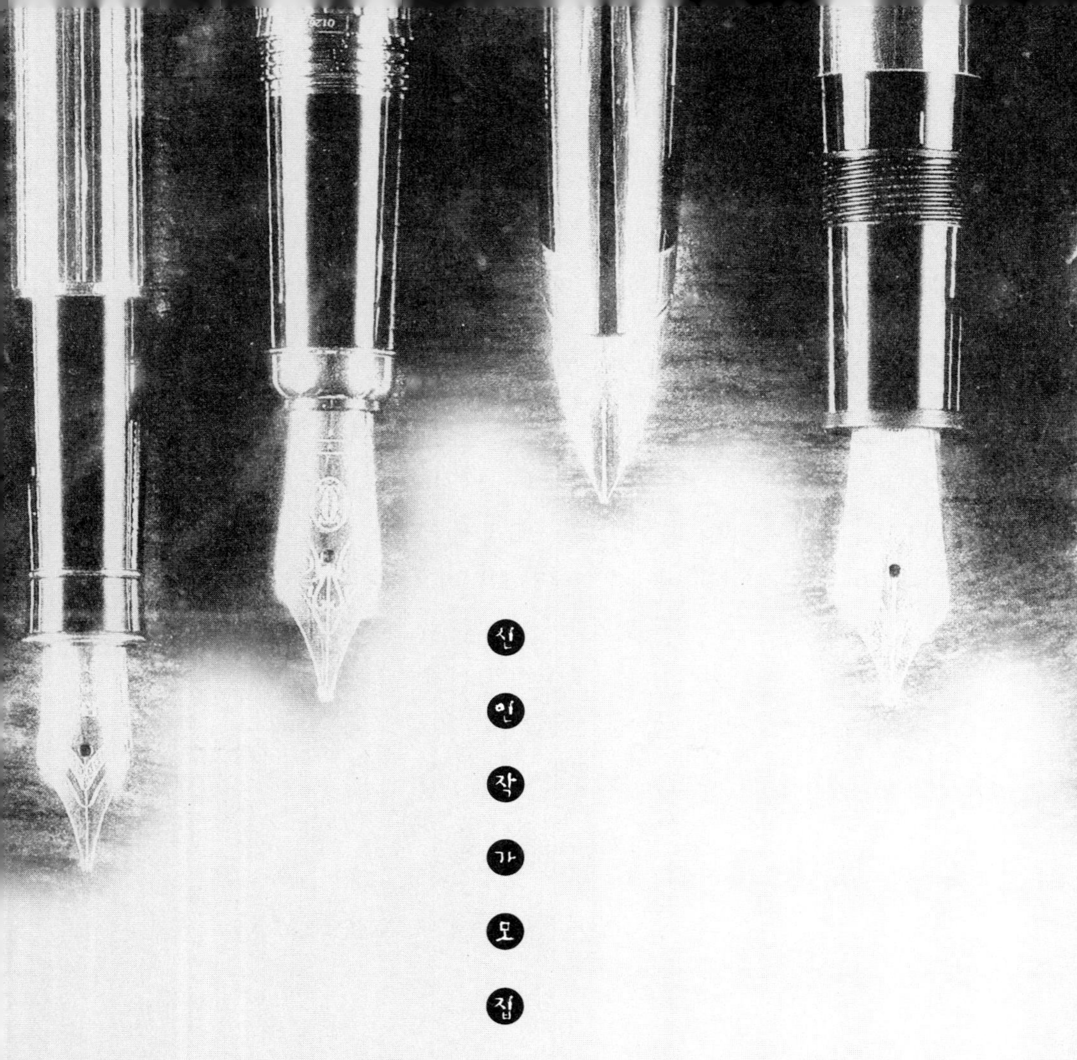
신 인 작 가 모 집